Tu mi appartieni

(Serie Pine Grove, Libro 4)

Jean C. Joachim

Moonlight Books

Dedica

A mio padre, che ha gestito la sua disabilità come se non esistesse.

Ringraziamenti

Ringrazio la mia redattrice, Laura Garland, e la mia line editor, Nan Sipe. Un ringraziamento special a Vicki Locey e Roz Lee, che mi sostengono e mi fanno concentrare. Grazie agli uomini della famiglia Joachim, Larry, David e Steve, e alla nuova arrivata, Pam, che mi fa restare con i piedi per terra me e crede in me

Tu mi appartieni
Copyright © 2019 Jean C. Joachim
A cura di Laura Garland
Line editor – Nan Sipe
Copertina – Dawne Dominique, Dusk to Dawn design
Traduzione di Simona Trapani

EDITORE
Moonlight Books

Tu mi appartieni
(Serie Pine Grove, Libro 4)
Jean C. Joachim
Capitolo Uno

DICEMBRE

"Guarda, papà!" urlò Bobby Morrison dal soggiorno.

Con una tazza di caffè in mano, Cal, il padre del bambino, entrò nella stanza e sbirciò fuori dalla finestra.

"Qualcuno si sta trasferendo," disse Cal.

"Guarda! Un camion enorme!," esclamò il bambino.

Cal ridacchiò e accarezzò la testa di suo figlio, mentre guardavano gli uomini che scaricavano i mobili e li portavano in casa.

"Va' a vestirti. Oggi c'è scuola." Cal fece cenno a Bobby di andare.

La curiosità spinse Cal a tornare alla finestra. Una donna apparve davanti alla porta di quella piccola casa. I suoi capelli corti e scuri e il modo in cui si muoveva attirarono la sua attenzione.

"Che cosa ci fa qui? Non si starà trasferendo in quella casa, vero?" si chiese.

Il suo viso si imbronciò. Aggrottò la fronte, mentre la rabbia gli ardeva nel petto. Giselle Davenport non aveva già fatto abbastanza guai? Lei non faceva più parte di tutto questo. Perché era tornata? Di certo non per lui. Perché non era rimasta in Europa?

Adesso lui aveva una vita a Pine Grove. Il suo ritorno avrebbe rovinato tutto. Aveva dimenticato Giselle dal momento in cui era partita, o almeno era quello che continuava a ripetersi. Lui aveva trovato un'altra donna, si era sposato e aveva avuto un figlio. Quindi, perché Giselle non era rimasta dall'altra parte del mondo?

Attratto da lei contro la sua volontà, rimase lì, paralizzato, mentre quegli uomini corpulenti portavano dentro tavoli, sedie e scatoloni.

"Non può essere la proprietaria di quella casa. No. Deve averla presa in affitto. Probabilmente solo una breve sosta prima di andare a Timbuktu per un altro lavoro stupendo," mormorò tra sé. E forse anche per spezzare il cuore di qualcun altro. Almeno, questa volta, non sarebbe stato il suo.

La guardò aggrapparsi alla ringhiera di ferro battuto sui gradini anteriori. Il gelo della sera prima aveva reso scivolosi gli scalini di cemento. Indossava una giacca corta e si mise l'altro braccio attorno alla vita.

"Non ha mai saputo come vestirsi in inverno," borbottò tra sé.

Nella sua testa, Cal elencò una dozzina di cose che avrebbe dovuto fare, ma non riusciva ad allontanarsi dalla scena che vedeva svolgersi dall'altra parte della strada. Secondo le voci di corridoio, vale a dire sua madre, Giselle aveva venduto l'enorme casa vittoriana della sua famiglia. Si domandò come avrebbe fatto a far entrare tutti quei mobili in una casetta con due sole camere da letto.

La sua rabbia si trasformò in amarezza. Perché Giselle era tornata? Lui era stato bene senza di lei negli ultimi sei anni. Aveva una vita, quasi una vita. Aveva suo figlio, la loro casetta accogliente, perfetta per loro due, e lavorava con suo padre. Aveva tutto ciò di cui aveva bisogno, giusto?

Sbagliato. Da quando sua moglie era annegata nel Delaware, Cal non aveva più avuto una donna nella sua vita. Jane era stata imprudente e non aveva ascoltato il suo avvertimento sulle insidie del fiume. Era stata trascinata via dalla corrente e si era schiantata contro una grande roccia. Perdendo conoscenza, era finita sott'acqua ed era annegata prima che Cal riuscisse a raggiungerla.

Da allora, la sua vita era totalmente programmata: lavorava e si prendeva cura di suo figlio. I suoi genitori lo aiutavano. Ogni settimana, Cal e Bobby condividevano la cena domenicale con la sua famiglia. Bobby non vedeva l'ora di giocare con il nonno e Cal si godeva la cucina di sua madre.

Si era abituato a quella comoda routine, e ora questo: Giselle Davenport si stava trasferendo dall'altra parte della strada. L'ultima cosa di cui aveva bisogno era che lei tornasse nella sua vita. Certo, era molto innamorato di lei quando era partita per un anno di lavoro all'estero. "Un'occasione che capita solo una volta nella vita. Solo per un anno," gli aveva assicurato. Stronzate! Lui sapeva che non sarebbe stato così. Iniziando ad apprezzare l'Europa, non sarebbe più tornata a casa.

Avevano deciso di comune accordo di uscire con altri durante l'anno. Giselle aveva borbottato un po' quando lui l'aveva suggerito, ma alla fine avevano deciso di farlo. Chi poteva immaginarsi che lui sarebbe stato il primo a trovare un'altra? Nella sua mente, Jane era solo un rimpiazzo temporaneo. Le cose tra di loro erano andate avanti più velocemente di quanto lui desiderasse e Jane era rimasta incinta. Così, si erano sposati.

La notte prima del matrimonio, Cal aveva il cuore colmo di dolore. Sebbene tenesse a Jane, era ancora innamorato di Giselle. Comunque, Cal aveva deciso di fare un passo avanti e si era preso le sue responsabilità. Nonostante il suo matrimonio non l'avesse mai soddisfatto, in fin dei conti aveva più o meno funzionato. Pur avendo perduto Jane, aveva Bobby, che portava energia, curiosità ed esuberanza nella sua vita. Cal adorava suo figlio ed era grato di averlo.

Si accarezzò il mento mentre fissava quella casa. Che cosa aveva in mente Giselle? Che avrebbero semplicemente fatto finta di niente e ricominciato a frequentarsi? Non se ne parlava! Lei l'aveva ferito molto più di quanto avrebbe mai potuto immaginare. Avrebbe già dovuto ritenersi fortunata se lui avesse deciso di parlarle di nuovo.

"Andiamo, papà," disse Bobby, in piedi vicino alla porta di casa.

Lasciandosi alle spalle i suoi ricordi, Cal indossò una giacca e prese suo figlio per mano. La loro casa accogliente era ad appena due strade di distanza dalla scuola elementare di Pine Grove. L'avevano comprata proprio per poter facilmente raggiungere la scuola di Bobby a piedi. Avendo trascorso il giorno precedente a spalare, Cal si era assicurato che il loro vialetto non fosse ricoperto di neve o di ghiaccio, rendendolo sicuro per suo figlio.

Mentre camminavano, Bobby cantava "Jingle Bells." Cal si voltò leggermente a guardare prima di voltare l'angolo.

"Quel grosso camion piace anche a te?" gli chiese suo figlio.

"Sì. È davvero enorme," mentì Cal, rimproverandosi in silenzio per non aver detto la verità. Non aveva alcun motivo di parlare a Bobby di Giselle.

Voltandosi, i loro sguardi si erano incrociati. Lei aveva abbassato lo sguardo e si era allontanata. *Vergognati. Hai molte cose di cui sentirti in colpa, signorina Davenport.* Quindi, non riusciva a guardarlo negli occhi? Beh, meglio così. Così, lui non avrebbe dovuto preoccuparsi di lei.

"Andiamo, papà. Canta. È quasi Natale."

Cal si mise a cantare con lui. L'entusiasmo di Bobby gli migliorò l'umore. Quel bambino non aveva idea di quante volte la sua allegria avesse risollevato il suo umore. Il bambino era stato triste per mesi dopo la morte di sua madre. A due anni, non capiva e si era abituato ad avere solo suo padre e i suoi nonni. La madre di Cal, Betty, aveva cercato di sostituire Jane il più possibile.

In alcuni momenti, la pazienza di Cal era messa davvero a dura prova. Quel bambino sembrava avere un'energia inesauribile, tranne nei cinque minuti prima di andare a letto. Dovendo fare da padre e da madre a suo figlio e dovendo lavorare con suo padre nel settore della manutenzione del verde, Cal arriva alla fine della giornata totalmente esausto. Di conseguenza, per lui non era un grosso problema non avere qualcuno accanto.

Ora che Bobby aveva cominciato ad andare a scuola, Cal ammise che era giunto il momento di trovarsi una nuova moglie. Anche se lui e Jane non erano sempre andati d'accordo, gli mancava vivere con una donna, con la quale condividere il letto, i pasti e le decisioni su Bobby.

Tuttavia, in una piccola città, non c'erano molte opzioni, e con un bambino... beh, essere un padre teneva lontane le donne che non volevano quel fardello. Con l'arrivo dell'inverno, la sua attività lavorativa si fermava. Cal e suo padre avevano più tempo libero di quanto potessero sopportare. Cal aveva preparato un elenco di progetti da realizzare all'interno mentre il clima era troppo rigido per lavorare fuori.

Salutò suo figlio e tornò verso casa. Da Giselle, erano rimaste solo alcune scatole. Il retro del camion era chiuso. Cal si fermò a guardare.

Un uomo le si avvicinò con un pezzo di carta e una penna. Lei si avvicinò il foglio al viso prima di scarabocchiare qualcosa. Mmm, non si ricordava che lei fosse così miope. Doveva aver lasciato gli occhiali dentro casa. Ma non ricordava nemmeno che indossasse gli occhiali. Lui scrollò le spalle. Pensò che le cose cambiassero con il tempo.

Quando arrivò nel punto in cui i loro vialetti si affiancavano, si fermò. Dopo che l'enorme camion uscì dal suo vialetto, lui la affrontò.

Sei tornata?" gridò, socchiudendo gli occhi.

Lei gli fece un mezzo sorriso e si fece strada lungo il vialetto. A metà strada, mise il piede sul ghiaccio, scivolò e cadde sul sedere.

"Ahi!" esclamò lei.

Cal la raggiunse in un secondo. Le afferrò il gomito e la tirò su.

"Ti sei fatta male?" Sollevò la mano per pulirle il sedere, ma si fermò appena in tempo.

Ripulendosi i pantaloni, lei scosse la testa. "Grazie." Poi liberò il gomito dalla sua presa.

"Che cosa ci fai qui?" Cal si sforzò di non avere un tono di voce aggressivo, ma non ci riuscì.

"A Pine Grove? È la mia città. Ho sempre vissuto qui."

"Bene, allora. A Pond Road? Proprio di fronte a casa mia?" Lui incrociò le braccia sul petto.

"Non è stato intenzionale. Avevo bisogno di un ranch. Piccolo. Julia l'ha scelto per me prima che tornassi."

"Oh? Julia? E non sapeva che io vivo qui?"

"Suppongo di no. Penso che questo fosse l'unico piccolo ranch sul mercato."

"Perché hai bisogno di un ranch? Che cosa c'è che non va nella casa vittoriana di tuo padre?"

"Non sono affari tuoi." Lei gli passò accanto spingendolo. "Grazie per la tua amichevole accoglienza," disse lei, tirando su col naso.

"Ti ho aiutata ad alzarti," disse lui.

"E io ti ho ringraziato. Avrei potuto alzarmi da sola."

"Ma non era necessario, vero?"

Lei si girò di scatto e lo affrontò. "Che cosa vuoi? Una medaglia? Vuoi che chiami la stampa? Hai fatto un gesto gentile, da buon vicino, ma non chiedermi di darti una medaglia al valore." Giselle sollevò il mento per un secondo, poi si voltò e continuò per la sua strada.

Lui rimase paralizzato, guardandola allontanarsi. Aveva ancora quel modo di camminare raffinato, ancheggiando con quell'atteggiamento da "io sono migliore di te" che aveva tanto ammirato in lei sei anni prima. Ma oggi gli sembrava soltanto boriosa e piena di sé.

Davanti alle scale, scivolò di nuovo e cadde su un gradino. Da dove si trovava, lui ebbe la sensazione che lei avesse sbattuto la tibia sul bordo dello scalino in pietra. Lei emise un grido di dolore e si fermò. Poi, sollevò le spalle.

"Beh, immagino che tu possa alzarti da sola," le disse, con un tono più cattivo di quanto intendesse.

"Puoi dirlo forte," rispose lei a voce alta. Ma, per diversi minuti, rimase appoggiata alla ringhiera con una mano, mentre si teneva la gamba con l'altra.

Cal si arrese, le si avvicinò e le mise una mano sotto il gomito.

"Ce la faccio!" esclamò lei, tentando di liberarsi.

"No, non è vero. Perché non chiudi la bocca e lasci che ti aiuti?" Lui la aiutò ad alzarsi. Lei si appoggiò a lui per un momento.

"Grazie. Ce la faccio," sbuffò, guardando davanti a sé e reggendosi alla ringhiera.

"Allora posso tornarmene a casa." Lui si allontanò dalla sua proprietà, con lo sguardo incollato alla sua schiena. Rallentando il passo, aspettò che lei si muovesse. Alla fine, zoppicò su per i gradini e armeggiò con la serratura. Cavolo, era diventata molto più goffa dall'ultima volta che l'aveva vista. Scosse la testa e proseguì verso casa.

GISELLE APRÌ LA PORTA ed entrò in casa. Trascinò la gamba ferita oltre la soglia e sbatté la porta prima che quel ficcanaso di Cal Morrison potesse curiosare. Il dolore era atroce. Si sdraiò sul pavimento, portandosi la gamba al petto. Si passò le mani sulla tibia. Toccandosi, sentì un bozzo e qualcosa di bagnato. Sangue. Merda!

Si era tagliata.

Dopo un minuto, il panico prese il sopravvento sul dolore. Si alzò in piedi, aggrappandosi allo stipite della porta. Le lacrime le facevano bruciare gli occhi e non avevano intenzione di fermarsi.

"Cazzo." La rabbia le si accumulò nel petto. "Smettila di commiserarti," ordinò a sé stessa. Tirando su col naso, si avvicinò zoppicando al tavolino da caffè, vi sbatté contro, imprecò e prese la scatola di fazzolettini. Sdraiandosi sul divano, prese una torcia dal tavolino e si tirò su la gamba dei pantaloni. Dopo aver esaminato la ferita, rimise la torcia sul tavolo e zoppicò verso il bagno. Giselle teneva torce, lenti d'ingrandimento e binocoli in ogni stanza, per non doverli cercare ogni volta.

Le scatole le si misero tra i piedi, specialmente quelle piccole che si nascondevano nell'ombra. Urtò contro un mobile che non era ancora stato messo a posto. Affrontare una casa caotica era una sfida per Giselle.

Dopo aver lavato la ferita e averla fasciata, si diresse verso il soggiorno. Con il binocolo in mano, Giselle andò davanti alla finestra. Riuscì a distinguere l'albero di Natale nella casa dall'altra parte della strada. La sua debole vista le impediva di distinguere chi si muoveva al suo interno. Immaginò che fosse Cal. Aveva visto lui e suo figlio percorrere le strade innevate per andare a scuola. Il dolore le aveva trafitto il cuore. Quel bambino avrebbe potuto essere loro figlio. Emise un sospiro.

"Dovrei essermi abituata a tutta questa merda, dopo tre anni," disse tra sé. La maculopatia degenerativa precoce le aveva stravolto la vita, l'aveva derubata del suo lavoro e l'aveva costretta a vendere la casa della sua famiglia.

La sua visione centrale, seppur non completamente scomparsa, era costantemente sfocata. Ingrandendo molto le cose e con la luce giusta, riusciva a leggere. Prescrivendole vitamine e una dieta speciale, i medici avevano arrestato la malattia, stabilizzandola.

Giselle non poteva leggere un libro normale senza un'intensa concentrazione, una lente d'ingrandimento e una luce intensa. Aveva smesso di guardare la tv e, nel tempo libero, ascoltava la radio.

Si diresse verso la cucina e inserì la spina del bollitore elettrico. Aveva il vantaggio di smettere di bollire automaticamente e di mantenere l'acqua calda senza accendere il fuoco o senza il calore di un fornello. Con l'aiuto di sua zia, aveva sistemato la cucina e aveva memorizzato la sua disposizione prima dell'arrivo del camion dei traslochi.

Trovare il tè? Era un gioco da ragazzi. Bastava aprire l'armadietto giusto. Zucchero? Latte? Giselle prese gli ingredienti necessari per preparare una tazza di tè caldo, per riscaldarsi dal freddo dell'inverno.

Zia Julia aveva scelto per lei quella casa, un ranch con due camere da letto. Nonostante la sua vista si fosse stabilizzata, Giselle non riusciva ad affrontare le scale. Julia sapeva che la casa si trovava esattamente di fronte a quella di Cal? Forse no.

Che lei lo volesse o no, non ci sarebbe stato alcun riavvicinamento. Tra la loro rabbia e la sua disabilità, tra di loro c'era un divario vasto come l'Oceano Atlantico. Giselle aveva già molte cose a cui pensare e doveva cercare di capire quali fossero i prossimi passi da fare nella sua vita. Vivere con i suoi risparmi, la disabilità e il denaro ottenuto dalla vendita della casa della sua famiglia le sarebbe bastato per un po', ma aveva bisogno di un reddito costante.

Aveva dato istruzioni a sua zia di non parlare a nessuno delle sue condizioni, soprattutto con Cal Morrison. Avrebbe potuto sopportare la sua ostilità, ma mai la sua pietà.

Julia le aveva raccontato che, secondo i pettegolezzi, lui non avesse mai perdonato Giselle per aver accettato quel lavoro in Europa. Pensava di avergli detto che sarebbe stato solo per un anno, ma probabilmente lui non l'aveva nemmeno ascoltata. Dopo nove mesi dalla sua partenza, si era sposato. Devastata, Giselle aveva pianto per settimane ed era rimasta a commiserarsi nel suo delizioso appartamento di Parigi. Ancora oggi, non capiva. Se Cal l'avesse amata come affermava, non avrebbe sposato un'altra donna. E di certo non così in fretta.

Una volta esaurite le lacrime, la rabbia e il risentimento si erano fatti strada nel suo cuore. Cal le aveva sempre mentito, vero? Non l'aveva mai amata, non esattamente. Non appena se n'era andata, aveva trovato un'altra donna e non aveva esitato nemmeno un minuto prima di sposarsi. Non sembrava poi così disperato, vero?

Si sedette sul divano con la sua tazza di tè. Julia sarebbe arrivata nel tardo pomeriggio per aiutarla a sistemare i mobili. Nel frattempo, Giselle prese il telefono, accese la piccola torcia che teneva in tasca e avviò un audiolibro. Si distese sul divano, appoggiando la testa da un lato e i piedi dall'altro, e si mise ad ascoltare un romanzo rosa. Adorava i lieto fine. La voce melliflua del narratore la fece calmare e presto si addormentò.

CAL APRÌ LE TENDE. Dato che lei non aveva ancora messo le tende, riusciva a vedere bene dentro la casa di Giselle. Vedendola urtare le cose e zoppicare camminando per la stanza, Cal si grattò il mento. Non era mai stata una grande bevitrice, eppure sembrava ubriaca. Rimase fermo a farsi domande per un attimo, scrollò le spalle e controllò l'orologio.

Con l'arrivo dell'inverno, il lavoro per Morrison's Tree e Lawn Care passò dalla manutenzione degli alberi allo spazzamento della neve. Lui e suo padre avevano acquistato una placca spalaneve per il loro pick-up, che si era rivelata un ottimo investimento. Cal aveva già spazzato almeno una dozzina di vialetti quella settimana. Sebbene non amasse il vento gelido che soffiava a Pine Grove ogni inverno, accolse con piacere il lavoro arrivato con la neve. Sempre meglio di stare senza far nulla.

Bobby sarebbe rimasto a scuola per un'altra ora. Cal ebbe il tempo di andare al Cozy Café a prendere una tazza di quel buon caffè e un dolcetto alla canella e forse anche per ascoltare un po' di pettegolezzi. Uscì dal vialetto e si diresse verso il piccolo centro di Pine Grove.

"Salve, Cal," disse Laura Dailey mentre puliva il bancone con uno straccio umido.

"Ciao, Laura."

"Caffè e un dolcetto alla cannella?"

"Come hai fatto a indovinare?" disse lui sorridendo.

Laura si diresse verso la caffettiera. "Vuoi anche il giornale?"

"No. Qualche notizia locale?" chiese, sperando di non essere troppo esplicito.

Non mi viene in mente niente. Oh! Aspetta. Sì. Jess e Stryker stanno organizzando una festa di Natale per bambini al bed & breakfast."

"Bello! Questo è tutto?" le domandò.

"Ci porterai Bobby?"

"Forse. Nient'altro?"

Laura posò la sua tazza e si fermò. "Non mi viene in mente nulla," gli disse, tirando fuori il suo dolcetto dal forno.

"Ho saputo che Giselle Davenport è tornata" disse lui, celando la sua esasperazione.

"Oh, sì. Ma non è una novità." Laura gli porse il dolcetto caldo. "Burro?"

Lui annuì. "Non è una novità?" Gli venne l'acquolina in bocca pregustando quel delizioso dolcetto.

"No. Secondo i pettegolezzi, pare che sia tornata sei mesi fa."

"Ma è appena arrivata?"

"No. È stata da sua zia Julia."

"Per sei mesi? Davvero?"

"Sì."

"Come mai non l'ho vista?" le chiese.

Laura socchiuse gli occhi e gli lanciò un'occhiata sagace. "Forse perché lei non voleva che tu lo facessi."

Bevve un sorso di caffè e rifletté sulla sua risposta.

"Ha anche lavorato in quel misero negozio dell'usato. L'ha risistemato un po'. Lo apriva uno o due giorni alla settimana."

"Davvero? Non ne avevo idea."

"Se tu la smettessi di non guardare al di là del tuo naso, Cal, potresti sapere cosa succede."

"Per quale motivo è tornata?" chiese, incapace di fermarsi.

"Probabilmente non per vederti. Non lo so. Ha venduto la casa dei suoi genitori. Ho sentito dire che ha comprato un nuovo appartamento da qualche parte."

"Già, proprio di fronte a casa mia," ribatté Cal.

"Oh, davvero?" Laura spalancò gli occhi. "Interessante."

"Ecco perché te lo sto chiedendo."

"Non mi sarei mai aspettata che andasse a stare lì," disse Laura.

"Nemmeno io."

"Non sei fortunato? Ad avere una donna così carina proprio di fronte a casa tua, intendo. Perfetto, direi," disse Laura ridendo.

Cal sollevò la mano. "Aspetta un attimo. Non le ho chiesto io di trasferirsi lì. E non ne sono affatto felice."

"Perché no? Giselle è un tesoro." Laura portò i menu ai nuovi clienti e prese i loro ordini.

Certo, Giselle era stata un vero tesoro, finché non aveva deciso di andarsene. La mente di Cal ritornò all'ultima settimana di quell'estate. Lui e Giselle avevano fatto una nuotata notturna nel Cedar Lake. Si erano seduti sul molo, lasciando penzolare i piedi nell'acqua. Sentì la loro conversazione nella sua testa, come se fosse avvenuta il giorno prima.

"Quando pensi di tornare?" le aveva chiesto.

"Non me ne sono ancora andata!"

"Lo so. Ma conterò i giorni fino al tuo ritorno. Quindi, quanti giorni dovrò contare?" le aveva chiesto.

"Il contratto dura solo un anno."

"Davvero? Possono rinnovarlo?"

"Non lo so. L'Europa è molto lontana. Suppongo che un anno sia sufficiente."

"Tornerai qui l'estate prossima?"

Lei gli si era avvicinata e lui le aveva spostato i capelli dagli occhi. Guardandolo negli occhi, gli aveva sorriso dolcemente. "Mi mancherai ogni ora di ogni giorno, Cal."

L'aria si era fermata intorno a loro. Lui si era avvicinato per baciarla. Le aveva accarezzato la guancia, passandole il pollice sul labbro superiore. "No, non è vero. Avrai tutta la Francia ai tuoi piedi. Quei francesi. Ooh la la!"

Lei era scoppiata a ridere. "Non dire stupidaggini. Sei tu quello che voglio. L'unico."

"Davvero? Dillo a loro."

"Non ci sarà nessun 'loro.' Solo tu. Puoi aspettarmi?"

"Certo. Ma lo farai anche tu?"

Lei gli aveva appoggiato la mano sulla guancia mentre lo baciava. "Posso aspettarti per sempre, Cal Morrison."

"Lo vorrei tanto. Se avessi i soldi, verrei laggiù e ti riporterei a casa."

"Altro caffè?" gli chiese Laura, interrompendo le sue fantasticherie.

Lui sorrise. "Sì. Grazie."

Le parole di Giselle gli erano tornate in mente diverse volte. "Posso aspettarti per sempre, Cal Morrison." Si sentì sopraffatto dalla vergogna. Dopotutto, lui non l'aveva aspettata, no? E lei? Non si era sposata, anche se, se secondo i pettegolezzi, aveva frequentato alcuni ragazzi in Europa. Pensò che forse l'avesse aspettato. Finché non aveva scoperto che si era sposato. Certo, non le aveva mai promesso che l'avrebbe aspettata per sempre. E non aveva programmato di sposare Jane. Le cose succedono e basta, così aveva deciso di fare la cosa giusta.

Si sentiva in colpa, ma forse a lei non importava nulla. Ormai, immaginò che lei avesse avuto almeno una dozzina di relazioni con ragazzi molto più intelligenti e più ricchi di lui. E quel giorno non l'aveva di certo salutato in modo affettuoso. Era evidente che non volesse più saperne di lui. Come darle torto? Lui si era sposato con un'altra. Inoltre, se solo Jane avesse ascoltato Cal, sarebbe stata ancora viva e lui non si sarebbe posto domande su Giselle Davenport.

No. Doveva essere onesto con sé stesso. Anche se Jane fosse stata ancora viva, lui si sarebbe comunque posto delle domande su Giselle. Non avrebbe comunque fatto nulla, né allora né adesso. Ma si chiedeva sempre come sarebbe stata la vita se l'avesse aspettata o se lei fosse rimasta.

"È quasi ora di andare a prendere Bobby," disse Laura.

Cal guardò l'orologio, divorò il resto del suo dolcetto e si alzò in piedi. Nella vita, non si ottiene niente chiedendosi "e se?". Era già sufficiente dover affrontare la realtà. Cal uscì dalla porta, salì sul suo furgoncino e si diresse verso la scuola elementare di Pine Grove.

Giselle era in piedi vicino al lavandino, dopo aver riempito il bollitore, quando suonò il campanello.

"Avanti!" rispose, toccando il muro per trovare la spina.

Julia Davenport la raggiunse in cucina. "Ho portato i dolcetti," disse, mettendo una busta sul bancone.

"Perfetto. Ho messo su l'acqua calda un minuto fa. Che tipo di tè vuoi?"

"Ce l'hai alla vaniglia?"

"Ce l'ho." Giselle si diresse verso l'armadietto. Prese un contenitore rotondo, lo aprì e annusò alcune bustine di tè finché non trovò quelle giuste.

"Ho trovato un sito che vende un forno a microonde parlante," disse Julia, togliendosi il cappotto.

"Non mi serve un forno a microonde."

"Perché no? Ce l'hanno tutti."

"Immagino che sia costoso."

"Lo è. Almeno cinquecento dollari. Ma sono sicura che ne valga la pena."

"Le persone cucinavano anche prima che inventassero il microonde."

"Posso regalartelo per Natale?"

Giselle si voltò, sentendosi arrossire sulle guance. Odiava la carità.

"Nessun problema, Julia. Preferirei degli audiolibri."

"Quelli possiamo prenderli dalla biblioteca. Potremmo andarci dopo aver fatto la spesa."

"Perfetto. Credo che dovrò trovare un autista."

"Sicuramente ci sarà qualche mamma che vorrebbe un lavoretto part-time, una mattina alla settimana. Perché non chiami il preside della scuola elementare di Pine Grove?"

"Ottima idea! Lo farò domani."

"Ora, sistemiamo questa casa."

"Non so se sei abbastanza forte per spostare i mobili," disse Giselle.

"Una roccia. Era così che mi definiva Bill. Mettiamoci al lavoro."

Giselle prese un quaderno dalla borsa. "Qui ho scritto dove sistemare ogni cosa." Porse il quaderno a Julia.

Insieme, le due donne misero i mobili al loro posto e trascinarono le scatole nelle varie stanze. Poi, fecero il letto. Giselle mise in ordine la biancheria e le calze per l'ufficio mentre Julia appendeva abiti, giacche e pantaloni nell'armadio.

Quando Julia andò via per un appuntamento dal dentista, Giselle si sdraiò sul letto per fare un pisolino. Sopraffatta dalla stanchezza, si risvegliò solo quando sentì aprirsi la porta d'ingresso. Si fece prendere dal panico.

"Chi è?" urlò angosciata.

"Mi dispiace molto. Avrei dovuto bussare, ma non volevo disturbarti." Julia entrò in casa di sua nipote, con in mano una busta della spesa.

Giselle abbracciò sua zia. "Sei in perfetto orario per il tè. Metto su il bollitore."

"Sei così autosufficiente. È incredibile."

"Ho avuto qualche anno di tempo per abituarmi."

"Non posso esserne colpita?"

"La vita continua, Julia. Qualsiasi cosa succeda."

"Già."

"Camomilla o Vaniglia Chai?" le chiese Giselle mentre andava in cucina.

"Vaniglia, grazie. Ti ho portato un po' di decorazioni natalizie."

"Non ho intenzione di fare l'albero di Natale. Non se ne parla."

"Possiamo appenderle alla finestra, allora?" chiese Julia.

"Sì. Non voglio che la gente mi paragoni a Ebenezer Scrooge."

Giselle prese le tazze e le bustine di tè alla vaniglia.

Julia raggiunse sua nipote. "Hai bisogno d'aiuto?"

"Dimmi quando, d'accordo?"

"Certo."

"Ho portato gli scones di Laura Dailey." Frugò nella busta della spesa.

"Organizzerai un mercatino dell'usato per Natale?"

"Io? No. Era mamma che lo faceva. Non fa per me." Giselle si mise in bocca un pezzetto di dolce.

"Ma tu la aiutavi sempre."

"Quando la mia vista era ancora perfetta. Ma adesso? No."

"Io posso aiutarti. Sono sicura che troveremo qualcun altro."

"Ci saranno tonnellate di polvere e muffa nel retrobottega. Mmm. Ho quasi paura di avventurarmi lì dentro."

Julia accarezzò il braccio di Giselle. "I bambini sarebbero entuasiasti. E quando ho detto alle persone che avresti cambiato casa, tutti mi hanno chiesto se l'avresti fatto."

"E tu che cosa hai risposto?"

"Che non lo sapevo. Che dovevo prima parlarne con te."

"Se tutto fosse normale, beh, forse lo farei. Ma in queste condizioni..."

"Le persone vorranno aiutarti."

"Non voglio. Non voglio nessun aiuto. Non voglio pietà. Voglio solo che mi lascino in pace." Giselle si alzò in piedi e si avvicinò alla finestra.

In mezzo a quella confusione, individuò una battaglia di palle di neve dall'altra parte della strada. Sentì una fitta al cuore.

Ovviamente, si trattava di Cal. Si ricordò le numerose volte in cui lui le aveva lanciato una palla di neve sul sedere, con una mira sorprendente.

Sospirò e si voltò. Non aveva senso torturarsi. Cal aveva una nuova vita, un bambino e probabilmente una ragazza. Julia le si avvicinò da dietro, appoggiandole una mano sulla spalla.

"È ora che tu ti faccia una vita."

IN PIEDI DAVANTI ALLA finestra, fissando la casa di Giselle, Cal rispose al telefono. "Perché non mi hai detto che Giselle si sarebbe trasferita dall'altra parte della strada?"

"Perché non lo sapevo," gli rispose sua madre Betty.

"Come se io ci credessi. Tu sai sempre tutto quello che succede a Pine Grove."

"Sapevo che era tornata, un po' di tempo fa. Si è trasferita da Julia Davenport alla fine di giugno, mi pare."

"Giugno?" le chiese, spalancando gli occhi. "E quando pensavi di dirmelo?"

"Pensavo che non volessi saperlo. Tra voi due è finita da tanto tempo."

"Sì, ma adesso lei è venuta a vivere proprio di fronte a casa mia."

"Oh?" disse Betty, con un tono di voce entusiasta. "Davvero? Avete ricominciato a frequentarvi?"

"Cosa? No! Nemmeno ci parliamo."

"Peccato."

"Ti è sempre piaciuta, vero?"

"Perché non dovrebbe?

È una ragazza dolce e affascinante."

"Davvero? Non è stata così dolce e affascinante quando mi ha lasciato con un anello di fidanzamento in tasca per trasferirsi in Europa, non credi?"

"Le avevi preso un anello di fidanzamento?"

"Credevo lo sapessi, mamma."

"Questo peggiora le cose, no?"

"È andata com'è andata. È finita. È passato molto tempo ormai." Cambiò posizione, ma non distolse lo sguardo dalla casa di Giselle.

"Mi dispiace, Cal. Eri molto felice con lei."

"Acqua passata. Perché è tornata? E perché è venuta a vivere proprio di fronte a casa mia?"

"Perché lo chiedi a me? Casa sua è a due passi dalla tua. Perché non lo chiedi a lei?"

"Ti piacerebbe, vero?"

"Non si tratta di me, figliolo. Si tratta di te. Non hai nessuna vita al di fuori di Bobby. Perché non vai da lei? Parlale. Forse voi due potete sistemare le cose."

"Non se ne parla, mamma. Non se ne parla proprio." Lui scosse la testa.

"Non con un atteggiamento così negativo."

"È stata lontana da qui per molto tempo. Mi sorprende che non si sia sposata. Non sarebbe la stessa cosa."

"Non si sa mai. Potrebbe essere meglio."

"Sì, certo. Dubito che sia interessata a me, comunque. Con tutti quegli uomini europei. Inoltre, io sono stato sposato e ho un figlio. Molte donne non vogliono un uomo che ha già un figlio."

"Non puoi saperlo se nemmeno ci provi."

"Tu conosci tutti. Cerca di scoprire perché ha comprato la casa di fronte alla mia. Ok?"

"Farò del mio meglio."

"Adesso devo andare," le disse. "Ti voglio bene." Poi riattaccò. Non che avesse qualcosa da fare. Essendo una giornata fredda e ventosa, non aveva in programma di lavorare. Si concentrò di nuovo sulla casa di Giselle. Ricordava la famiglia che aveva vissuto lì prima di lei. Avevano un bambina, con la quale Bobby giocava spesso. Quando lei era rimasta di nuovo incinta, avevano deciso di trasferirsi.

Perché una donna senza figli voleva vivere così vicino a una scuola? Quella casa aveva bisogno di qualche riparazione. Dalla sua finestra, riusciva a vedere i gradini anteriori, accidentati e scheggiati sugli angoli. Ricordò che c'era una finestra rotta nel seminterrato.

Non aveva notato nessuna macchina. Giselle possedeva un'elegante modello europeo o aveva comprato un'auto americana? Immaginò che preferisse le auto europee, oltre agli uomini. L'auto deve essere nel garage. Ma non c'erano tracce di pneumatici sulla neve. Forse stava aspettando che gliela consegnassero.

Le domande su Giselle Davenport gli offuscarono la mente. Si voltò a guardare il salotto. Doveva passare l'aspirapolvere sul tappeto e Bobby aveva lasciato i suoi giocattoli sparsi dappertutto. Accidenti, avrebbe dovuto insegnare a quel bambino a rimetterli in ordine. Cal era da solo. Non aveva una donna che lo aiutasse con le faccende.

Dopo aver raggruppato i giocattoli di Bobby, lo chiamò nella stanza.

"Riportali nella tua stanza, Bobby. Non puoi lasciare i giocattoli per tutta la casa. Puoi giocare qui, ma poi devi riportarli nella tua stanza. Devo passare l'aspirapolvere e non posso farlo con le tue cose sparse dappertutto."

"Scusa, papà," rispose il bambino, raccogliendo tutte le macchinine che le sue manine riuscivano a trasportare.

Cal sorrise e raccolse gli altri giocattoli.

"Perché non vai a giocare fuori mentre pulisco qui? Vedi se Malcolm è nei paraggi o mettiti a fare un pupazzo di neve, d'accordo? Ti chiamo quando la cena è pronta."

Lo aiutò a indossare piumino, guanti e stivali. Cal rimase davanti alla porta, osservando suo figlio che correva lungo il vialetto fino all'altra parte della strada. Malcolm stava facendo un pupazzo di neve davanti a casa sua e Bobby lo raggiunse.

Cal sospirò. Era triste che Jane non potesse veder crescere suo figlio, ma la gratitudine di averlo gli riempiva il cuore. Bobby era il regalo più bello che la vita gli aveva fatto. Nonostante Jane non fosse stata l'amore della sua vita, gli mancava condividere con lei quell'esperienza. I suoi genitori compensavano la sua assenza ogni volta che potevano. Bobby li adorava e si divertiva a stare a casa loro, dove le regole non erano così rigide.

Essere un genitore single faceva schifo, ma Cal si era rassegnato al suo destino. Sorrise e chiuse la porta, tornando alle sue faccende.

FORTUNATAMENTE, NON aveva bisogno di comprare molte cose al supermercato. Quando Julia accostò al marciapiede, Giselle scese dall'auto e recuperò la borsa dal sedile posteriore. Dopo aver salutato sua zia, le sue orecchie udirono le voci dei bambini. Lei sorrise.

Comprendeva bene il richiamo della neve fresca per i bambini, anche in una giornata gelida come quella. La sua giacca non era abbastanza pesante e il vento dell'inverno le congelava le ossa. Percorse il vialetto scivoloso, mantenendo lo sguardo fisso sul marciapiede. Sebbene la sua visione centrale fosse sfocata, aveva ancora una visione periferica decente. Voltandosi, notò le fratture del ghiaccio e lentamente si fece strada lungo il suo vialetto.

Sbam! Bam! Giselle cadde sulla sinistra, atterrando sul suo prato anteriore. La neve attutì la caduta. Il vento l'aveva fatta cadere e la sua spesa era tutta sparsa per il prato ghiacciato. Mentre cercava di riprendere fiato, sentì qualcuno che piangeva.

"Scusa. Mi dispiace. Non volevo farti male. Sono scivolato," si precipitò a dire un bambino.

Giselle inclinò la testa. Era il figlio di Cal che si stava scusando?

Un attimo dopo, riprese fiato. Distesa sulla neve, iniziò a parlare.

"Sto bene. So che non volevi urtarmi."

Il bambino smise di piangere e cominciò a parlare a raffica.

"Scusa. Papà si arrabbierà molto. Malcolm mi stava inseguendo, sono scivolato e..."

"Va tutto bene, Bobby," disse lei, alzando la mano.

"Come fai a sapere come mi chiamo?"

"Conosco tuo padre," gli rispose. "Pensi di potermi aiutare a raccogliere la spesa?"

"Certo." Bobby raccolse barattoli e scatole e Giselle li rimise nella busta. Sollevandosi, con il sedere sul terreno gelato, rabbrividì.

Casualmente, notò che le labbra di Bobby erano pallide. "Senti freddo?"

Lui annuì, stringendosi le braccia intorno per un attimo. "Papà mi ha detto di restare fuori mentre passa l'aspirapolvere."

"Ti andrebbe di entrare a bere una cioccolata calda?"

"Cioccolata calda?"

"Cioccolata calda al caramello."

"È la mia preferita."

Lei pensò che lui l'avesse inventato, ma non le importava. "Ok. Andiamo."

"Non posso."

"Perché no?"

"Perché non dovrei entrare in casa di una persona estranea."

"Oh. Ovviamente. Perché non corri a casa a chiederlo a tuo padre? Digli che Giselle ti ha invitato."

"Va bene. Gizelle?"

"No. Giselle."

"Oh. Giselle."

"Forza. Va' a chiederglielo." Lei si mise in ginocchio e si rialzò. "Bobby!" gridò lei, scivolando di nuovo. Lui allungò un braccio e lei si resse sulla sua spalla con una mano, tenendo la busta della spesa nell'altra.

"Puoi aiutarmi a entrare?" gli chiese.

"Certo."

Insieme, arrivarono alla porta d'ingresso. Cercò di non fargli peso sulla spalla, ma di limitarsi a reggersi. Quando arrivò, lo ringraziò.

"Ti meriti una grossa tazza di cioccolata per avermi aiutata. Chiedilo a tuo padre, poi torna e suona il campanello."

"Va bene," rispose, partendo come un razzo. Armeggiò per infilare la chiave nella serratura, poi aprì la porta. Mettendo la busta per terra, la spinse in avanti, poi entrò nell'atrio. Aveva mantenuto la casa fresca, ma c'era comunque un bel tepore. Appese la giacca, prese la busta e la appoggiò sul bancone della cucina.

Giselle accese la radio su una stazione che trasmetteva musica natalizia ventiquattr'ore su ventiquattro. Si mise a cantare, facendo attenzione al campanello. Come previsto, il campanello suonò.

"Sono davvero felice che tu sia qui, Bobby. Prego, entra. Togliti le scarpe davanti alla porta. Hai bisogno di aiuto?"

Una volta tolti gli stivali nell'ingresso, lo condusse in cucina.

"Ti piace la musica natalizia?"

Lui annuì e si sedette.

Mentre preparava gli ingredienti per la cioccolata calda, parlò con lui delle vacanze. Il bambino non era affatto timido e gli domandò quali regali avesse chiesto a Babbo Natale.

Giselle servì la cioccolata.

"Wow," esclamò Bobby, dopo aver bevuto il primo sorso.

Lei aprì una scatola del Cozy Café. Era piena di biscotti natalizi. Nonostante si fossero rotti durante l'autunno, lei pensò che avessero ancora un buon sapore. Ne mise alcuni su un piatto.

"È Jess Lennox che li prepara." Lei gli mise il piatto davanti e lui ne prese uno.

"Dov'è tuo marito?" le chiese Bobby, mordendo il biscotto.

Giselle si sentì arrossire in viso. "Non sono sposata."

"Nemmeno papà ha una moglie."

"Capisco." *Ma scommetto che qualsiasi donna nelle vicinanze gli corra dietro.*

"Tu hai figli?" le chiese il bambino.

Lei scosse la testa. "E nemmeno un cane. Sono solo io."

"Mio padre ha me. Mia madre è morta. Ho anche un nonno e una nonna."

"Oh. Mi dispiace tanto per tua madre."

Il bambino annuì, ma continuò a mangiare.

Guardandolo di soppiatto, notò che la somiglianza con suo padre era notevole. Giselle sentì una fitta al cuore. Voleva abbracciarlo, ma lui non era suo figlio, e non si abbracciano i figli degli altri, soprattutto se non li si conosce bene.

Pochi istanti dopo aver finito la cioccolata, qualcuno suonò il campanello.

"Non dovresti aprire la porta senza guardare dallo spioncino," disse Cal.

Giselle serrò le labbra. Non gli avrebbe mai detto di non essere in grado di farlo.

"Non c'è nessuno pericolo qui." Lei sollevò il mento.

"Non si sa mai. Sono venuto a prendere Bobby. Non voglio che si trattenga troppo."

"Nessun problema. Accomodati."

"No, grazie. Aspetto qui."

Giselle chiamò il bambino, che arrivò di corsa. "Tuo padre è qui. Mettiamoci gli stivali."

Avrebbe voluto sbattere la porta in faccia a Cal, ma si trattenne. Lasciare la porta aperta avrebbe fatto raffreddare la casa. Accidenti a lui per non essere entrato. Non è che gli avesse proposto di sposarla. Gli aveva semplicemente chiesto di entrare. Maledetto testardo. *Certe cose non cambiano mai.*

"Papà, Giselle non ha un marito. E non ha nemmeno dei figli. Magari le piacerebbe essere la mia mamma." Bobby non smetteva mai di parlare, mettendola in imbarazzo, finché lei non riuscì a guardare Cal.

"Non penso proprio, Bobby. Lei sta bene a casa sua."

"È tutta sola. Non ha nemmeno un cane," osservò il bambino.

No. Troppo facile cadere con un cane.

Cal scrollò le spalle.

"Grazie, Bobby. Magari non posso essere tua madre, ma posso essere tua amica. Puoi tornare per la cioccolata calda e i biscotti."

"Davvero?" chiese il bambino, poi si rivolse a suo padre. "Posso, papà?"

Cal la guardò storto prima di aprire bocca. "Credo di sì. Sì. Puoi farlo. Quando sarai invitato."

"Lei mi piace. È simpatica," disse Bobby.

Giselle nascose un sorriso mentre gli alzava la cerniera della giacca.

"Come si dice, Bobby?" gli suggerì suo padre.

"Grazie," le disse, poi spalancò le braccia e le abbracciò le gambe.

Il semplice gesto di Bobby le fece venire le lacrime agli occhi mentre lo stringeva a sé.

"Anche tu mi piaci, Bobby. E sei sempre il benvenuto a casa mia," balbettò, liberando il bambino.

"Andiamo." Cal mise un braccio intorno alle spalle di suo figlio e lo accompagnò fuori.

Lei rimase in piedi davanti alla porta, reggendosi al pomello e guardandoli attraversare la strada. Si fermarono per lasciar passare una macchina e Bobby la salutò con la mano. Lei ricambiò il gesto. *Che bambino delizioso!*

Cazzo. Cal aveva fatto un ottimo lavoro crescendolo senza una moglie. Immaginò che fosse autosufficiente. Tranne per il fatto che Bobby voleva una madre. Con un sorriso triste, chiuse a chiave la porta. Non era compito suo dirgli che nella vita non si ottiene sempre quello che si vuole. Sospirò e alzò il termostato.

Capitolo Due

Giselle era in piedi vicino al lavandino, dopo aver riempito il bollitore, quando suonò il campanello.

"Avanti!" rispose, toccando il muro per trovare la spina.

Julia Davenport la raggiunse in cucina. "Ho portato i dolcetti," disse, mettendo una busta sul bancone.

"Perfetto. Ho messo su l'acqua calda un minuto fa. Che tipo di tè vuoi?"

"Ce l'hai alla vaniglia?"

"Ce l'ho." Giselle si diresse verso l'armadietto. Prese un contenitore rotondo, lo aprì e annusò alcune bustine di tè finché non trovò quelle giuste.

"Ho trovato un sito che vende un forno a microonde parlante," disse Julia, togliendosi il cappotto.

"Non mi serve un forno a microonde."

"Perché no? Ce l'hanno tutti."

"Immagino che sia costoso."

"Lo è. Almeno cinquecento dollari. Ma sono sicura che ne valga la pena."

"Le persone cucinavano anche prima che inventassero il microonde."

"Posso regalartelo per Natale?"

Giselle si voltò, sentendosi arrossire sulle guance. Odiava la carità.

"Nessun problema, Julia. Preferirei degli audiolibri."

"Quelli possiamo prenderli dalla biblioteca. Potremmo andarci dopo aver fatto la spesa."

"Perfetto. Credo che dovrò trovare un autista."

"Sicuramente ci sarà qualche mamma che vorrebbe un lavoretto part-time, una mattina alla settimana. Perché non chiami il preside della scuola elementare di Pine Grove?"

"Ottima idea! Lo farò domani."

"Ora, sistemiamo questa casa."

"Non so se sei abbastanza forte per spostare i mobili," disse Giselle.

"Una roccia. Era così che mi definiva Bill. Mettiamoci al lavoro."

Giselle prese un quaderno dalla borsa. "Qui ho scritto dove sistemare ogni cosa." Porse il quaderno a Julia.

Insieme, le due donne misero i mobili al loro posto e trascinarono le scatole nelle varie stanze. Poi, fecero il letto. Giselle mise in ordine la biancheria e le calze per l'ufficio mentre Julia appendeva abiti, giacche e pantaloni nell'armadio.

Quando Julia andò via per un appuntamento dal dentista, Giselle si sdraiò sul letto per fare un pisolino. Sopraffatta dalla stanchezza, si risvegliò solo quando sentì aprirsi la porta d'ingresso. Si fece prendere dal panico.

"Chi è?" urlò angosciata.

"Mi dispiace molto. Avrei dovuto bussare, ma non volevo disturbarti." Julia entrò in casa di sua nipote, con in mano una busta della spesa.

Giselle abbracciò sua zia. "Sei in perfetto orario per il tè. Metto su il bollitore."

"Sei così autosufficiente. È incredibile."

"Ho avuto qualche anno di tempo per abituarmi."

"Non posso esserne colpita?"

"La vita continua, Julia. Qualsiasi cosa succeda."

"Già."

"Camomilla o Vaniglia Chai?" le chiese Giselle mentre andava in cucina.

"Vaniglia, grazie. Ti ho portato un po' di decorazioni natalizie."

"Non ho intenzione di fare l'albero di Natale. Non se ne parla."

"Possiamo appenderle alla finestra, allora?" chiese Julia.

"Sì. Non voglio che la gente mi paragoni a Ebenezer Scrooge."

Giselle prese le tazze e le bustine di tè alla vaniglia.

Julia raggiunse sua nipote. "Hai bisogno d'aiuto?"

"Dimmi quando, d'accordo?"

"Certo."

"Ho portato alcuni scones di Laura Dailey." Frugò nella busta della spesa.

"Organizzerai un mercatino dell'usato per Natale?"

"Io? No. Era mamma che lo faceva. Non fa per me." Giselle si mise in bocca un pezzetto di dolce.

"Ma tu la aiutavi sempre."

"Quando la mia vista era ancora perfetta. Ma adesso? No."

"Io posso aiutarti. Sono sicura che troveremo qualcun altro."

"Ci saranno tonnellate di polvere e muffa nel retrobottega. Mmm. Ho quasi paura di avventurarmi lì dentro."

Julia diede una pacca sul braccio a Giselle. "I bambini sarebbero entuasiasti. E quando ho detto alle persone che avresti cambiato casa, tutti mi hanno chiesto se l'avresti fatto."

"E tu che cosa hai risposto?"

"Che non lo sapevo. Che dovevo prima parlarne con te."

"Se tutto fosse normale, beh, forse lo farei. Ma in queste condizioni..."

"Le persone vorranno aiutarti."

"Non voglio. Non voglio nessun aiuto. Non voglio pietà. Voglio solo che mi lascino in pace." Giselle si alzò in piedi e si avvicinò alla finestra.

In mezzo a quella confusione, individuò una battaglia di palle di neve dall'altra parte della strada. Sentì una fitta al cuore. Ovviamente, si trattava di Cal. Si ricordò le numerose volte in cui lui le aveva lanciato una palla di neve sul sedere, con una mira sorprendente.

Sospirò e si voltò. Non aveva senso torturarsi. Cal aveva una nuova vita, un bambino e probabilmente una ragazza. Julia le si avvicinò da dietro, appoggiandole una mano sulla spalla.

"È ora che tu ti faccia una vita."

IN PIEDI DAVANTI ALLA finestra, fissando la casa di Giselle, Cal rispose al telefono. "Perché non mi hai detto che Giselle si sarebbe trasferita dall'altra parte della strada?"

"Perché non lo sapevo," gli rispose sua madre Betty.

"Come se io ci credessi. Tu sai sempre tutto quello che succede a Pine Grove."

"Sapevo che era tornata, un po' di tempo fa. Si è trasferita da Julia Davenport alla fine di giugno, mi pare."

"Giugno?" le chiese, spalancando gli occhi. "E quando pensavi di dirmelo?"

"Pensavo che non volessi saperlo. Tra voi due è finita da tanto tempo."

"Sì, ma adesso lei è venuta a vivere proprio di fronte a casa mia."

"Oh?" disse Betty, con un tono di voce entusiasta. "Davvero? Avete ricominciato a frequentarvi?"

"Cosa? No! Nemmeno ci parliamo."

"Peccato."

"Ti è sempre piaciuta, vero?"

"Perché non dovrebbe? È una ragazza dolce e affascinante."

"Davvero? Non è stata così dolce e affascinante quando mi ha lasciato con un anello di fidanzamento in tasca per trasferirsi in Europa, non credi?"

"Le avevi preso un anello di fidanzamento?"

"Credevo lo sapessi, mamma."

" Questo peggiora le cose, no?"

"È andata com'è andata. È finita. È passato molto tempo ormai." Cambiò posizione, ma non distolse lo sguardo dalla casa di Giselle.

"Mi dispiace, Cal. Eri molto felice con lei."

"Acqua passata. Perché è tornata? E perché è venuta a vivere proprio di fronte a casa mia?"

"Perché lo chiedi a me? Casa sua è a due passi dalla tua. Perché non lo chiedi a lei?"

"Ti piacerebbe, vero?"

"Non si tratta di me, figliolo. Si tratta di te. Non hai nessuna vita al di fuori di Bobby. Perché non vai da lei? Parlale. Forse voi due potete sistemare le cose."

"Non se ne parla, mamma. Non se ne parla proprio." Lui scosse la testa.

"Non con un atteggiamento negativo."

"È stata lontana da qui per molto tempo. Mi sorprende che non si sia sposata. Non sarebbe la stessa cosa."

"Non si sa mai. Potrebbe essere meglio."

"Sì, certo. Dubito che sia interessata a me, comunque. Con tutti quegli uomini europei. Inoltre, io sono stato sposato e ho un figlio. Molte donne non vogliono un uomo che ha già un figlio."

"Non puoi saperlo se nemmeno ci provi."

"Tu conosci tutti. Cerca di scoprire perché ha comprato la casa di fronte alla mia. Ok?"

"Farò del mio meglio."

"Adesso devo andare," le disse. "Ti voglio bene." Poi riattaccò. Non che avesse qualcosa da fare. Essendo una giornata fredda e ventosa, non aveva in programma di lavorare. Si concentrò di nuovo sulla casa di Giselle. Ricordava la famiglia che aveva vissuto lì prima di lei. Avevano un bambina, con la quale Bobby giocava spesso. Quando lei era rimasta di nuovo incinta, avevano deciso di trasferirsi.

Perché una donna senza figli voleva vivere così vicino a una scuola? Quella casa aveva bisogno di qualche riparazione. Dalla sua finestra, riusciva a vedere i gradini anteriori, accidentati e scheggiati sugli angoli. Ricordò che c'era una finestra rotta nel seminterrato.

Non aveva notato nessuna macchina. Giselle possedeva un'elegante modello europea o aveva comprato un'auto americana? Immaginò che preferisse le auto europee, oltre agli uomini. L'auto deve essere nel garage. Ma non c'erano tracce di pneumatici sulla neve. Forse stava aspettando la consegna.

Le domande su Giselle Davenport gli offuscarono la mente. Si voltò a guardare il salotto. Doveva passare l'aspirapolvere sul tappeto e Bobby aveva lasciato i suoi giocattoli sparsi dappertutto. Accidenti, avrebbe dovuto insegnare a quel bambino a rimetterli in ordine. Cal era da solo. Non aveva una donna che lo aiutasse con le faccende.

Dopo aver raggruppato i giocattoli di Bobby, lo chiamò nella stanza.

"Riportali nella tua stanza, Bobby. Non puoi lasciare i giocattoli per tutta la casa. Puoi giocare qui, ma poi devi riportarli nella tua stanza. Devo passare l'aspirapolvere e non posso farlo con le tue cose sparse dappertutto."

"Scusa, papà," rispose il bambino, raccogliendo tutte le macchinine che le sue manine riuscivano a trasportare.

Cal sorrise e raccolse gli altri giocattoli.

"Perché non vai a giocare fuori mentre pulisco qui? Vedi se Malcolm è nei paraggi o fa' un pupazzo di neve, d'accordo? Ti chiamo quando la cena è pronta."

Lo aiutò a indossare piumino, guanti e stivali. Cal rimase davanti alla porta, osservando suo figlio che correva lungo il vialetto fino all'altra parte della strada. Malcolm stava facendo un pupazzo di neve davanti a casa sua e Bobby lo raggiunse.

Cal sospirò. Era triste che Jane non potesse veder crescere suo figlio, ma la gratitudine di averlo gli riempiva il cuore. Bobby era il regalo più bello che la vita potesse fargli. Nonostante Jane non fosse stata l'amore della sua vita, gli mancava che condividere con lei quell'esperienza. I suoi genitori compensavano al sua assenza ogni volta che potevano. Bobby li adorava e si divertiva a stare a casa loro, dove le regole non erano così rigide.

Essere un genitore single faceva schifo, ma Cal si era rassegnato al suo destino. Sorrise e chiuse la porta, tornando alle sue faccende.

FORTUNATAMENTE, NON aveva bisogno di comprare molte cose al supermercato. Quando Julia accostò al marciapiede, Giselle scese dall'auto e recuperò la borsa dal sedile posteriore. Dopo aver salutato sua zia, le sue orecchie udirono le voci dei bambini. Lei sorrise.

Comprendeva bene il richiamo della neve fresca per i bambini, anche in una giornata gelida come quella. La sua giacca non era abbastanza pesante e il vento dell'inverno le congelava le ossa. Percorse il vialetto scivoloso, mantenendo lo sguardo fisso sul marciapiede. Sebbene la sua visione centrale fosse sfocata, aveva ancora una visione periferica decente. Voltandosi, notò le fratture del ghiaccio e lentamente si fece strada lungo il suo vialetto.

Sbam! Bam! Giselle cadde a sinistra, atterrando sul suo prato anteriore. La neve attutì la caduta. Il vento l'aveva fatta cadere e la sua spesa era tutta sparsa per il prato ghiacciato. Mentre cercava di riprendere fiato, sentì qualcuno che piangeva.

"Scusa. Scusami. Non volevo farti male. Sono scivolato," si precipitò a dire un bambino.

Giselle inclinò la testa. Era il figlio di Cal che si stava scusando?

Un attimo dopo, riprese fiato. Distesa sulla neve, iniziò a parlare.

"Sto bene. So che non volevi urtarmi."

Il bambino smise di piangere e cominciò a parlare a raffica.

"Scusa. Papà si arrabbierà molto. Malcolm mi stava inseguendo, sono scivolato e..."

"Va tutto bene, Bobby," disse lei, alzando la mano.

"Come fai a sapere come mi chiamo?"

"Conosco tuo padre," gli rispose. "Pensi di potermi aiutare a raccogliere la spesa?"

"Certo." Bobby raccolse barattoli e scatole e Giselle li rimise nella busta. Sollevandosi, con il sedere sul terreno gelato, rabbrividì.

Casualmente, notò che le labbra di Bobby erano pallide. "Senti freddo?"

Lui annuì, stringendosi le braccia intorno per un attimo. "Papà mi ha detto di stare fuori mentre lui passa l'aspirapolvere."

"Ti andrebbe di entrare a bere cioccolata calda?"

"Cioccolata calda?"

"Cioccolata calda al caramello."

"È la mia preferita."

Lei pensò che lui l'avesse inventato, ma non le importava. "Ok. Andiamo."

"Non posso."

"Perché no?"

"Perché non dovrei entrare in casa di una persona estranea."

"Oh. Ovviamente. Perché non corri a casa a chiederlo a tuo padre? Digli che Giselle ti ha invitato."

"Sì. Geselle?"

"No. Giselle."

"Oh. Giselle."

"Forza. Va' a chiederglielo." Lei si mise in ginocchio e si rialzò. "Bobby!" gridò lei, scivolando di nuovo. Lui allungò un braccio e lei si resse sulla sua spalla con una mano, tenendo la busta della spesa nell'altra.

"Puoi aiutarmi a entrare?" gli chiese.

"Certo."

Insieme, arrivarono alla porta d'ingresso. Cercò di non fargli peso sulla spalla, ma di limitarsi a reggersi. Quando arrivò, lo ringraziò.

"Ti meriti una grossa tazza di cioccolata per avermi aiutata. Chiedilo a tuo padre, poi torna e suona il campanello."

"Va bene," rispose, partendo come un razzo. Armeggiò per infilare la chiave nella serratura, poi aprì la porta. Mettendo la busta per terra, la spinse in avanti, poi entrò nell'atrio. Aveva mantenuto la casa fresca, ma c'era comunque un bel tepore. Appese la giacca, prese la busta e la appoggiò sul bancone della cucina.

Giselle accese la radio su una stazione che suonava musica natalizia ventiquattr'ore su ventiquattro. Si mise a cantare, facendo attenzione al campanello. Come previsto, il campanello suonò.

"Sono davvero felice che tu sia qui, Bobby. Prego, entra. Togliti le scarpe davanti alla porta. Hai bisogno di aiuto?"

Una volta tolti gli stivali nell'ingresso, lo condusse in cucina.

"Ti piace la musica natalizia?"

Lui annuì e si sedette.

Mentre preparava gli ingredienti per la cioccolata calda, parlò con lui delle vacanze. Il bambino non era affatto timido e gli domandò quali regali avesse chiesto a Babbo Natale.

Giselle servì la cioccolata.

"Wow," esclamò Bobby, dopo aver bevuto il primo sorso.

Lei aprì una scatola del Cozy Café. Era piena di biscotti natalizi. Nonostante si fossero rotti durante l'autunno, lei pensò che avessero ancora un buon sapore. Ne mise alcuni su un piatto.

"È Jess Lennox che li prepara." Lei gli mise il piatto davanti e lui ne prese uno.

"Dov'è tuo marito?" le chiese Bobby, mordendo il biscotto.

Giselle si sentì arrossire in viso. "Non sono sposata."

"Nemmeno papà ha una moglie."

"Capisco." *Ma scommetto che qualsiasi donna nelle vicinanze gli corra dietro.*

"Tu hai figli?" le chiese il bambino.

Lei scosse la testa. "Neanche un cane. Sono solo io."

"Mio padre ha me. Mia madre è morta. Ho anche un nonno e una nonna."

"Oh. Mi dispiace tanto per tua madre."

Il bambino annuì, ma continuò a mangiare.

Guardandolo lateralmente, notò che la somiglianza con suo padre era notevole. Giselle sentì una fitta al cuore. Voleva abbracciarlo, ma lui non era suo figlio, e non si abbracciano i figli degli altri, soprattutto se non li si conosce bene.

Pochi istanti dopo aver finito la cioccolata, qualcuno suonò il campanello.

"Non dovresti aprire la porta senza guardare dallo spioncino," disse Cal.

Giselle serrò le labbra. Non gli avrebbe mai detto di non essere in grado di farlo.

"Non c'è nessuno pericolo qui." Lei sollevò il mento.

"Non si sa mai. Sono venuto a prendere Bobby. Non voglio che si trattenga troppo."

"Nessun problema. Accomodati."

"No, grazie. L'aspetto qui."

Giselle chiamò il bambino, che arrivò di corsa. "Tuo padre è qui. Mettiamoci gli stivali."

Avrebbe voluto sbattere la porta in faccia a Cal, ma si trattenne. Lasciare la porta aperta avrebbe fatto raffreddare la casa. Accidenti a lui per non essere entrato. Non è che gli avesse proposto di sposarla. Gli aveva semplicemente chiesto di entrare. Maledetto testardo. *Certe cose non cambiano mai.*

"Papà, Giselle non ha un marito. E non ha nemmeno dei figli. Magari le piacerebbe essere la mia mamma?" Bobby non smetteva mai di parlare, mettendola in imbarazzo, finché lei non riuscì a guardare Cal.

"Non penso proprio, Bobby. Lei sta bene a casa sua."

"È tutta sola. Non ha nemmeno un cane," osservò il bambino.

No. Troppo facile cadere con un cane.

Cal scrollò le spalle.

"Grazie, Bobby. Magari non posso essere tua madre, ma posso essere tua amica. Puoi tornare per la cioccolata calda e i biscotti."

"Davvero?" chiese il bambino, poi si rivolse a suo padre. "Posso, papà?"

Cal la guardò storto prima di aprire bocca. "Credo di sì. Sì. Puoi farlo. Quando sarai invitato."

"Lei mi piace. È simpatica," disse Bobby.

Giselle nascose un sorriso mentre gli alzava la cerniera della giacca.

"Come si dice, Bobby?" gli suggerì suo padre.

"Grazie," le disse, poi spalancò le braccia e le abbracciò le gambe.

Il semplice gesto di Bobby le fece venire le lacrime agli occhi mentre lo stringeva a sé.

"Anche tu mi piaci, Bobby. E sei sempre il benvenuto a casa mia," balbettò, liberando il bambino.

"Andiamo." Cal mise un braccio intorno alle spalle di suo figlio e lo accompagnò fuori.

Lei rimase in piedi davanti alla porta, reggendosi al pomello e guardandoli attraversare la strada. Si fermarono per lasciar passare una macchina e Bobby la salutò con la mano. Lei ricambiò il gesto. *Che bambino delizioso!*

Merda. Cal aveva fatto un ottimo lavoro crescendolo senza una moglie. Immaginò che fosse autosufficiente. Tranne per il fatto che Bobby voleva una madre. Con un sorriso triste, chiuse a chiave la porta. Non era compito suo dirgli che nella vita non si ottiene sempre quello che si vuole. Sospirò e alzò il termostato.

Capitolo Tre

"Lascia gli stivali in cucina. Ho passato l'aspirapolvere in salotto." Dopo che Cal si tolse le scarpe, aprì la porta della dispensa e cercò un barattolo di zuppa. Di certo, in cucina cercava tutte le scorciatoie possibili. Lui potava gli alberi, non era uno chef. Il dottore aveva detto che Bobby stava crescendo bene, quindi Cal non era preoccupato.

Trovò un barattolo di zuppa di pomodoro.

"Formaggio grigliato e zuppa di pomodoro," disse.

"Oh, accipicchia! Formaggio grigliato," rispose Bobby.

Cal si mise a ridacchiare. Quand'era bambino, quello era anche il suo piatto preferito. Dopo la morte di Jane, sua madre gli aveva insegnato a prepararlo in modo che lui e Bobby potessero mangiare del cibo consolatorio ogni volta che ne avevano bisogno.

Aggiunse il latte alla zuppa, poi tirò fuori il formaggio. I suoi pensieri si rivolsero a Giselle. Cazzo, ultimamente aveva pensato troppo a lei. Credeva che non fosse colpa sua. Non che fosse arrapato o qualcosa di simile e, anche se lo fosse stato, sarebbe stato perché lei viveva di fronte a casa sua. E non riusciva a smettere di guardarla.

Lei aveva ancora il fisico snello che lo attraeva da adolescente. Cazzo, a sedici anni lo arrapava qualunque cosa. Oggi, non riusciva a smettere di fissarle il seno. Era un po' più grande di quanto lo ricordasse? Era come se le sue dita ricordassero la morbidezza della sua pelle. Il suo sedere sembrava un po' più rotondo rispetto a sei anni prima.

E la sua bocca. Cazzo! Le sue labbra, con il rossetto quasi tutto consumato, erano di un rosa delicato, perfettamente a forma di cuore, e lo attiravano come due calamite. No, no, no! Doveva smetterla con quei pensieri. Ok, forse voleva ancora andare a letto con lei. Del resto, era un uomo, no? Si trattava solo di sesso, ormoni, qualsiasi cosa... ma niente di più!

L'autocontrollo sarebbe diventato il suo mantra. Non che lei gli avesse proposto qualcosa. Anzi, era stata decisamente scortese. Probabilmente, era meglio così. Doveva starle lontano, anche se non riusciva ad allontanare la sensazione che lei gli appartenesse ancora. Soprattutto perché non era così.

Quando Bobby l'aveva riempita di complimenti, le sue guance erano diventate tutte rosse. Cazzo, era ancora bellissima! Cal non poteva negarlo. La sua bellezza era persino aumentata da quando aveva lasciato Pine Grove. In piedi sulla porta con un paio di leggings e una camicia di flanella che le copriva a malapena il sedere, era la personificazione di un sogno erotico, del suo sogno erotico. Avrebbe voluto baciarla.

Probabilmente, lei gli avrebbe dato uno schiaffo. Doveva rispettare i suoi confini. Sarebbero state le sue parole. Oh, sì, ora Giselle era elegante e raffinata come una donna europea. Pur avendo schernito la sua raffinatezza con i suoi genitori, questa contribuiva solo ad aumentare il suo desiderio nei suoi confronti.

Lei non avrebbe potuto essere più chiara di così riguardo ai suoi sentimenti per lui. O piuttosto alla sua mancanza di sentimenti per lui. Era fredda? Cazzo, avrebbe potuto congelare la carne con lo sguardo glaciale dei suoi occhi blu. Con Bobby, però, era stata gentile e affettuosa. Certo, lui aveva bisogno di una madre, ma Giselle Davenport non avrebbe mai accettato di farlo.

Tuttavia, mentre stava lì con loro, Cal non poté fare a meno di pensare a come sarebbero state diverse le cose se Bobby fosse stato loro figlio. Come sarebbe stata la sua vita adesso se lei fosse rimasta a Pine Grove, si fossero sposati e avessero avuto un figlio? Lei gli apparteneva ancora e lui sarebbe stato un uomo molto più felice.

Non era vero. Non avrebbe avuto Bobby. Quel bambino aveva ereditato molto da sua madre, come la sua cordialità e il suo calore. Era stata Jane a cominciare a parlare con Cal nel bar dove si erano conosciuti. Aveva riso, flirtato e scherzato con lui. Bobby era suo figlio.

Cal era sempre stato tranquillo, riflessivo e introverso, tranne quando stava con Giselle. Lei tirava fuori il suo lato scherzoso. Insieme, avevano giocato sulla neve, erano andati a fare sci nautico sul lago, a sciare sulla neve in montagna, a fare escursioni e a fare birdwatching. Al liceo, lui la prendeva sempre in giro. Era il suo modo di attirare la sua attenzione. Cazzo, aveva adorato quei giorni.

Ora, conduceva una vita solitaria. Non gli importava molto e questo rendeva tutto più semplice. Ma per un istante, in piedi davanti alla sua porta, mentre Bobby le abbracciava le gambe, aveva concesso alla sua mente di immaginare che Bobby fosse loro figlio. E questo l'aveva sorpreso.

Il suo telefono iniziò a squillare.

"Ho un lavoretto per te, Cal. Sei libero?" gli chiese suo padre.

"Certo. Porterò Bobby con me."

"Ok. Fa' attenzione. La signora Ghent, i Robinson e Bill Tolliver. Tutto chiaro?"

"Sì. Veniamo appena avremo finito di cenare."

"Dove andiamo, papà?" gli chiese Bobby, tra una cucchiaiata e l'altra di zuppa.

"Vuoi salire sullo spalaneve insieme a me?"

"Sullo spalaneve?"

"Sì. Dobbiamo spazzare alcuni vialetti."

"Sì!" Il bambino fece un salto di gioia.

Cal alzò la mano. "Wow. Aspetta un attimo. Prima finisci di cenare."

"Devo proprio?"

"Sì che devi. Proprio come me."

Cal guardò Bobby mentre mangiava. Orgoglioso di riuscire a cucinare abbastanza bene per sé e suo figlio e di guadagnare abbastanza da permettersi una piccola casa, di tanto in tanto Cal si congratulava con sé stesso. Adattarsi a ciò che la vita gli aveva riservato non era stato facile, ma era soddisfatto di avercela fatta.

Quando finirono di cenare, Cal e suo figlio indossarono qualcosa di caldo prima di uscire. Alzò gli occhi e notò che il vialetto di Giselle non era stato spazzato. Forse era per questo che lei non aveva tirato fuori la macchina dal garage? L'aveva vista salire e scendere dalla macchina di Julia. Ma aveva preferito affrontare i gradini anteriori, che non erano sicuri, invece di uscire dalla porta laterale direttamente sul vialetto.

L'asfalto era ricoperto da uno strato di neve incontaminata. Forse avrebbero potuto spalare la nave prima di tornare a casa. Cazzo, stava pensando di nuovo a lei. Perché si era trasferita proprio di fronte a casa sua? E lui avrebbe sempre desiderato qualcosa che non avrebbe mai potuto avere?

ANCHE SE GISELLE AVEVA già sistemato le cose essenziali, la mattina dopo avrebbe avuto molto altro da fare. Gli scatoloni erano accatastati nella camera degli ospiti. Temeva di dover trovare i posti perfetti per le sue cose.

Con una senso di pesantezza nel cuore, ammise che portarsi dietro la sua vasta collezione di libri fosse stata un'idea stupida. Riusciva a leggere, ma solo facendo un grande sforzo, usando una luce speciale e una lente d'ingrandimento. Gli audiolibri avevano sostituito i libri cartacei. Dirigendosi verso quello che ora era diventato il ripostiglio, si fermò sulla soglia e sospirò. Qualcuno bussò alla porta.

Sorridendo per il sollievo di dover interrompere il suo compito oneroso, andò ad aprire.

"Zia Julia! Che bella sorpresa!"

"Prendi il cappotto, signorina. Andiamo a fare colazione." Julia rimase in piedi, con le gambe aperte e le mani sui fianchi sul gradino anteriore, lasciando entrare l'aria fredda in casa.

"Stupendo! Dammi un secondo." Giselle andò nella sua camera da letto e frugò nel suo armadio per prendere il suo cappotto più pesante. Dopo averlo indossato, tornò da sua zia e, a braccetto, le due donne percorsero lungo il vialetto ghiacciato fino all'auto di Julia.

"Dove andiamo?" le chiese Giselle.

"Al Cozy Café. La miglior colazione di tutta Pine Grove." Julia svoltò in Main Street.

"Di una città così piccola? Non è molto significativo."

Julia scoppiò a ridere.

Quando si sedettero, Amy, la proprietaria, portò loro i menu.

"Caffè, signore?" domandò.

Loro annuirono ed Amy riempì le due tazze che erano già sul tavolo. "Che cosa prendete stamattina?"

Ordinarono bacon, uova e dolcetti alla cannella. Poi, Julia iniziò a parlare. "Beh, guarda un po' là."

"Che cosa?"

"Immagino che tu non riesca a vederlo. C'è un annuncio sulla bacheca."

"Che cosa dice?" Giselle abbassò lo sguardo, concentrandosi per aggiungere il latte al suo caffè.

Julia lesse: "Si cercano volontari. Giselle Davenport è tornata e ha bisogno di aiuto per aprire il negozio dell'usato di Natale. Siete interessati? Chiama Julia Davenport."

Giselle alzò la testa di scatto. "Sei stata tu?"

"Non l'ho messo io. Non so perché abbiano scritto il mio nome e il mio numero," disse Julia, alzando le mani.

"Forse perché sei stata tu a darglielo?" Giselle lanciò un'occhiataccia a sua zia.

"No, non c'entro niente. Davvero. Forse non conoscevano il tuo."

"Te l'ho già detto, non lo farò."

"E se trovassimo dei volontari?"

"In tal caso, glielo comunicherò. Parlerò loro di me. Della mia vista."

"E allora? Alla fine non lo scopriranno tutti comunque?" disse Julia.

"Non lo faranno se non ne parlo."

Amy portò loro i dolcetti alla cannella.

"Oh, sì. Ho capito." Julia annuì.

"Capito cosa?"

"Vuoi dire che Cal Morrison lo scoprirà, vero?"

Giselle non riuscì a evitare di arrossire in volto. Julia aveva fatto perfettamente centro.

"Vive di fronte a casa tua. È un idiota? No. Allora, prima o poi capirà che qualcosa non va." Julia diede un morso al suo dolcetto.

"Credo che succederà più poi che prima."

"Sciocchina. Lui è così vicino. E se tu avessi bisogno d'aiuto? Lui è proprio lì."

"Non ho bisogno di niente da lui." Giselle tirò su col naso, sollevando leggermente il mento.

"Sì che ne hai. O ne avrai. Potrebbe succedere. Crescere a Pine Grove non ti ha insegnato nulla?"

"Che cosa intendi dire?"

"Voglio dire, tutti abbiamo bisogno degli altri. Ecco cosa vuol dire vivere in una piccola città. Forse, se vivessi in un gigantesco condominio a New York City, potresti farne a meno. Ma non qui. Prima o poi, avrai bisogno di qualcosa. E Cal sarà lì."

"Non posso aver bisogno di qualcosa da qualcun altro?"

Julia scoppiò a ridere. "Testarda come tuo padre. Noi Davenport siamo molto determinati. Avrai una vita molto più bella e più semplice, se affronterai la tua disabilità e dirai la verità."

"Questo lo dici tu. Io non sono d'accordo."

"Guarda quell'annuncio. E ti giuro che non ce l'ho messo io. Le persone vogliono il negozio dell'usato di Natale. E sono disposte ad aiutarti."

"Vedremo quanti volontari ci saranno."

Julia sorrise. "Bene. Sei aperta all'idea."

"Forse."

"Ciò che ci serve è un servizio di car sharing. Se trovassi dei passaggi da e verso il negozio, potresti occupartene."

"Non essere così sicura che le persone faranno a gara per fare volontariato." Giselle prese un pezzetto di dolce e se lo mise in bocca.

"Non essere così sicura che non lo faranno," rispose Julia.

Quando finirono di fare colazione, si diressero verso casa di Giselle. Durante il tragitto, Julia ricevette tre telefonate. Una volta in soggiorno, Giselle accese il fuoco nel camino mentre Julia controllava il suo telefono.

Sedendosi sul divano, Giselle si lamentò di dover disimballare e sistemare tutti i suoi libri.

"Libri? Troppi libri?" disse Julia.

Giselle annuì.

"Perché non donarli al negozio dell'usato? Sarebbero perfetti regali di Natale da parte dei bambini per i loro genitori, zie e zii."

"Che idea geniale!" Giselle si alzò di scatto dal divano e si mise a passeggiare. "Vediamo quante scatole ci sono."

Insieme, le due donne contarono quindici scatole di libri.

Giselle allungò le braccia per prenderne una. "Sono pesanti."

"Ho un'idea! Una delle chiamate che aveva ricevuto era da parte di Jess Lennox West. Lei le aveva detto di non usare l'auto per tutto il giorno e che l'autista avrebbe potuto accompagnarla e andarla a prendere al negozio dell'usato tutti i giorni. È un ragazzo robusto. Potrebbe portare quelle scatole laggiù."

"Perfetto!" Un sorriso illuminò il volto di Giselle. "È un'ottima soluzione."

"Bene. E ora devi aprire il negozio dell'usato di Natale," sottolineò Julia.

"Hai trovato altri volontari?"

"Altre due persone e ho anche una dozzina di messaggi qui. Persone che arrivano persino da Oak Bend. Accidenti, ma Laura dove diavolo ha appeso quei manifesti?" Julia si accarezzò il mento.

"Laura? Laura Dailey?"

Adesso fu sua zia ad arrossire.

"Pensavo che non sapessi chi ha messo quell'annuncio." disse Giselle.

"Ok. È stata una mia idea. A Laura è piaciuta molto e si è offerta volontaria. Ha chiesto a Barney di andare ad appenderli stamattina presto."

"Come immaginavo. Lei conosceva il tuo numero di telefono e non il mio. Erano tutte stupidaggini."

Julia afferrò il braccio di sua nipote. "Ascolta. Sei intrappolata qui tutto il giorno. Tutta sola. Devi uscire. Stare con le persone. Questo non ti fa bene. Hai bisogno di aiuto. Non voltare le spalle a tutto questo. Farà bene a te e a tutta la comunità."

Giselle la abbracciò. "Hai ragione. Credo sia arrivato il momento di affrontare le cose."

"È ora che tu abbia un po' di sostegno dai tuoi concittadini."

Giselle si tuffò sul divano. "Ok. Ma non Cal. D'accordo?"

"Come vuoi. Ma credo che tu stia facendo un errore."

CAL SI FERMÒ AL COZY Café per fare colazione. Osservò il manifesto appeso al muro.

"Negozio dell'usato di Natale?" chiese Cal a Laura, mentre lei prendeva il suo ordine. "È tornato in attività?"

"Sì. Sembra che se ne stia occupando Giselle," disse Laura Dailey. "Riprendendo da dove sua madre aveva interrotto."

"Mmm," mormorò Cal, bevendo il suo caffè.

"Sembra che abbiano bisogno di volontari. Pensi di proporti come volontario?" Lei lo guardò di soppiatto.

"Io? No. Ho altre cose da fare. Devo prendermi cura di Bobby. Spalare la neve. Devo essere reperibile."

"Oh, sì. Finora, comunque, non c'è brutto tempo. Sono sicura che un uomo grande e forte come te possa tornare utile."

"Non preoccuparti per Giselle. Riuscirà a trovare tutto l'aiuto che le serve."

Quando finì di fare colazione, si diresse verso il parcheggio. La curiosità ebbe il sopravvento su di lui. Nonostante la neve, invece di andare direttamente a casa, Cal si diresse verso il negozio dell'usato. Sembrava che la notizia si fosse diffusa. C'erano scatole accatastate davanti al portico dell'edificio. Enormi sacchi riempivano tutti gli spazi vuoti. Se avesse continuato a nevicare, gli oggetti dentro quei sacchi avrebbero potuto rovinarsi. Cal entrò nel parcheggio e si diresse verso la porta laterale. Quando trovò la chiave sotto il tappetino, sorrise. La signora Davenport nascondeva sempre la chiave lì sotto. Ridacchiò pensando che probabilmente in città lo sapevano tutti.

Dopo aver aperto la porta, entrò e si guardò intorno. Vicino a una finestra, uno spazio vuoto sembrava abbastanza grande. Cal prese le scatole una ad una e le impilò ordinatamente vicino al muro. Poi, vi sistemò davanti i sacchetti.

Quando ebbe finito, chiuse a chiave la porta e tornò a casa. Certo, Giselle poteva occuparsi di quelle scatole, ma perché non aiutarla? Nessuno doveva saperlo. Cal contribuiva a tutti gli eventi di Pine Grove, comprese le donazioni al negozio dell'usato. Se non aveva nulla di usato da donare, usciva a comprare alcuni oggetti.

Era andato lì alcune volte con Giselle durante il liceo. Ci andavano per aiutare sua madre a far decollare il negozio. Avevano aiutato i bambini a scegliere i regali per le loro famiglie e li avevano persino incartati per i bambini più piccoli.

I ricordi di quei momenti divertenti, mentre bevevano la famosa cioccolata calda di Lucy Davenport e mangiavano i biscotti donati da Laura Dailey durante il lavoro, gli riscaldavano il cuore. Alla fine della giornata, chiudevano il negozio e Cal accompagnava Giselle a casa, ma non prima di scambiarsi qualche bacio dietro il negozio.

L'innocenza e la dolcezza di quei tempi gli strinsero il cuore. In quei giorni, le sfide della sua vita gli impedivano di abbandonarsi a quei ricordi. Rimbalzava da una responsabilità all'altra, poi si lasciava cadere sul letto, stanco e solo. Quello era stato un periodo meraviglioso. Si considerava fortunato per aver conosciuto persone così carine e per aver baciato la ragazza più carina della scuola.

Una volta arrivato a casa, Cal iniziò a preparare lo stufato per cena. Gli bastò uno sguardo fuori dalla finestra della cucina per capire che stava per scoppiare un temporale. Le nuvole grigio chiaro avevano assunto un colore più inquietante. Dei piccoli fiocchi di neve cadevano ancora dal cielo, sciogliendosi sulla sua finestra.

Dopo aver messo tutti gli ingredienti nella pentola, indossò una giacca e si diresse verso la catasta di legno. Si mise un paio di tronchi sotto le braccia e tornò dentro. Avrebbero avuto bisogno di legna per due giorni, nel caso in cui le previsioni alla radio fossero corrette. Le nevicate erano già aumentate. Si asciugò l'acqua gelida dalla testa prima di rientrare in casa.

Dopo aver messo i tronchi accanto al camino, controllò gli stipetti. Erano rimasti pochi marshmallow. Prese mentalmente nota di acquistarli quando sarebbe andato a fare la spesa. Senza una donna che dicesse di no, Bobby e Cal arrostivano i marshmallow ogni volta che accendevano il fuoco.

Era giusto che Bobby mangiasse così tanto zucchero? Probabilmente no, ma a Cal non importava. Quel bambino non aveva una madre, doveva compensare in qualche modo. Per rendere speciale la vita di suo figlio, Cal aveva scelto i marshmallow, i giri sullo spazzaneve e altre attività che avrebbero fatto inorridire qualunque madre. Gli altri bambini avevano una madre, ma non potevano girare per la città su uno spalaneve in pieno inverno.

Cal si fermò davanti alla finestra per osservare la casa di Giselle. Lei stava percorrendo lentamente il vialetto scivoloso per raggiungere la cassetta delle lettere. Lui scosse la testa. *Dove diavolo sono i suoi stivali?* Voleva allontanarsi, ma non ci riusciva. Alla fine, aprì la porta e attraversò la strada. Aprendo la sua buca delle lettere, prese la posta e poi la raggiunse.

"Ecco. Dove sono i tuoi stivali?"

"Non mi ero resa conto che fosse così scivoloso."

"Non hai guardato?" chiese, con un tono di voce leggermente arrabbiato.

"Io... io... non ho visto il ghiaccio."

"Beh, è là. La prossima volta, guarda. O semplicemente indossa gli stivali. Siamo a Pine Grove, ricordi? Sei cresciuta qui. Devo buttare un paio di stivali ogni anno. Ti farai male se non ti vesti in modo adeguato."

"Grazie." Gli prese la posta dalle mani, ignorando il suo rimprovero.

"Come vuoi. Ma quando cadrai e ti romperai qualcosa, non venire a piangere da me."

Lei si irrigidì. "Non preoccuparti, Cal, non lo farò. Preferirei morire per terra pur di non chiamarti," rispose lei, col tono di voce più freddo di un ghiacciolo.

Lui fece un passo indietro, come se avesse ricevuto uno schiaffo. "Scusami se ho cercato di aiutarti."

"È quello che stavi cercando di fare? Aiutarmi? Sembrava più che tu volessi cogliere l'occasione per urlarmi contro. Che problema hai, Cal? Sono passati un milione di anni. Ti sei dimenticato di me dopo trenta secondi. Hai sposato un'altra donna. Che cosa ti dà il diritto di essere così ostile con me?"

"Mi sono dimenticato di te dopo trenta secondi? Non sono io quello che è andato via, che è partito per l'Europa. Non sono stato io a piantarti in asso. Chi di noi due ha accettato, dopo cinque secondi, di uscire con altre persone? Di certo, non sono stato io. Mi hai praticamente suggerito di trovarmi un'altra. Non è colpa mia se tu non l'hai fatto."

Lei serrò la mascella e assunse un'espressione seria. "Se ho trovato qualcun altro o no non sono affari tuoi."

"Puoi dirlo forte. Così come il mio matrimonio non è affar tuo."

"Lasciami in pace, Cal." Raddrizzando le spalle, lei gli passò accanto, spingendolo.

"È stato un piacere," disse lui, facendo un inchino esagerato alle sue spalle.

Lei si fermò per urlare qualcosa. "Comunque, sei stato tu a dire che avremmo dovuto frequentare altre persone. Non dare la colpa a me." Agitando i capelli, lei proseguì lungo il vialetto.

Reggendosi al corrimano, Giselle salì i gradini lentamente, ma senza incidenti. Cal rimase fermo a guardarla. C'era qualcosa in lei, qualcosa di diverso. Non poteva metterci la mano sul fuoco, ma Giselle non aveva mai avuto problemi di equilibrio. Certo, erano passati sei anni, ma era ancora giovane. Che cosa le era successo per renderla così incerta sul sentiero e sui gradini?

Qualunque cosa fosse, stava nascondendo qualcosa. Era tipico di Giselle. Non avrebbe mai ammesso di non essere perfetta. Beh, cazzo, di certo gli aveva fatto una bella ramanzina. Perché avrebbe dovuto incuriosirsi? Gli aveva ordinato di lasciarla sola ed era esattamente ciò che avrebbe fatto.

Cal si spazzò via la neve dalle maniche e arrancò verso casa. Giselle Davenport aveva detto esplicitamente che non doveva preoccuparsi di lei. Non aveva già abbastanza cose di cui preoccuparsi senza aggiungere lei alla lista? Avrebbe seguito il suo consiglio e le sarebbe stato lontano. Era il momento di affrontare il fatto che lei non gli appartenesse più e che probabilmente non l'avesse mai fatto.

Smettendo di mescolare lo stufato, controllò l'orologio. Era quasi ora di andare a prendere Bobby. Cal sorrise. Bobby riempiva la sua vita e la sua casa di energia ed entusiasmo. Nessuno avrebbe potuto essere triste con quel piccolo vulcano di energie intorno. Con una rapida occhiata allo scaffale dei DVD, notò il film perfetto da godersi insieme a suo figlio. *In fuga a quattro zampe* era il loro preferito. Nessuno dei due si stancava mai di guardare quel film. Indossò la sua giacca più pesante e si incamminò verso la scuola, sentendosi grato di avere suo figlio... e improvvisamente dispiaciuto che Giselle non avesse niente e nessuno.

SENTENDO BUSSARE ALLA porta, Giselle ebbe un sussulto. Occupata a sistemare la legna nel camino, non aspettava nessuno.

"Chi è?"

"Chris Toller. Mi manda Jess West. Qualcuno l'ha avvisata?"

Lei aprì la porta. "Prego, si accomodi. Si congela là fuori."

L'uomo si pulì i piedi prima di entrare in casa. Giselle lo fissò intensamente, poi inclinò la testa per osservarlo meglio. Era un tipo di bell'aspetto, con i capelli castani, e sembrava che avesse più o meno la sua età.

"Sono qui per accompagnarla al negozio dell'usato e per venire a prenderla per riportarla a casa."

"Oh! Sì, mia zia Julia mi aveva accennato qualcosa. Non ho intenzione di andarci oggi. Ho preparato un'ottima cioccolata calda, ti va di berne una tazza insieme a me?"

"È molto gentile. Ci vuole proprio in una giornata come questa."

"Com'è la temperatura fuori?" gli chiese lei, conducendolo in cucina.

"L'ultima volta che ho controllato, c'erano -7 gradi. Stasera dovrebbe toccare i -18."

"Sta nevicando?" gli chiese.

"Sì, signora."

"Per favore, chiamami Giselle." Lei gli mise una mano sull'avambraccio.

"Posso aiutarti? Che cosa posso fare?"

"Puoi versare la cioccolata. Prendo le tazze." Frugando negli stipetti, prese due tazze, i tovaglioli e i cucchiai. Dopo aver mescolato la cioccolata dentro la pentolina, Chris la prese e riempì le tazze.

Si sedettero a tavola.

"Quindi non hai intenzione di andarci oggi?"

"No. Fuori è un po' scivoloso. Ma c'è qualcosa che puoi fare."

"Come preferisci."

"Ho parecchie scatole di libri da portare al negozio."

"Posso farlo."

"Bene. Ti mostro dove sono."

Chris bevve un sorso di cioccolata. "Wow, avevi ragione. Questa cioccolata calda è meravigliosa."

"È una cioccolata calda alla nocciola. Una miscela speciale creata da mia madre."

Giselle mise i piatti nel lavello, poi accompagnò Chris nella stanza degli ospiti. Lei gli tenne la porta aperta mentre lui portava le scatole fino alla macchina. Una fitta di dolore la trafisse mentre guardava i suoi amati libri, come se fossero dei vecchi amici che andavano via per sempre. Fece un respiro profondo. Era molto più semplice non sapere quali libri si trovassero in quelle scatole che esaminarli uno per uno alla luce, con una lente d'ingradimento, per decidere cosa farne. Era sempre stata appassionata di lettura e ricerca. Ma perché tenersi dei libri che non avrebbe più potuto usare? Non ce n'era motivo.

Dopo aver caricato metà delle scatole, Chris le comunicò che l'auto era piena. "Le porto al negozio e le sistemo al suo interno. È chiuso a chiave?"

"Sì, ma la chiave è sotto il tappetino accanto alla porta laterale."

"Perfetto. Vado subito. Hai intenzione di andarci domani?"

Lei si strinse le braccia intorno e sospirò. "Credo di doverlo fare."

"Va bene se vengo a prenderti alle nove?"

"Perfetto. Grazie mille, Chris."

"Nessun problema. E grazie per la cioccolata calda."

Si fermò sulla porta e lo guardò allontanarsi. Qualcosa si mosse dall'altra parte della strada. Pensò che dovesse essere Cal. *Mi sta guardando? Bene. Lascia che si chieda cosa ci faccia Chris in casa mia.* Tornando dentro, Giselle chiuse la porta. La casa si era raffreddata e lei ebbe un brivido.

Dopo essersi diretta verso il camino, Giselle accese il fuoco e andò a prendere un maglione nella sua stanza. Si rannicchiò sul divanetto, avvolgendosi una coperta intorno alle gambe. Il crepitio del legno la calmò. Il freddo le era penetrato nelle ossa e nel cuore.

Da quando vivere da sola era diventato così difficile? Sapere che Cal viveva dall'altra parte della strada, esaminando ogni sua mossa, non faceva che renderle la vita più stressante. Per quanto tempo sarebbe riuscita a tenergli nascosto il suo segreto? E se lui l'avesse scoperto? Mmm. Rabbrividì a quell'idea. Avrebbe pensato che fosse una storpia, un essere umano anormale. Sicuramente, lei non valeva il suo tempo.

Gunther, il suo fidanzato tedesco, aveva chiarito perfettamente che non avrebbe mai sposato una donna che non era fisicamente perfetta. No, non per lui. Aveva ammesso che farle da infermiere non era nei suoi programmi. Alla fine, aveva capito che perderlo non era stata una perdita. Era un uomo superficiale ed egoista, con cui lei aveva sprecato anche troppo tempo. L'aveva mai amato davvero? Assolutamente no. Non sarebbe mai stato all'altezza di Cal Morrison, l'uomo con il quale paragonava tutti gli altri. Ma era sola, in Europa, lontana dalla sua famiglia, e Gunther l'aveva voluta.

Forse, concentrarsi sul negozio dell'usato di Natale avrebbe placato la sua solitudine, almeno per un po'. Sorrise ricordando i giorni felici che aveva trascorso lì con sua madre. Chiuse gli occhi e, per un attimo, si ricordò il suo primo bacio, sul retro del negozio, con Cal. Si addormentò, rannicchiata sotto la coperta, al tepore del caminetto.

Capitolo Quattro

Dopo aver lasciato Bobby a scuola, Cal si fece strada tra la neve sul suo prato davanti al portico anteriore. Mentre si toglieva gli stivali, notò una macchina che si avvicinava alla casa di Giselle. Un uomo di bell'aspetto, che aveva all'incirca la stessa età di Cal, scese e suonò il campanello. Lei aprì la porta e lui entrò.

Cal rientrò in casa e si diresse in cucina. Si lavò le mani, poi mise gli ingredienti per la zuppa di pollo nel suo robot da cucina e lo accese. Quando tornò alla finestra, l'auto era ancora parcheggiata lì.

Un'ondata di gelosia ebbe il sopravvento su di lui, travolgendolo. Immaginò diverse possibilità che gli fecero contorcere lo stomaco. *Che cosa ci fa quel tipo a casa sua? Chi è? Perché è lì da così tanto tempo? Come lo conosce? Lo sta frequentando? Va a letto con lui?* Aveva un sacco di domande, ma nessuna risposta.

Si lasciò cadere sul divano, ma continuò a fissare il vialetto davanti a casa sua. Perché gli importava così tanto? Forse sta frequentando quel ragazzo, e allora? Che cosa gliene importava? Non voleva uscire con lei, giusto? Più cercava di autoconvincersi che non gli importasse, più lo stomaco gli si stringeva. Si chinò, mettendosi il viso tra le mani.

La verità gli attraversò il corpo come una scossa elettrica. Teneva ancora a Giselle, forse più di prima. Era preoccupato che vivesse da sola. Era per questo che aveva tagliato la legna da ardere e l'aveva aggiunta alla sua catasta, aveva portato le scatole dentro il negozio, aveva spalato il suo vialetto e l'aveva tenuta d'occhio ventiquattr'ore su ventiquattro, sette giorni su sette. La tristezza prese il sopravvento su di lui. Cazzo. La amava ancora. E lei lo odiava. Che cazzo sta succedendo?

Che cosa poteva darle quel ragazzo che lui non poteva darle? Forse era lì per spalare il suo vialetto? Cal ne dubitava. Ma lui avrebbe potuto. Avrebbe potuto spalare il vialetto, spaccare la legna, prepararle il brodo di pollo quando stava male e falciare il prato. Fare l'amore con lei. Non c'era niente che quel tipo potesse fare meglio di Cal.

Alla fine, quell'uomo uscì da casa sua e se ne andò. Rimase a guardare Giselle in piedi sulla soglia, mentre lo salutava con la mano. Non stava salutando lui. Gli aveva detto di lasciarla in pace. Per la precisione, gliel'aveva urlato. Lui non voleva lasciarla in pace. Voleva stare con lei, ogni giorno. Voleva che Bobby le volesse bene. Ma soprattutto, e a quel pensiero fece un respiro profondo, voleva che lei appartenesse a lui e lo amasse di nuovo, come alcuni anni prima. Ma era troppo tardi per questo, no?

Un profondo rimbombo interruppe la sua autocommiserazione. Alzò gli occhi al cielo. Le nuvole si oscurarono e si agitarono minacciose. Con il vento che gli soffiava la neve in faccia, Cal colpì di nuovo la catasta di legna, poi ne prese un po' sotto ogni braccio. Dentro casa, accese la radio sulla stazione locale per ascoltare le previsioni del tempo, mentre si spazzava la neve dalla giacca.

Telefonò ai suoi genitori.

"Ciao, mamma, sembra che stia per arrivare una forte tempesta."

"Lo credo anch'io. Hai fatto la spesa?"

"Sì. Sono andato al negozio ieri. Potresti occuparti di Bobby se dovessero chiamarmi per qualche emergenza?"

"Certamente."

"Dimmi, ma', hai saputo qualcosa di Giselle?"

"Ad esempio?" chiese sua madre, con un tono di voce circospetto.

"Non lo so. Ad esempio se sta uscendo con qualcuno?"

"Uscendo con qualcuno? Chi?"

"È quello che ti sto chiedendo."

Betty Morrison scoppiò a ridere. "Vivi di fronte a casa sua. Tu hai visto qualcuno?"

"Ho visto un'auto stamattina. Piuttosto elegante. Nero lucido. Una di quelle auto costose."

"Ti riferisci alla Bentley di Stryker West?"

"È nera?" chiese Cal.

"Sì."

"Potrebbe essere. Non sta già tradendo sua moglie, vero?"

"Ne dubito. Ma potrebbe trattarsi del suo autista, Chris," rispose Betty.

"Oh. Ok. Quindi esce con Giselle?"

"Non che io sappia."

"Mmm. Forse non ne hai ancora sentito parlare."

"Ne dubito. Le notizie mi arrivano abbastanza in fretta. Lui e Stryker andavano a fare colazione al Cozy Café tutte le mattine. Ora che è sposato, dubito che Stryker lo faccia, ma Chris potrebbe. Forse potrai incontrarlo e chiederglielo personalmente."

"No, no. Voglio dire, non sono affari miei." Cal fece un respiro profondo.

"Allora perché me lo chiedi? E perché non fai in modo che diventino affari tuoi? Che cosa stai aspettando, Cal, che arrivi il prossimo millennio? Chiedile di uscire. Sai che è quello che vuoi. Ci occuperemo noi di Bobby se uscirai con lei."

"Chi ha mai detto che voglio chiederle di uscire?" Il tono di voce di Cal aumentò di un'ottava.

"Io. Ecco chi."

"Ma', non immischiarti."

"Qualcuno dovrebbe darti una botta in testa con un martello o con un bastone. Figlio mio, sai che ci tieni ancora a lei. Datti una mossa prima che lo faccia qualcun altro."

"Ma', non interferire."

"Ti sto solo facendo notare ciò che è evidente per tutto il resto del mondo."

"Non è così evidente."

"Oh, sì che lo è. E me lo dicono tutti i giorni. Qualcuno ti ha persino visto portare delle scatole nel negozio dell'usato per non lasciarle in mezzo alla neve."

"E allora? Ho solo dato il mio aiuto per il negozio dell'usato. Davvero un grande affare."

"Cal?"

"Scusa."

"La gente vede ciò che tu, ovviamente, non riesci a vedere. Deve mandarti fuori di testa vivere di fronte a casa sua e doverti tenere a distanza."

Cal abbassò la testa. Come al solito, sua madre era arrivata dritta al punto.

"Ok. Lo ammetto. Bobby ha già fatto amicizia con lei. Va da lei quasi ogni giorno per prendersi una cioccolata calda gratis."

"Visto?"

"È passato troppo tempo. Sono successe, o non sono successe, troppe cose."

"Perché non riprendete da dove eravate rimasti?"

"Magari potessi, ma'. Magari potessi."

Sua madre sbuffò al telefono. "Stupidaggini. Non ci hai nemmeno provato, vero? A comportarti gentilmente con lei."

"No."

"Ma scommetto che le hai urlato contro."

"Hai decisamente il sesto senso, mamma."

"Urlare non ti porterà da nessuna parte con lei. E la prossima volta potrebbe ucciderti. Io sicuramente lo farei."

"Non frequenta nessuno?" chiese Cal.

"Non che io sappia. Ma lo farà presto se non ti dai una mossa. Devo andare adesso. È terribilmente frustrante parlare con te. Sei testardo come un mulo. Peggio di tuo padre. Porta qui Bobby ogni volta che ne hai bisogno. Mi trovi a casa."

Cal mise il telefono sul bancone. Forse sua madre aveva ragione. Guardò fuori dalla finestra. La neve, che cadeva in grossi fiocchi, gli impediva di vedere. Il fumo usciva dal comignolo di Giselle. Avrebbe dovuto andarci? Aveva una buona ragione per farlo? No, ma questo non l'aveva mai fermato prima.

Come un completo idiota, indossò gli stivali e la giacca e prese una pala. Nessuno si mette a spalare la neve mentre soffia il vento e sta ancora nevicando. Ma cazzo, spalare il suo vialetto era l'unica scusa che aveva per andarci.

Aprì la porta e imprecò per la neve che gli entrava in cucina. Non ci volle molto prima che i fiocchi gelidi gli pungessero il viso mentre si avviava verso casa sua. Iniziò a spalare i gradini. Per fortuna il vialetto era corto, perché iniziava a non sentirsi più la faccia. Quando raggiunse la sua porta, si fermò. Come per magia, la porta si aprì e gli apparve un angelo con un paio di leggings e una camicia di flanella, con in mano una tazza di cioccolata calda.

UNO STRANO RUMORE ATTIRÒ l'attenzione di Giselle. Seduta davanti al fuoco, sorseggiando cioccolata calda e ascoltando un audiolibro, trovava quel rumore fastidioso. Le fece perdere la concentrazione. Fermando l'audiolibro, si avvicinò alla finestra, sperando di capire da dove venisse.

La bufera di neve all'esterno oscurava tutto. Ma il candore della neve rendeva più chiare le persone. Riuscì a distinguere qualcuno sul suo vialetto. Ebbe la sensazione che qualcuno stesse spalando la neve.

Giselle sorrise. Gli abitanti del villaggio che davano una mano a coloro che ne avevano bisogno erano una delle cose che aveva sempre amato di Pine Grove. Ma chi poteva essere? Non poteva essere Cal. Non avrebbe rischiato così tanto per aiutarla. Chris era tornato a casa. Premette il naso contro il vetro, sperando di vedere meglio.

La sua visione periferica notò un colore blu pavone scuro. Cazzo! Era Cal! Indossava la stessa giacca di quando avevano litigato l'ultima volta. Confusa, non sapeva se sorridere per il suo gesto o se rabbrividire alla sua ramanzina sul dover tenere pulito il suo vialetto.

Optando per il sorriso, andò in cucina a scaldargli un po' di cioccolata. Conosceva bene la sua cucina e non ci mise molto per aggiungere un po' di crema di nocciole alla miscela e accendere il fuoco.

Guardò la neve che infuriava all'esterno e rabbrividì pensando che lui stesse sfidando la furia di Madre Natura per aiutarla. Quindi, in lui c'era ancora una briciola del vecchio Cal che aveva conosciuto e di cui si era innamorata. Quando la bevanda fu calda, lei si fermò davanti alla porta. Da quello che poteva vedere, lui aveva praticamente finito. Lei aprì, tenendo la tazza in una mano.

"Entra. Riscaldati," disse, porgendogli la tazza.

Lui esitò.

"Non preoccuparti. Puoi lasciare gli stivali vicino alla porta."

All'improvviso, lui si avvicinò. Lei indietreggiò. Si tolse gli stivali, aprì la cerniera della giacca, si tolse il berretto e scrollò via la neve prima di prendere la tazza con entrambe le mani. Giselle prese il cappotto e lo appese all'attaccapanni.

"Entra. Ho il caminetto acceso. Fa molto freddo là fuori."

"Puoi dirlo forte." Scosse la testa, la seguì, appoggiò la tazza sul tavolino e si inginocchiò davanti al camino, tenendo le mani vicino al fuoco. Giselle si accovacciò sul divanetto.

"Grazie per avermi spalato il vialetto."

"Nessun problema. Solo una gentilezza di buon vicinato." Lui bevve un sorso. "È buonissima. Che cosa c'è dentro?"

"È un segreto."

"Bobby ne parla sempre. Ora so perché. Dimmelo."

"Se lo faccio, tu potrai prepargliela e lui smetterà di venire a trovarmi."

Lei sentì il suo sguardo su di sé. "Sarebbe così male? È una piccola peste."

"Bobby? Assolutamente no. Adoro la sua compagnia. È divertente."

"Lo credo anch'io. Ma è mio figlio."

"L'hai cresciuto bene. È brillante e dolce. Stiamo ascoltando un libro degli Hardy Boys."

"Ascoltando?"

Giselle si sentì arrossire in viso. Stava per rivelargli il suo segreto.

"Mi piace ascoltare i libri. Posso farlo mentre faccio qualcos'altro. Siamo arrivati al quarto capitolo."

"Mmm. Non me l'ha mai detto. Quarto capitolo, eh?"

"Sì, viene qui quando lo fai uscire per giocare. Ogni volta, ascoltiamo un capitolo e beviamo una tazza di cioccolata."

Ci fu un attimo di silenzio, poi lui bevve un altro sorso. Lei non sapeva se gli facesse piacere o se si fosse arrabbiato.

"Se non vuoi che venga qui, lo capisco."

"Non ho detto questo."

"Non l'hai nemmeno pensato?"

"Non importa cosa ho pensato," le rispose con tono burbero.

"Allora, ti dispiace o no?" gli chiese, cercando di non sembrare impaziente.

"Certo che non mi dispiace. Bobby è pazzo di te. Gli fa bene stare con te. A volte, sono brusco con lui. È difficile. Non sempre sono comprensivo come dovrei."

"Deve essere difficile crescerlo da solo," gli disse, toccandogli istintivamente la mano.

Lei gli toccò il dorso e lui la girò, incrociando le sue dita callose con le sue piccole dita. Toccarlo la fece sussultare e il respiro le si bloccò in gola. I ricordi di quando lei e Cal si tenevano per mano le tornarono in mente, scaldandole il cuore.

C'era sempre stato qualcosa di speciale nel loro tenersi per mano. Le sue erano ruvide a causa del suo lavoro, dovendo utilizzare vari macchinari e attrezzature. Le sue mani forti stringevano la sua manina, avvolgendola e proteggendola. Tenersi per mano era stata la prima cosa in lui che le aveva fatto battere il cuore.

Dopo qualche istante, lui ritirò la mano. Lei sorrise per coprire la fitta di dolore causata dal suo allontanamento. Oh, quanto aveva desiderato la forza delle sue mani e il calore del suo abbraccio quando le avevano comunicato i suoi problemi di vista!

Gunther era presente quando era tornata dallo studio del medico. Devastata e ancora intenta ad assimilare il significato della degenerazione maculare precoce, si era imbattuta in lui. Dopo un rapido abbraccio, lui l'aveva tenuta a distanza.

Le tornavano ancora in mente le sue parole taglienti: "Non aspettarti che io diventi il tuo infermiere, Giselle. Non pensare che io possa aspettarti o prendermi cura di te. Dovrai trovare il modo di affrontare tutto questo da sola."

Solo una settimana dopo, lui le aveva comunicato che tra di loro era finita e che aveva trovato un'altra. Cal Morrison non l'avrebbe mai abbandonata. Se fossero stati insieme, l'avrebbe rassicurata di amarla ancora. Ma all'epoca non l'avrebbe fatto: era sposato con un'altra. Il ricordo di quell'immenso dolore le tornò in mente.

"Quindi ti va bene se Bobby continua a venire qui?" gli chiese.

"Sì. Grazie. Apprezzo quello che stai facendo per lui."

"Certo, quando ti sposerai di nuovo, non verrà più. Lo capisco."

Cal scoppiò a ridere. "Non preoccuparti. Non credo che succederà mai."

"Davvero?"

Silenzio.

"Io... io, beh. Sai cosa... voglio dire... oh, accidenti. Oggi non riesco a parlare." Cal si alzò in piedi. "Adesso devo andare."

"Ti sei riscaldato?"

"Sì, più del necessario." Lui si mise a ridacchiare.

Anche lei scoppiò a ridere, imbarazzata e felice allo stesso tempo.

"Non ho mai visto una donna che porta così bene una camicia di flanella," le confessò.

"Grazie."

Giselle lo accompagnò alla porta. Con la mente occupata dai pensieri su Cal, non prestò attenzione e inciampò nei suoi stivali. Lui la prese al volo. Per un attimo, lei si strinse tra le sue braccia, appoggiando il viso sulla morbida lana del suo maglione. Il profumo di Cal le riportò alla mente dei ricordi felici. Lui la strinse tra le braccia e rimasero così per un attimo prima di separarsi.

"Scusami," le disse.

"Grazie per avermi impedito di cadere."

"È stato un piacere."

Indossò il cappotto, il cappello e gli stivali e le accarezzò la guancia. Lei gli prese il polso e si portò la sua mano alle labbra. Lui si abbassò e le sfiorò le labbra con le sue. Per un secondo, un brivido le attraversò il corpo. Poi lui se ne andò. Una folata di vento soffiò un po' di neve nel suo ingresso, avvolgendola. Giselle si toccò il labbro inferiore, ignorando le gocce ghiacciate. Esitò un istante prima di chiudere la porta.

CAL PIEGÒ LA TESTA contro il vento e i fiocchi gelidi gli urtarono contro il viso. Lui l'aveva baciata. Aveva baciato Giselle. E l'aveva abbracciata. Cavolo, era stato bello stringerla di nuovo tra le braccia. Profumava di nocciole, cioccolata e profumo costoso. Il suo corpo, che non era cambiato dai tempi del liceo, si era unito al suo, ricordandogli una delle tante cose che adorava di Giselle Davenport: la sua morbidezza.

Quando fu a casa, appese i suoi indumenti bagnati in bagno e preparò il caffè. Guardando l'orologio, si rese conto che Bobby sarebbe uscito da scuola tra mezz'ora. Era un tempo sufficiente perché la sua giacca si asciugasse, per poi inzupparsi un'altra volta. Il suo telefono squillò.

"Sono Ike. Ho telefonato per controllare che vada tutto bene, Cal. Stiamo avvisando tutte le persone. Tra stanotte e domani, sono previste nevicate più intense."

"Sono qui. Ho chiesto ai miei genitori di tenere Bobby, quindi sono disponibile."

"Bene. Speriamo che questa maledetta tempesta passi senza fare troppi danni."

"Perfetto."

"Ci sentiamo più tardi," disse Ike.

Cal si infilò gli stivali e tornò fuori con il vento gelido. Tornando da scuola, Bobby si mise a saltellare in mezzo alla neve.

"Oh, accipicchia! Posso giocare fuori, papà?"

"Prima facciamo uno spuntino, poi vediamo."

"Ma sta nevicando."

"E starà ancora nevicando quando avremo finito di mangiare."

"Posso andare da Giselle?"

"Sì, ma dopo."

Bobby diede un calcio a un mucchietto di neve, poi corse avanti, rallentando solo dove la neve era più profonda. Quando arrivarono a casa, Cal mise la zuppa di pollo nelle ciotole e si misero a tavola. Bobby finì di mangiare in fretta.

"Sta arrivando una tempesta. Se peggiora, dovrò andare al lavoro." Cal mise le ciotole nella lavastoviglie.

"Posso venire con te?"

Cal sorrise. Suo figlio aveva la giusta predisposizione. "Forse quando sarai più grande."

"Oh, accidenti. Sono troppo giovane per tutto," si lamentò Bobby.

"Non per la scuola. Arriverà il tuo momento. Va' a vedere se i tuoi amici possono giocare fuori. Ti terrò d'occhio dal soggiorno."

"Ok. E se non possono, posso andare da Giselle? Siamo arrivati al quarto capitolo."

"Ok."

Cal aiutò suo figlio a indossare l'attrezzatura da neve e il bambino corse fuori, in mezzo a quel meraviglioso paesaggio innevato. Cal si portò una tazza di caffè in soggiorno e aprì il giornale. Quando alzò lo sguardo, vide suo figlio che camminava tra le case in mezzo alla neve. Alcuni di quei bambini erano costretti a restare dentro casa dai genitori a causa della temperatura gelida e del vento. Bobby era forte. Amava la neve. Il freddo non sembrava infastidirlo.

Si ritrovò davanti a casa di Giselle ed entrò. Cal non aveva creduto alla sua storia sugli audiolibri. Sapeva che qualcosa non andava, ma non aveva idea di cosa fosse. E anche sua madre lo sapeva. L'aveva capito dal modo evasivo in cui aveva risposto alle sue domande. L'avrebbe costretta a dirglielo non appena fosse finita la tempesta. Odiava essere l'ultimo a sapere un segreto.

Dopo circa un'ora, Bobby tornò a casa saltellando.

"Ho preparato tutto per guardare *Dunston - Licenza di ridere*. Facciamo i popcorn," disse Cal, aiutando suo figlio a togliersi gli abiti bagnati.

Cal mise i popcorn in una grossa ciotola mentre Bobby accendeva la televisione. Poi, si rannicchiarono vicini sul divano. Qualcosa di quel film, in cui la mamma muore, sembrava calmare il bambino. Lo guardavano spesso, ridendo insieme per le parti divertenti.

Ora che Giselle era tornata, Cal si chiedeva come sarebbe stato se si fossero sposati e avessero avuto un figlio come Bobby. Stare seduto con lei e i loro figli su un enorme divano, mangiando popcorn e guardando un film insieme sarebbe stato un vero paradiso. Lui sospirò. Non aveva senso sognare qualcosa che non sarebbe mai accaduto. Quel tempo era passato. Arruffò i capelli di Bobby, grato di avere suo figlio.

"Se stasera dovessero chiamarmi per un'emergenza, ti porterò a casa della nonna e del nonno. Ok?"

"Ok. Pensi che ci saranno emergenze?"

"Con il vento così forte, scommetto che cadranno degli alberi e che andrà via la luce."

"E poi andrai a salvare tutti?"

Cal scoppiò a ridere. "No, figliolo. Non salvo le persone. Taglio gli alberi e li tolgo dalla strada o dai cavi della luce. Spalo la neve. Pulisco le strade."

"Ma questo non serve a salvare le persone?"

"Credo di sì. Forse in modo indiretto. Mi occupo di ripristinare la luce o di tenere pulite le strade per permettere ai tecnici di riparare le linee telefoniche. E per far passare i camion dei pompieri e le ambulanze."

"Visto?" disse Bobby.

Cal ridacchiò all'espressione trionfante sul volto di suo figlio.

Mentre Cal preparava la cena, Bobby andò nella sua stanza a giocare con le costruzioni. L'ampia finestra della cucina gli permetteva di osservare la tempesta all'esterno. Il rumore del ghiaccio che picchiettava sul vetro attirò la sua attenzione. Gli alberi si piegavano nel vento e i loro rami danzavano liberamente. Le luci iniziarono a sfarfallare.

Bobby si precipitò nella stanza.

"Papà! La mia luce si è spenta."

Quando Cal controllò la casa, quella di Bobby era già tornata.

"Ho paura."

Cal si inginocchiò per stabilire un contatto visivo. "Non hai motivo di avere paura. Sarai al sicuro, finché rimarrai in casa. Qualsiasi cosa succeda, non uscire fuori, ok?"

Il bambino annuì, poi si gettò tra le braccia di suo padre. Il timer suonò e Cal si alzò in piedi.

"La cena è pronta."

Si sedettero a tavola. Mentre Cal finiva il suo ultimo boccone di maccheroni al formaggio, il telefono squillò.

"Ehi, Cal. Mi dispiace disturbarti, ma sono caduti un paio di alberi, bloccando Cedar Lake Drive ed Elm Street."

"Prendo le cose di mio figlio e lo lascio a casa dei miei genitori. Poi verrò subito lì."

"Emergenza?" gli chiese Bobby.

"Sì." Cal fece il numero dei suoi genitori. "Sto per portarvi Bobby. Ok?"

"Vi aspettiamo," rispose suo padre.

Cal indossò la sua tenuta da brutto tempo, prese alcune cose per suo figlio e aspettò che Bobby prendesse dei giocattoli. La radio gracchiante trasmise un messaggio. Un albero di pino è caduto su Grace Church Street, bloccando il traffico.

Il panico prese il sopravvento su Cal. Prese il telefono.

"Dave, non posso uscire. I miei genitori abitano in Grace Church Street. Non posso andarci a lasciare mio figlio."

"Non possiamo ancora togliere il pino in Grace Church Street. L'albero è caduto su un cavo elettrico, scoprendolo. Troppo pericoloso. Dobbiamo aspettare che il personale della Con Ed vada lì a staccare la corrente. Riesci a trovare qualcuno che possa sostituirmi?"

Il telefono di Cal emise un suono. "Ho una chiamata in arrivo, ti richiamo tra poco." Rispose all'altra chiamata. Era sua madre.

"Mi dispiace molto, tesoro. La nostra strada è bloccata. E hanno detto che non sanno quando ripareranno i fili e rimuoveranno l'albero."

"Lo so, mamma. Ho sentito Dave."

"Che cosa pensi di fare?"

"Non lo so."

"Potrei chiamare Giselle per venire a stare con Bobby. È solo dall'altra parte della strada," disse Betty.

"Giselle?"

"Sì. Ti ricordi di lei?" Betty si mise a ridacchiare.

"Non ho il suo numero di telefono."

"Vuoi che lo faccia io?"

"Dammi il numero. Non sono un bambino. La chiamo io."

"Non vedo altre soluzioni."

"Già. Spero solo che sia disponibile."

"Anch'io. E, se non lo è, potrebbe esserci un motivo..."

"Non ho tempo per i pettegolezzi. Qual è il numero?"

Dopo averlo registrato nella rubrica del suo telefono, compose il numero.

"Giselle?"

"Sì?"

"Sono Cal."

"Oh. Ovviamente. Come stai?"

"Tutto bene. Ma ho un problemino con Bobby."

Cal le spiegò la situazione.

"Potresti venire qui? Il vento è molto forte. Cinquanta chilometri all'ora. Neve e ghiaccio."

"Vuoi che venga a casa tua?"

"Se puoi. Se non ci sono problemi."

"Certo che posso. Ovvio che non ci sono problemi. Ok. Mi vesto e arrivo tra pochi minuti."

"Grazie."

Poi, lei mise giù il telefono. Lui fece un respiro profondo. Pensava che non avrebbe accettato. Forse l'aveva fatto perché si trattava di Bobby. Sembrava che gli volesse molto bene. Di certo, a lui piaceva lei. Cal emise un sospiro. Problema risolto.

Cal richiamò Dave.

"Ok, Dave. Ho risolto con Bobby. Dove vuoi che vada?"

"Scegli tu, Cedar Lake o Elm Street."

"Cedar Lake. C'è più traffico lì."

"D'accordo."

Prima di prendere gli attrezzi, sentì bussare forte alla porta, poi sentì suonare il campanello. Era Giselle.

Capitolo Cinque

Dopo l'arrivo di Giselle, Cal spense il telefono, salì sul suo furgoncino e lo mise in moto. Accese il riscaldamento e lo sbrinatore. La visibilità era tremenda. Non riusciva a vedere a più di tre metri davanti a sé. Procedeva lentamente, a una velocità di circa trenta chilometri all'ora.

Mentre guidava, iniziò a pensare a Giselle. Il suo sostegno era stato una sorpresa gradita. Forse le cose tra di loro si erano calmate. Avevano ancora qualcosa da chiarire. Doveva spiegarle perché si era sposato e aveva avuto Bobby. Immaginò che lei fosse ancora un po' arrabbiata.

Dopo due appuntamenti con Jane, aveva smesso di mandare e-mail a Giselle. Erano lontani da cinque mesi e non sapevano più cosa dirsi. Sopraffatto dal senso di colpa per aver iniziato a frequentare un'altra, non sopportava l'idea di scrivere a Giselle. Pensava che ogni e-mail in cui non le parlava di Jane fosse una bugia. Sebbene non ci fosse molto da dire, Jane aveva semplicemente sostituito Giselle, in modo platonico.

Dopo più di un mese, al loro quinto appuntamento, due bottiglie di vino avevano mandato all'aria il loro rapporto platonico. Cazzo, in fondo lui era un uomo. Già, erano finiti a letto dopo aver bevuto parecchio vino. Ovviamente, non aveva pensato di usare un preservativo. Non che ci avesse mai pensato particolarmente, ma credeva che ogni donna prendesse la pillola. Il suo cervello ubriaco era stato zittito dal suo pene in astinenza.

Dopo quella notte, il senso di colpa di Cal era aumentato notevolmente. Non aveva più chiamato Jane e non aveva più scritto a Giselle.

Bloccato nel limbo, avendo fatto la cosa sbagliata, si era limitato a esistere e aveva cercato in ogni modo di non pensarci.

Ma una telefonata, quattro settimane dopo, aveva sconvolto tutto il suo mondo. Jane l'aveva informato che sarebbe diventato padre. Inorridito, Cal ci aveva messo una settimana per riflettere sulla situazione. Poi aveva deciso di fare la cosa giusta, anche se la sua proposta non era del tutto sincera.

"Penso che dovremmo sposarci," le aveva detto, quando Jane gli aveva comunicato che avrebbe tenuto il bambino.

Le avrebbe messo l'anello al dito. Jane gli aveva risposto in modo brusco e avevano litigato.

"Ma che cazzo succede? Sto facendo la cosa giusta. Non voglio che mio figlio cresca con un solo genitore. È anche mio figlio. Dovrei avere voce in capitolo."

"Davvero romantico," aveva detto Jane, tirando su col naso.

"Andiamo, Jane. Non è che ci frequentiamo da anni. Ci conosciamo a malapena. Ma sono disposto a provare a costruire una famiglia con te. Mi stai rifiutando?"

Lei aveva aggrottato la fronte. Cal sapeva che lei aveva altre opzioni. Avevano deciso di aspettare un mese per pensarci e avevano continuato a frequentarsi. Jane aveva pensato di tornare in California e di trasferirsi dai suoi genitori. Cal odiava l'idea. Quando i genitori di Jane morirono in un incidente d'auto, lei accettò di sposare Cal e di costruire con lui una famiglia a Pine Grove. Lei aveva accettato con la stessa scarsa convinzione con cui lui le aveva chiesto di sposarlo. Quando la pancia di Jane iniziò a vedersi, andarono al municipio e si sposarono.

Non l'aveva mai detto a Giselle. Non aveva mai nemmeno raccontato ai suoi genitori tutta la storia. Era stato un segreto che aveva condiviso con Jane. E ora che lei non c'era più era solo suo.

Mentre fissava la neve, socchiudendo gli occhi, decise che Giselle aveva il diritto di sapere. Ne aveva sempre avuto il diritto, ma lui era stato troppo vigliacco per affrontarla. Adesso, era arrivato il momento. Essendo passato molto tempo da allora, lui immaginò che non fosse più arrabbiata. Ma Giselle non era mai stata una donna prevedibile ed era impossibile avere certezze con lei. Cercò di tirarsi su, pensando che lei non potesse più ferirlo, e lei avrebbe dovuto accettare la verità.

Quando finalmente arrivò a destinazione, parcheggiò il furgoncino, spense il motore, indossò i guanti e uscì al freddo per vedere cosa fare.

GISELLE RIATTACCÒ IL telefono. Il panico ebbe il sopravvento su di lei. Che cosa ne sapeva di come ci si prende cura di un bambino? E poi a casa sua? Ce l'avrebbe fatta? Non avrebbe saputo come muoversi. Non sarebbe riuscita a usare il suo forno a microonde.

"Calmati. Quel bambino ha bisogno di te," mormorò tra sé, tirando fuori i pantaloni di flanella. "Deciderai cosa indossare quando uscirai là fuori." L'idea che forse avrebbe potuto portare Bobby a casa sua la calmò. A casa sua, avrebbe potuto farcela.

Indossando i suoi stivali, prese la sua giacca a vento e la indossò. Quando aprì la porta, il vento la travolse. Cazzo! Avrebbe potuto reggersi a Bobby con quel vento tremendo? Cercando di camminare, abbassò la testa e proseguì a fatica lungo il vialetto.

Scaglie di ghiaccio affilate le pungevano il viso. Con dei piccoli respiri, inspirò l'aria gelida. Tutta curva, avanzò lentamente verso la casa di Cal. Non c'erano macchine per strada, quindi attraversare era facile e sicuro. Il freddo le penetrava attraverso i vestiti e le congelava il viso, ma lei continuò a camminare, perché l'aveva promesso a Cal e Bobby aveva bisogno di lei.

Finalmente, raggiunse l'ingresso. Lentamente, si aggrappò alla ringhiera di ferro battuto e salì i gradini uno alla volta. Bussò con forza alla porta e poi suonò il campanello.

La maniglia si abbassò e la porta si aprì. Giselle entrò in casa.

"Grazie per essere venuta. Devo scappare," disse Cal, arruffando i capelli di suo figlio e passandole accanto. Poi andò via.

Giselle si inginocchiò e fece cenno al bambino di avvicinarsi, poi lo abbracciò.

"Sei tutta bagnata!"

"Oh! Sì. Scusami. Dai, vestiti. Dov'è la tua tuta da neve?"

"Che cos'è una tuta da neve?"

"Che cosa indossi per uscire con la neve?"

"I miei pantaloni da neve e la giacca a vento."

Giselle faceva fatica a vestirlo, così si fermò, fece un respiro profondo e poi ricominciò.

"No. Si mette così," disse il bambino.

"Bene. Aiutami, Bobby." Quando fu vestito, gli disse: "Andiamo. C'è brutto tempo, ma non dobbiamo fare molta strada."

"Papà ha detto che saresti rimasta qui con me."

"È più facile per me se ti porto a casa mia. Ok?"

"Ma papà..."

"Sai cosa facciamo? Quando saremo a casa mia, lo chiamerò e gli dirò dove sei. Che ne pensi?"

"Penso che si arrabbierà perché non abbiamo fatto quello che ha detto."

"Credimi. Andrà tutto bene."

Gli prese la mano e aprì la porta. Il vento soffiava forte, aggredendo i loro volti.

"Non voglio uscire," protestò il bambino.

"Ti farò una cioccolata calda quando arriveremo a casa mia."

A quelle parole magiche, Bobby varcò la soglia e si avventurò al freddo. Sfidarono le raffiche invernali di Madre Natura. Giselle gli teneva forte la mano mentre il vento soffiava con forza. Quando lo sentiva scivolare, lo reggeva anche con l'altra mano. Insieme, attraversarono quella coltre di neve gelida.

Aveva lasciato la porta aperta. Dopo aver salito i gradini scivolosi, scivolando da un lato all'altro, la aprì rapidamente, spingendo Bobby dentro casa davanti a lei. Spinse con forza la porta per chiuderla ed emise un sospiro.

"Ce l'abbiamo fatta!" esclamò Bobby.

"Ce l'abbiamo fatta. Dai, togliamoci questi abiti bagnati di dosso e andiamo a preparare la cioccolata calda."

Dopo la cioccolata, Giselle tirò fuori dal congelatore un contenitore di spezzatino di manzo e lo riscaldò al microonde. Bobby lo divorò.

"È buono." Infilzò un pezzetto di patata con la forchetta.

Giselle sorrise.

Servì la torta margherita per dessert e, ovviamente, dell'altra cioccolata calda. Dopo cena, lavò i piatti mentre Bobby beveva un bicchiere di latte.

"Fa freddo qui dentro. Maledetto vento! Sembra che penetri da ogni crepa di questa casa. Andiamo. Accendiamo il fuoco."

Dopo quindici minuti, Giselle aveva messo la legna nel caminetto. Prese un giornale per accendere il fuoco, poi inserì la carta in fiamme sotto i pezzi di legno. Si era esercitata e riusciva a farlo con facilità. In una città in cui l'inverno era molto intenso, era necessario saper accendere il fuoco.

"È un fuoco enorme," disse Bobby, mentre le fiamme si alzavano.

"Lo so. Fa davvero freddo oggi. Ce ne serve uno grande."

"Possiamo ascoltare il prossimo capitolo?"

"Certo."

Insieme, presero i cuscini del divano e li sistemarono davanti al caminetto. Aggiunsero altri cuscini e coperte delle camere da letto. Giselle si distese e avviò l'audiolibro. Bobby le si rannicchiò accanto. Dopo pochi minuti, si addormentarono. Giselle aveva dimenticato di chiamare Cal.

NON C'È NIENTE DI PIÙ stancante di lavorare al freddo. Alle dieci, Cal era sopraffatto dalla stanchezza. Aveva segato alberi, spostato pezzi di tronchi avanti e indietro dalla strada fino al suo furgoncino. Lavorare per ore senza fare nemmeno una pausa aveva esaurito tutte le sue energie. Estremamente stanco e infreddolito, Cal sperava di riuscire a tornare a casa senza addormentarsi al volante.

"Sei esausto, Cal. Perché non torni a casa per stasera?" disse Dave.

"Sono a pezzi. Torno domani."

"Grazie per avermi aiutato."

I due uomini si strinsero la mano. Rimaneva poco da fare in Cedar Lake Drive. Elm Street avrebbe dovuto aspettare, così come Grace Church. Gli elettricisti avevano dovuto smettere di lavorare a causa del forte vento. Il meteorologo disse che la tempesta sarebbe diminuita il giorno successivo e la velocità del vento sarebbe scesa a circa otto chilometri all'ora.

Completamente esausto, Cal salì sul suo furgoncino e guidò lentamente verso casa. Sapendo che il mattino successivo sarebbe stato tutto dolorante, entrò in casa dal garage. Prima di spogliarsi, entrò in punta di piedi nella stanza di suo figlio.

Non essendo sicuro se ciò che vedeva sul letto fosse suo figlio o i suoi pupazzetti di peluche, si avvicinò in silenzio. Chinandosi, abbassò lo sguardo, ma Bobby non c'era. Per un attimo, il panico prese il sopravvento su di lui.

"Devono essere in soggiorno," disse.

Cal percorse il corridoio e raggiunse quella grande stanza. Ma Bobby non era lì. E nemmeno Giselle!

"Ma che cazzo sta succedendo? Le avevo detto di non uscire." Adesso era davvero in preda al panico. Il cuore gli batteva all'impazzata ed era carico di adrenalina.

"Dove cazzo potrebbero essere?"

Si strofinò la nuca, poi guardò fuori dalla finestra. La strada era silenziosa e non c'erano né macchine né persone. Ma delle spire di fumo uscivano dal comignolo di Giselle.

"Cazzo. L'ha portato fuori con questa bufera di neve? Devono essere lì."

Uscì al freddo un'altra volta. Facendosi strada nella neve profonda, scivolò sulla strada e stava quasi per cadere. Rallentando il passo per non scivolare, proseguì il suo cammino. Il timore che la sua porta fosse chiusa a chiave svanì quando girò la manopola. La porta era aperta. Non era esattamente al sicuro, ma era contento di poter entrare.

Il crepitio del caminetto attirò la sua attenzione. Il fuoco era l'unica luce nella stanza. Tirando fuori una torcia dalla tasca posteriore, illuminò il soggiorno. Un mucchio di coperte giaceva sul pavimento di fronte al caminetto.

Cal si tolse la giacca e gli stivali. Ricordandosi che indossava la calzamaglia, si tolse anche i pantaloni bagnati. Andò in bagno e cercò un posto dove appendere i suoi abiti bagnati, ma i vestiti di Giselle e di Bobby occupavano tutti i posti disponibili. Toccandoli, tolse quelli asciutti e mise i suoi al loro posto.

Tornando in soggiorno, si fermò. Bobby si era rannicchiato accanto a Giselle proprio come faceva con lui. Sentì una stretta al cuore. Sembravano così naturali insieme, così pacifici e contenti. Lei avrebbe dovuto seguire i suoi ordini, ma non era successo niente di grave.

Un brivido gli attraversò la schiena all'improvviso. Era stato uno spiffero d'aria fredda. Si avvicinò al caminetto e aggiunse altri pezzi di legno. Bobby e Giselle non avevano lasciato molto spazio per un'altra persona, ma lui aveva bisogno di dormire.

Mettendosi giù, si allungò lentamente, per non disturbarli. Tirò su le coperte e si distese dietro la schiena di Giselle. Mettendole una mano intorno ai fianchi, la disturbò solo per un attimo.

"Cal?"

"Sì."

Lei borbottò qualcosa che non riuscì a capire e si riaddormentò. Bobby non si mosse. Il calore del suo corpo penetrò dentro Cal, scaldandogli le ossa. Cazzo, era bello stare disteso accanto a lei. Non avevano avuto un posto dove passare la notte insieme prima che lei partisse per l'Europa. Visse per un attimo quel sogno mentre si chinava per baciarle il collo. Il suo profumo dolce ravvivò i suoi vecchi sentimenti. Lei aveva lo stesso buon odore che aveva sei anni prima. L'adorabile Giselle, capace di spezzargli il cuore in un colpo solo, l'avrebbe fatto di nuovo?

Sembrava che non le dispiacesse averlo accanto. Poiché forse non sarebbe successo mai più, lui cercò di sigillare per sempre quel delizioso ricordo nella sua mente, ma la stanchezza riscosse il suo tributo. Chiuse gli occhi e si addormentò profondamente.

"PAPÀ?"

La voce di Bobby svegliò Giselle. Il bambino si allontanò da lei e si alzò in piedi. Quando il bambino si spostò, il braccio che aveva intorno alla vita le ricadde sulla pancia. *Cal? Che cosa ci fa qui?* Ancora assonnata, chiuse gli occhi. Forse era solo un sogno e, se si fosse riaddormentata, avrebbe continuato a sognare.

Cal si mosse e poi si rigirò. Il suo corpo caldo si allontanò, provocandole un brivido di freddo. Si strinse più forte alla coperta.

"Svegliati, Giselle." la incitò Bobby.

Lei sbadigliò e si stiracchiò. I cuscini non erano serviti a molto. Dolorante e rigida per aver dormito per terra, si stiracchiò le braccia.

"Papà è qui. Ho fame," disse Bobby.

Lentamente, lei si sollevò per sedersi. Si strofinò gli occhi, sollevò le braccia sopra la testa e sbadigliò di nuovo. "Ok. Dammi un minuto." Mettendosi in ginocchio, si alzò in piedi. La casa era fredda. Indossava solo i leggings e una maglietta leggera, così si strinse le braccia intorno ai fianchi, tutta tremante. "Il fuoco si è spento."

"Posso avere un po' di cereali?" le chiese Bobby.

"Certo. Prendi la scatola, arrivo tra un minuto." Giselle entrò nella sua stanza e prese la vestaglia appesa sul retro della porta. Sperava che Cal non l'avesse vista con quei vestiti così succinti. Niente che lui non avesse già visto, ma era passato molto tempo.

Quando tornò, lui si era alzato e stava indossando i pantaloni.

"Scusami. Era tardi ed ero stanco." Si tirò su i pantaloni.

"Nessun problema." Problema? Aveva lottato contro il suo istinto di accoccolarsi a lui con tutte le sue forze. Tuttavia, svegliarsi con Cal accanto era un sogno che si era avverato, per un breve istante.

Grazie a Dio aveva dormito con la maglietta. Non sarebbe riuscita a resistere se lui avesse dormito a petto nudo. Lui la fissò con lo sguardo assonnato. Con i capelli scompigliati e la barba incolta, sembrava reduce da una notte d'amore, non da una serata di lavoro nel bel mezzo di una tempesta.

Almeno così' le sembrava. Durante tutti i loro giovani anni insieme e le volte che avevano fatto l'amore, non avevano mai trascorso tutta la notte insieme in un letto. All'epoca vivevano a casa, con i loro genitori. Per i loro appuntamenti, avevano i loro posti segreti e appartati, come a mezzanotte in riva al lago, o sul retro del suo vecchio macinino, parcheggiato in una strada senza uscita.

Si erano innamorati. O almeno così aveva creduto lei.

"Giselle, quando vieni?" disse il bambino in tono lamentoso.

"Scusami." Distolse lo sguardo mentre lui si vestiva.

"Ho preso anche il latte. Ma non riesco ad arrivare alla ciotola," disse Bobby.

Giselle sorrise e aprì lo stipetto. "Eccola. Versa i cereali nella ciotola."

Lei aprì il cartone del latte. "Dimmi quando è piena, ok?"

"Ok."

Mentre Bobby faceva colazione, preparò il caffè. "Caffè?" domandò a Cal.

"Grazie. Mi andrebbe una tazza. Devo tornare al lavoro. C'è ancora molto da fare."

"Posso venire con te?" le chiese Bobby.

"Tu devi andare a scuola," disse Cal. "Almeno credo."

Giselle accese la radio. Stavano annunciando la chiusura delle scuole e, come previsto, anche quella di Bobby sarebbe stata chiusa.

"Posso restare qui?" chiese a Giselle.

"Se tuo padre è d'accordo."

"Sicura che non ti darà fastidio?"

"Nessun fastidio. Ho fatto una bella scorta di burro di arachidi e dobbiamo ancora ascoltare un paio di capitoli del libro degli Hardy Boys."

"Grazie. Sarebbe un grande aiuto."

Lei gli sorrise. Quando il caffè fu pronto, Cal si avvicinò. Lei riusciva a sentire la sua vicinanza, ad annusare il suo profumo. Quando la sfiorò, la sua pelle fu scossa da un brivido.

"Posso avere anche un po' di pane tostato?" le chiese Bobby.

"Certo. Cal?"

"Non preoccuparti. Prenderò un sandwich all'uovo al Java the Hut."

"Non è un problema. Posso aggiungerci anche del burro d'arachidi."

"Burro d'arachidi sul pane tostato? Certo!" disse Bobby, poi mangiò il suo ultimo cucchiaio di cereali.

"Se stai con Giselle, devi ascoltarla e fare esattamente quello che dice lei. Casa sua, regole sue."

"Ok."

"Potresti prendermi il pane, Bobby?"

Il bambino aprì un cassetto e tirò fuori una pagnotta. Lo mise accanto al tostapane. "Posso metterlo dentro?"

"Certo che puoi. Due fette per te e due per tuo padre."

"E tu?" le chiese il bambino.

"Oh, sì. Due anche per me."

Lei prese i piatti e tirò fuori un coltello e il barattolo di burro d'arachidi.

Cal riempì due tazze di caffè. "Un cucchiaino di zucchero e un po' di latte, giusto?"

"Te lo ricordi ancora?" chiese lei, sbalordita.

"Papà, come facevi a saperlo?"

Lei si sentì arrossire in viso e si allontanò da loro. Si chiese se anche Cal stesse arrossendo.

"Ho conosciuto Giselle molto tempo fa. Andavamo a scuola insieme. In un certo senso. Io ero due anni avanti a lei. Eravamo, ehm, eravamo...."

"Amici. Eravamo amici," disse lei.

"Già," disse Cal.

Bobby sembrò apprendere la notizia senza problemi. Quando il pane tostato fu pronto, Giselle lo portò a tavola. Si sedettero al tavolino della cucina e mangiarono tranquillamente. Giselle non riuscì a evitare lo sguardo di Cal. Anche se lo vedeva sfocato, il suo calore si irradiava nella cucina.

Bobby mangiò in silenzio. Cal si alzò e versò a suo figlio un bicchiere di latte.

"Grazie," disse Giselle.

"Avevo dimenticato quanto fosse buono il pane tostato con il burro d'arachidi," disse Cal.

"Questa è la prima volta che lo mangio," aggiunse Bobby.

"Giselle fa il pane tostato col burro d'arachidi migliore del mondo, vero Bobby?" gli chiese Cal.

Il bambino annuì.

Dopo pochi minuti, Cal si alzò e mise i piatti in lavastoviglie. Asciugò le mani e la bocca a suo figlio.

"Ho portato qui alcune macchinine di Bobby ieri sera. Va bene?"

"Certo," rispose Cal. "Puoi andare a giocare, tesoro."

Bobby corse fuori dalla stanza. Lei sentì il rumore che faceva con la bocca mentre faceva scontrare le sue macchinine.

"Grazie mille per averlo portato qui."

"Lo so che ci avevi detto di non uscire. Ma per me era più facile tenerlo qui."

"Come preferisci. Mi dispiace di avervi raggiunti."

"Davvero? A me non dispiace," disse lei a voce bassa.

CAL NON SAPEVA COSA dire. Voleva baciarla, ma si trattenne. Sorpreso che lei non si fosse arrabbiata quando si era svegliata e l'aveva trovato incollato alla sua schiena, Cal sperò che questo significasse una tregua. Ma non sarebbe stato sufficiente. Una tregua alle loro ostilità sarebbe stata un inizio. Ma lui voleva di più, molto di più. Voleva ricominciare e ricostruire ciò che avevano una volta, sempre che fosse possibile.

Lo accompagnò alla porta ed esitò. Lui si ricordò il loro passato, quando lei esitava davanti alla porta di casa sua, aspettando che lui la baciasse. Maliziosamente, lui la teneva sulle spine, prolungando l'attesa, fino a quando lei faceva per entrare in casa sbattendo la porta, prima di prenderla tra le braccia.

Avrebbero potuto tornare indietro nel tempo e ricominciare? Lui era cambiato negli ultimi anni e di certo era cambiata anche lei, no? Certo, le persone non restano sempre uguali. Ma i loro valori fondamentali non erano cambiati. A Giselle erano sempre piaciuti i bambini. Quest'era una delle sue caratteristiche che gli avevano fatto credere che un giorno sarebbe diventata una buona madre. La sua gentilezza nei confronti di suo figlio toccò il cuore di Cal. Quel bambino la adorava.

Sospirò mentre prendeva la sua giacca.

"C'è ancora molto da fare?"

"I miei genitori sono bloccati in casa. È ora di rimuovere l'albero che blocca Grace Church Street."

"Spero che stiano bene."

Cal si mise a ridacchiare. "Mio padre mi ha detto di non avere fretta. Mia madre sta cucinando i suoi biscotti preferiti."

Giselle scoppiò a ridere.

"A Bobby piace molto stare qui. Scommetto che nascondi un circo o qualcosa del genere lì sul retro."

"No. Solo giocattoli, libri e cibo."

Cal le accarezzò la guancia, facendo scorrere il pollice sulla sua pelle morbida, poi tirò su la cerniera della giacca e uscì. Si voltò a guardarla in piedi sulla soglia, con la vestaglia ben allacciata e la mano sollevata per salutarlo. Non sarebbe stato bello vedere il suo bel viso sorridente ogni mattina?

Faceva freddo, ma il cielo era limpido. Non c'erano nuvole, ma il sole invernale non era molto caldo. Salì sul suo furgoncino e si diresse verso Grace Church. Prese la radio. "Dave, sto arrivando." Attraversò con facilità le strade che erano già state spalate.

"Tempismo perfetto. Gli elettricisti sono arrivati un'ora fa e hanno riparato i cavi."

Quando arrivò in strada, prese la sua motosega e si avvicinò all'albero. Un enorme pino giaceva sul marciapiede. Aveva abbattuto i cavi e una cassetta delle lettere. Il furgone della Con Ed era parcheggiato sul lato della strada. Un uomo su una scala, una volta finito di armeggiare con il cavo, mise i suoi attrezzi in una scatola e cominciò a scendere.

Alcune macchine svoltare la strada. Altre rimasero ad aspettare. Cal fece un cenno e accese la sega. Cominciò dalla parte più sottile, sapendo di poter liberare prima del passaggio.

"Dave, lo tolgo io. Tu pensa a dirigere il traffico," disse Cal.

Il lavoro richiede un po' di tempo. Il cielo si era scurito mentre lui raggiungeva il posto, ricoprendosi di nuvole scure e minacciose e appesantendo l'atmosfera. Il vento era aumentato. Cal era molto concentrato e lavorò più velocemente. Il cambiamento del tempo avrebbe potuto obbligarlo a fermarsi.

Dave faceva passare le auto un po' alla volta. Quando la temperatura si abbassò, Cal si strofinò le mani per evitare che gli si congelassero le dita. Non indossava guanti con la sega elettrica perché doveva mantenere una presa salda. E nessuno vorrebbe che una pericolosissima sega elettrica gli scivolasse dalle mani.

Si sollevò il bavero della giacca e aumentò la sua velocità di lavoro. Aveva già liberato tre quarti della strada. Era rimasta solo la parte più grande del tronco. Cal continuò a tagliare i rami, che diventavano più grandi e spessi man mano che risaliva lungo il tronco.

La strada non era stata spalata. Farsi strada tra la neve e il ghiaccio per portare i rami sul suo furgoncino lo rallentava, facendolo stancare. Mentre camminava, scivolava continuamente. Quando Cal si avvicinò al tronco e ai rami restanti, perse l'equilibrio e scivolò verso la parte di strada già libera. Un'auto arrivò sfrecciando e accelerando e lo colpì. Cal rimbalzò, si schiantò contro il tronco dell'albero e cadde per terra.

Agitò le mani, cercando qualsiasi cosa che potesse fermare la sua caduta. Con la mano destra cercò di afferrare un ramo, ma la sua velocità lo spinse in avanti e la corteccia ruvida gli lacerò la pelle. Gli aghi di pino gli graffiarono il viso mentre cadeva all'indietro. Sbatté la testa sul marciapiede. Il dolore ebbe il sopravvento, poi tutto si oscurò.

Capitolo Sei

Il suono di una sirena attirò l'attenzione di Giselle. Rabbrividì al pensiero di cosa sarebbe potuto succedere a qualcuno durante la tempesta. Non avevano molte emergenze gravi a Pine Grove.

Lei e Bobby avevano finito di pranzare. Avevano riempito il caminetto di ciocchi di legna appena tagliati e si erano sdraiati sui cuscini davanti al fuoco per fare un pisolino. Bobby si addormentò per primo.

Il suo cellulare si mise a squillare. Giselle andò a rispondere in cucina.

"Ciao, sono io, Betty. La mamma di Cal."

"Ciao, Betty. Che cosa succede?"

"Cal si è fatto male oggi. Niente di grave, ma ha qualche ferita e una commozione cerebrale."

"Oh, mio Dio. Sta bene?"

"Starà bene. Ma ha bisogno di un po' di riposo."

"Dove siete?"

"All'Oak Bend General Hospital."

"Oh, mio Dio." Giselle si lasciò cadere su una sedia.

"Tornerà a casa tra un paio d'ore. Vogliono fargli degli esami. Potrebbero tenerlo qui per stanotte, ma ne dubito. Almeno ha liberato la nostra strada. Tra poco vengo a prendere Bobby."

"Non è un disturbo."

"Lo so. Ma deve sapere di suo padre. Deve vederlo. Deve sapere che starà bene. Lo terremo con noi per una settimana mentre Cal si riprende a casa."

"Non staranno insieme per una settimana?"

"È meglio che Cal stia un po' tranquillo. Gli porterò qualcosa da mangiare. A noi piace stare con Bobby."

"Ho apprezzato la sua compagnia."

"Lui ti adora. È meraviglioso che tu te ne sia occupata mentre Cal aiutava a ripulire le strade."

"Solo una gentilezza di buon vicinato."

Betty scoppiò a ridere. "Dubito che sia solo questo. Non deve essere stato facile per te, nelle tue condizioni."

"Tu lo sai?"

"Me l'ha detto Laura Dailey."

"Allora in città lo sapranno già tutti."

"Nessuno l'ha detto a Cal. Ci hai chiesto di non farlo e, sebbene io non sia d'accordo, personalmente, abbiamo rispettato tutti la tua volontà."

"Non voglio che mi compatisca. Sto bene. Vado in giro, faccio tutto. Magari ci metto un po' più di tempo a fare alcune cose, ma ci riesco."

"Lo so. Sono davvero fiera di te. Anche tua madre lo sarebbe stata. "Sei autosufficiente. Spero che tu glielo dica. E presto."

"Perché?"

"Sa che qualcosa non va. Ha cercato di ottenere qualche risposta da me, ma io sono stata evasiva."

"Lo apprezzo molto."

"È difficile evitare le sue domande."

"Glielo dirò. Presto."

"Se c'è qualcosa che posso fare per te, chiamami. Sei sempre stata come una figlia per me."

"Grazie, Betty. Anche tu sei come una madre per me. Ma adesso è strano. Hai capito cosa intendo."

"Metti da parte il passato e non comportarti da estranea."

Giselle fu sopraffatta dall'emozione. "Mi manca molto mia madre."

"Ne sono sicura, tesoro. Ho saputo che tua zia Julia sta organizzando un viaggio a New York per Natale. Perché non lo trascorri con noi?"

"Sei molto gentile. Ma non sono ancora pronta."

"Ok, allora. Ma verrò ad aiutarti al negozio dell'usato."

"Magnifico."

Giselle mise giù il telefono. Adorava i genitori di Cal. Erano sempre stati gentili con lei. Betty le aveva confidato di volerla come nuora. Ma le circostanze avevano mandato a monte i suoi programmi. Dopo aver saputo del matrimonio di Cal, Giselle aveva rinnovato il suo contratto con Saucier e aveva continuato il suo lavoro di progettazione di uffici in Europa.

Non sarebbe mai tornata a Pine Grove. Vedere Cal e sua moglie o semplicemente pensare alle parole "la moglie di Cal" sarebbe stato un pugno allo stomaco. Anche dopo la morte di Jane, Giselle non riuscì a tornare a casa. Solo quando la sua disabilità le aveva impedito di lavorare e suo padre era morto, si era resa conto che l'unico posto in cui potesse stare era Pine Grove.

Aveva bisogno di un ambiente familiare. Dopo aver venduto la casa dei suoi genitori, aveva messo da parte un bel gruzzolo. Avrebbe potuto vivere ovunque, ma aveva scelto di rimanere nella sua città natale. Sapendo che avrebbe avuto bisogno di aiuto per spostarsi, tagliare la legna e per svolgere varie faccende, contava sulla bontà e la gentilezza dei suoi vicini.

Giselle preparò un'altra tazza di cioccolata calda e la lasciò sul fuoco mentre raccoglieva le cose di Bobby. Quel bambino le riempiva la casa di gioia. Insieme a lui, tutto si illuminava di risate e divertimento. Avrebbe sentito la sua mancanza.

Guardando fuori dalla finestra, sorseggiò la sua bevanda calda. Una macchina si accostò al marciapiede. Betty scese dall'auto.

"Sono felice di rivederti. Hai un aspetto magnifico," disse Betty, abbracciando Giselle.

"Bobby sta ancora dormendo. Vuoi un po' di cioccolata calda o di caffè?"

"Oooh. Cioccolata calda?"

"La mia cioccolata speciale."

Le due donne si sedettero in cucina e parlarono del negozio dell'usato fino a quando Bobby non si svegliò. Entrò in cucina, stropicciandosi gli occhi.

"Ecco qua." Giselle mise sul tavolo una tazza di cioccolata.

"Perché la nonna è qui?"

"Verrai a stare da me per una settimana," gli rispose Betty.

"Dov'è papà?"

"Ti porterò da lui dopo che avrai bevuto la tua cioccolata." Betty lavò la sua tazza vuota.

Bobby la bevve mentre la nonna raccoglieva le sue cose.

"A presto." le disse Betty, tirandosi su la cerniera della giacca.

"A presto," rispose Giselle.

In piedi sulla soglia, osservò Betty che metteva il bambino sul seggiolino e se ne andava. La porta aperta fece raffreddare la casa. Mise dell'altra legna nel caminetto, si avvolse in una coperta e si sedette, a gambe incrociate, davanti al fuoco. Betty aveva ragione. Doveva dirlo a Cal. Doveva essere lei a dirglielo. Ma ora lui stava male, quindi forse non era un buon momento.

Emise un sospiro. Il suo telefono iniziò a squillare.

"Ciao, Chris."

"Sto chiamando solo per dirti che qui siamo bloccati dalla neve. Ma passerò a prenderti domani mattina. Ok?"

"Perfetto. Grazie."

Giselle fece un respiro profondo. *Era arrivato il momento di aprire il negozio dell'usato di Natale. E di trovare il modo di dire a Cal la verità.*

"MA IO STO BENE," PROTESTÒ Cal.

"Non lo metto in dubbio, ma il tuo cervello no. Attieniti alle regole, Cal. Riposati. Rimani a letto. Non guardare la tv, non leggere, non fare esercizi di alcun tipo. Voglio che tu rimanga a letto, a dormire e a guardare fuori dalla finestra."

"Posso mangiare?"

Il dottore gli lanciò un'occhiataccia. "Non scherzare. Una commozione cerebrale non è una cosa da ridere."

"Ok, ok. Ho capito."

"Oh, a proposito, niente sesso."

Cal scoppiò a ridere. "Questo non sarà un problema."

"Davvero? Mi dispiace. Ma forse è meglio così. Almeno per questa settimana."

"Non sarà un problema nemmeno la prossima settimana, dottore. Non c'è niente all'orizzonte."

Il dottore gli diede una pacca sul braccio. "Spero che la situazione migliori, Cal."

"Non succederà mai. Per ora, Bobby starà dai miei genitori."

"Perfetto. La prossima settimana, potrai accompagnarlo a scuola e andare a riprenderlo. Potrai fare un leggero esercizio. La prossima settimana. Non questa. Questa settimana, non potrei nemmeno guidare."

"Tanto vale che io muoia."

"Puoi ascoltare la radio o un audiolibro."

"Wow, grazie!"

"E niente sarcasmo. È per il tuo bene. E per quello di Bobby."

"Già. Devo pensare a lui."

"Compra cibi già pronti. Chiedi a tua madre di cucinare per te. Prenditela comoda. Voglio che torni qui lunedì prossimo per un controllo, prima di permetterti di svolgere altre attività."

Il medico gli prescrisse delle vitamine e gli diede un opuscolo sulle commozioni cerebrali. Un'infermiera portò fuori Cal su una sedia a rotelle. Lui si sedette sul sedile anteriore insieme a suo padre. Sbattendo la spalla sul sedile, emise un lamento.

"Ti fa male la spalla?"

"L'ho sbattuta cadendo. Suppongo sia meglio così. Avrei potuto sbattere prima la testa."

"Cazzo! È stato un brutto incidente."

Cal esaminò la sua mano bendata. "Guarirai. Ci vuole solo un po' di tempo."

"Il dottore ti ha detto di rimanere a letto?" Suo padre fece marcia indietro per uscire dal parcheggio.

"Praticamente si."

"Siamo felici di avere Bobby con noi per tutta la settimana."

"Grazie. Con lui è impossibile riposare." Cal si mise a ridacchiare.

"Certo, è un bambino vivace. Parla molto spesso di Giselle. Pensi che sia saggio permettere che si affezioni così tanto a lei?"

"Che cosa posso fare? Impedirgli di andare da lei?"

"Beh, intendo dire, nella sua situazione e tutto il resto."

"Nella sua situazione? Quale situazione? Vive di fronte a casa mia." Cal aggrottò la fronte.

Suo padre tossì, arrossì leggermente e rimase in silenzio.

"Che cosa sta succedendo? C'è qualcosa che dovrei sapere?"

"Credo di no," rispose suo padre, senza guardarlo negli occhi.

"C'è qualcosa di strano. Non è una serial killer. Non che io sappia."

"No, no, niente del genere. Solo che... beh, non la stai frequentando. E, parlando sinceramente, quel bambino ha bisogno di una madre," disse Al Morrison.

"Concordo. Come faccio a trovarne una? Pubblico un annuncio su Craigslist? Bambino adorabile cerca madre?"

"Se lui si affezionasse troppo a lei e lei iniziasse a frequentare qualcun altro?"

"O se, per esempio, si sposasse?"

"Già."

"Non potrei fare nulla a riguardo." Cal assunse un'espressione seria.

"Accidenti, figliolo. C'è qualcosa che puoi fare!"

"Che cosa?"

"Devo farti un disegnino? Sposala tu!"

Cal scoppiò a ridere. "In quel caso, anche lei dovrebbe essere d'accordo. Lei mi odia."

"Ne dubito."

"Abbiamo scambiato qualche parola. Non vuole più saperne di me. Non voleva già saperne più quando se n'è andata, ma io ero troppo stupido per rendermene conto."

"Non sono d'accordo. Se Bobby ha con lei il tipo di rapporto di cui parla, beh, a me sembra il suo modo per avvicinarsi a te."

"Pensi che stia manipolando mio figlio per arrivare a me?" gli domandò Cal, con gli occhi spalancati.

"Penso di no. Ma sembra che sia quello che sta facendo. Ma con le migliori intenzioni. Come se ti rivedesse in lui. O qualche assurdità del genere."

"Oh, capisco cosa intendi. No. Non credo che lei senta la mia mancanza."

Suo padre alzò le spalle. "Credi ciò che vuoi. Se non vuoi rendertene conto, non posso impedirtelo."

"Pensi che provi qualcosa per me?"

"Certo. Altrimenti perché starebbe così vicina a tuo figlio? Saranno gli effetti della tua commozione cerebrale." Suo padre scosse la testa. "Faresti meglio a riposare. Stai peggio di quanto pensassi." Accostò davanti alla casa di Cal. "Il dottore ha detto che non puoi fare sforzi. Queste le porto io." Al Morrison prese due buste piene di cibo. "Tua madre ha detto di chiamarla se hai bisogno di qualcosa. Andrà a fare la spesa e ti porterà tutto quello che ti serve."

I due continuarono a chiacchierare mentre percorrevano il vialetto fino alla casa di Cal.

"Questo cibo basterebbe per sfamare tutta Pine Grove per un mese intero. Starò bene," disse Cal.

"La cameriera del Java the Hut aveva una cotta per te. Magari, se tu ne avessi bisogno, ti porterebbe qualcosa da mangiare."

"Non farti strane idee, pa'."

"Non sono io. È lei."

"Il dottore mi ha detto che questa settimana non devo nemmeno fare sesso."

Suo padre scoppiò a ridere mentre arrossiva. "Beh, forse è meglio se chiami me o tua madre."

I due uomini si abbracciarono. Cal accompagnò suo padre alla porta. Si fermò sugli scalini dell'ingresso e guardò dall'altra parte della strada. Giselle apparve dietro la finestra e lo salutò con la mano. Lui ricambiò il *saluto. Cazzo. Lei era carina e dolce e stava proprio di fronte a casa sua.*

Non l'avrebbe mai ammesso, ma il ricovero in ospedale, la visita del dottore e il ritorno a casa l'avevano stremato. Cal si tolse le scarpe e si distese sul divano. Si coprì con un plaid e si mise un paio di cuscini dietro la testa. Forse non avrebbe potuto fare sesso quella settimana, ma avrebbe potuto sognare di farlo. Chiuse gli occhi e si ricordò della notte trascorsa insieme a Giselle, rannicchiato dietro la sua schiena davanti al fuoco. Ah, che dolce ricordo!

MENTRE GUARDAVA ALLONTANARSI la macchina di Al Morrison, Giselle sospirò. Si lasciò cadere sul divano. Quando Betty l'aveva chiamata per comunicarle la notizia, era rimasta sconvolta. Nessuna delle due donne si era mostrata nervosa davanti a Bobby. Ma Betty non l'aveva più chiamata per aggiornarla. Lei aveva chiamato l'ospedale, ma non le avevano detto niente. Non era nemmeno riuscita a contattare Betty. Giselle era rimasta sveglia quasi tutta la notte, preoccupata per Cal.

Adesso lui era tornato a casa, quindi doveva stare bene. Fece un respiro profondo e guardò fuori dalla finestra. Perché si preoccupava per un uomo al quale non importava nulla di lei? Se tutto questo fosse successo a lei, lui non si sarebbe preoccupato. Tuttavia, lui era stato fuori al freddo e probabilmente adesso aveva bisogno di riposare. Dire a Cal di stare a riposo era come cercare di incatenare un ghepardo. Irrequieto e sempre in movimento, Cal era un uomo molto dinamico. Probabilmente sarebbe impazzito.

Entrò in cucina e cominciò a preparare i suoi famosi brownies. Non c'era niente di meglio dei brownies al cioccolato per tirare su il morale a qualcuno. Quando andavano a scuola, glieli aveva preparati diverse volte. Una volta, lui si era fatto molto male giocando a calcio. Così, lei ne aveva preparati un po' e glieli aveva portati. Aveva anche iniziato a leggergli uno dei suoi libri preferiti, *Il giovane Holden*.

Con la torcia e la lente d'ingrandimento sul bancone, Giselle riuscì a decifrare bene le istruzioni per preparare l'impasto. Mise la teglia dentro il forno e accese il suo timer parlante. Poi, si sdraiò sul divano e avviò un audiolibro. Dopo un po', si appisolò. La voce del timer la svegliò di soprassalto. Sbadigliando, tirò fuori i brownies dal forno e li mise sul davanzale della finestra per farli raffreddare.

Indossò un paio di leggings e la sua camicia di flanella preferita. Dopo aver impacchettato i dolci, si infilò gli stivali e avanzò lentamente lungo la strada. Il candore bianco della neve rifletteva la luce, aiutandola a vedere dove camminava. Si sentiva le farfalle allo stomaco mentre suonava il campanello a casa di Cal.

Il vento le congelava le gambe. Rabbrividì mentre aspettava. Come mai ci stava mettendo così tanto tempo? Finalmente, la porta si aprì. Lui le aprì in jeans e maglietta, strofinandosi il mento e sbadigliando. Voltando leggermente la testa, notò i suoi capelli arruffati e il suo bel viso ricoperto da una barbetta incolta. Cazzo, era bellissimo!

"Ho qualcosa per te."

"I tuoi brownies?"

Lei annuì.

"Cazzo. Li adoravo."

"Tutto bene?" disse lei, cercando di smettere di tremare.

"Sì, sì. Una commozione cerebrale, una spalla ferita. Sto bene."

Silenzio.

"Bene. Ottimo. Allora torno a casa," disse lei, voltandosi. Non aveva intenzione di invitarla a entrare?

"No, no. Aspetta. Scusami. Stavo dormendo. Accomodati." Le afferrò il gomito.

"Ti ho svegliato? Mi dispiace molto. Dovrei andarmene e lasciarti tornare a letto."

"Entra. Almeno mangia un brownie insieme a me." Lui la tirò dentro e chiuse la porta.

Il calore della stanza le avvolse il corpo.

"Vado a metterli in cucina," disse lui, allontanandosi.

Giselle sentì l'odore del fuoco nel camino. Vi si avvicinò lentamente per riscaldarsi le mani.

"L'altro giorno mi sono addormentata con il caminetto acceso. Pensi che sia sicuro?"

"Io non me ne preoccupo," le rispose raggiungendola. "C'è un parafuoco e non c'è niente di infiammabile nelle vicinanze. Dovresti procurarti un parafuoco. E un estintore. Siediti." Lui la condusse verso il suo divano. Era un grande divano componibile situato davanti al camino. Lateralmente, c'era un televisore.

Quando lei sbatté il retro delle ginocchia sul divano, si sedette bruscamente.

"Tutto bene?" le chiese Cal.

"Tutto bene."

"Vuoi un caffè o un bicchiere di latte con il brownie?"

"Un po' di latte va benissimo. Grazie."

"Aspettami qui. Te lo porto."

"Sei sicuro di poterlo fare?" gli chiese.

"Non sono invalido. Devo solo stare un po' a riposo."

"Servire me non vuol dire riposare."

"Non preoccuparti. Nessun problema." Si allontanò e ritornò con un vassoio in mano. Lo posò sul tavolino. Giselle aveva i nervi a fior di pelle. Sarebbe riuscita a gestire la situazione senza dirgli del suo problema di vista?

"Non ho molta sete. Prendo solo un brownie."

"Serviti pure," le rispose.

Riuscì a distinguere il piatto e ne prese uno. Gli diede un morso.

"Sono buoni come quelli che facevi al liceo."

"Grazie."

Mangiarono in silenzio. Cal si sedette accanto a lei. Emanava un forte calore. La sua gamba le sfiorò per un attimo la coscia, provocandole un'emozione totalmente diversa. Lei mangiò rapidamente, poi si alzò in piedi.

"È ora che io vada. Così potrai riposare. Se hai bisogno di qualcosa, sono solo dall'altra parte della strada."

"Grazie."

"Hai il mio numero di cellulare?"

"Penso di sì." Lui allungò la mano, prese il telefono e ripeté velocemente il numero che sua madre gli aveva dato.

"Perfetto. Chiamami se dovessi avere bisogno di me."

"Grazie."

Si diressero insieme verso la porta. Giselle inciampò sulla gamba di una sedia. Cal la afferrò.

"Wow! Ehi, tutto bene?"

"Tutto bene. Sono solo un po' imbranata," gli rispose, cercando di sorridere. Per un momento, sentì l'odore del suo profumo maschile e sfiorò con la guancia il morbido tessuto della sua camicia. Gli appoggiò il viso sul petto. Cazzo, i suoi muscoli erano rimasti forti come tanti anni fa. Lui la teneva stretta, intrappolandola tra le sue braccia. Lei permise ai suoi occhi di chiudersi per un momento, godendosi la sua vicinanza.

"Ehm," borbottò lui, poi si fermò. "Grazie per i brownies."

"Oh, sì. Scusami. È ora di andare." Si allontanò, assaporando ancora la sensazione del suo petto sotto le mani. Si salutarono e lei uscì nel freddo pungente, abbassando la testa per ripararsi da quell'implacabile vento. Con le braccia intorno ai fianchi, camminò a fatica sulla neve finché non raggiunse i gradini di casa sua. Reggendosi alla ringhiera, Giselle li salì lentamente e aprì la porta.

Una volta in casa, si vestì e accese il fuoco. Avvolgendosi in una coperta, si rannicchiò sul divano, si strinse un cuscino al petto e desiderò con tutte le sue forze che al suo posto ci fosse Cal Morrison.

ERA QUASI UN MIRACOLO che a Cal fossero rimasti ancora alcuni brownie per il mattino dopo. Mentre stava seduto sul divano, sgranocchiandone uno insieme a una tazza di caffè, la Bentley nera si fermò e parcheggiò davanti alla casa di Giselle. Cazzo! Lei uscì con un paio di leggings e un piumino. Dal modo in cui camminava, era evidente che avesse freddo. L'uomo al volante scese dall'auto e le aprì lo sportello.

"Che ruffiano," borbottò Cal.

Giselle sorrise all'uomo e si sedette sul sedile anteriore. Era il quarto giorno consecutivo che quello stronzo andava a prenderla. A Cal non piaceva. Quel tipo trascorreva troppo tempo con Giselle. Non sapeva che lei apparteneva a lui? Lui stava sempre alla finestra quando quel verme la riaccompagnava a casa. Almeno non si fermava per la notte, il che sarebbe stato più di quanto Cal potesse riuscire a sopportare.

Mentre la macchina si allontanava, Cal controllò l'orologio. Aggrottò la fronte. Farebbe meglio a tornare per pranzo. Altrimenti che cosa avrebbe fatto? Scosse la testa, poi entrò in cucina per mangiare qualcosa. Non c'era nulla che potesse fare. Nonostante lui si rifiutasse di ammetterlo, lei non gli apparteneva. Tuttavia, la sua visita per portargli i brownies di certo voleva dire qualcosa. Se solo fosse riuscito a capire che cosa!

Stufo di dover riposare, avrebbe giurato che l'inattività lo rendeva più nervoso che rilassato. Cal tornò in soggiorno. Posò la tazza e iniziò a passeggiare. Ruotò il braccio, facendo una smorfia per il dolore alla spalla.

"Cazzo, mi sento bene," disse, prendendo il telecomando. Dopo aver fatto zapping su tutti i canali e aver scoperto che non c'era niente da guardare, indossò la calzamaglia termica e il piumino e si diresse verso il garage. Prendendo una pala da neve, borbottò tra sé.

"Qualcuno potrebbe farsi male sul mio vialetto. Sono in grado di farlo." Uscì all'esterno. Facendo attenzione a non sforzare la spalla, raschiò con l'attrezzo il vialetto di pietra, rimuovendo uno strato di cinque centimetri di ghiaccio e fango.

Si schiarì la mente e i suoi polmoni si riempirono d'aria fresca. Sentendosi bene, Cal quasi non si accorse che la Bentley si era fermata per lasciare a casa Giselle. Si fermò e si appoggiò alla maniglia, guardandola scendere dall'auto. Almeno non aveva dato un bacio a quel tipo. Se l'avesse fatto, Cal l'avrebbe riempito di pugni. E con la spalla in quelle condizioni, non sarebbe stata esattamente l'idea più brillante.

Quando lei chiuse la porta, ricominciò a spalare.

"Ehi!" Cal tenne la testa bassa, spalò il ghiaccio dal bordo e lo spinse lateralmente.

"Ehi! Tu!"

Ancora una volta, lui la ignorò. Non era possibile che stesse parlando con lui.

"Ehi, tu, Cal. Tu, testone!"

Quelle parole attirarono la sua attenzione. Alzò lo sguardo e vide Giselle. Lei stava urlando dalla strada.

"Sei un uomo testardo."

"Io? Non sono così stupido da stare in mezzo alla strada," le rispose.

"Non dovresti metterti a spalare la neve."

"E tu non dovresti stare in mezzo alla strada mentre passano le macchine."

"Dove?" Lei voltò la testa da un lato all'altro.

"Non sta arrivando nessuno... non ancora."

"Ma il dottore non ti aveva detto di non farlo?"

"E allora? Io mi sento bene."

"E la tua spalla?"

"È un po' rigida."

"Idiota!"

"Mi stai dando dell'idiota?"

"Tu! Continua pure, non ascoltare il dottore. Incasinati il cervello, se ne hai ancora uno. Fatti di nuovo male alla spalla, così non potrai lavorare. Che cosa stupida da fare!"

Lei arrossì in viso mentre gesticolava con le mani, ma era così presa dalla sua ramanzina che non vide arrivare una macchina. Ma Cal la vide. Lasciò cadere la pala e fece un balzo. La prese al volo placcandola e cadendo per terra a un passo dalla strada.

L'auto che stava arrivando frenò e sbandò. Cal strinse forte Giselle e iniziò a rotolare insieme a lei finché non furono entrambi al sicuro. L'auto si fermò di colpo. L'autista abbassò il finestrino.

"Ehi, signora, che cosa ci faceva in mezzo alla strada? Idiota!" Si accigliò e proseguì per la sua strada.

Disteso accanto a lei, Cal si sollevò sui gomiti. Il viso e i capelli di Giselle erano coperti di neve. Lei tossì e si tolse i residui dalla bocca.

"Che cosa hai fatto?" farfugliò lei.

"Ti ho salvato il culo."

Lei rimase immobile a fissarlo.

"Quella maledetta macchina stava quasi per finirci addosso, non te ne sei accorta?"

Lei trattenne il respiro e si coprì la bocca. "Davvero?" sussurrò lei.

"Non l'avevi vista, vero?"

Lei scosse la testa.

"Eri troppo occupata a rimproverarmi?"

Lei annuì.

Cal fece una risata seria. "Tipico di te."

"Grazie per avermi salvata."

Le tolse la neve dai capelli, poi le passò un guanto sulla guancia. Il freddo conferiva alla sua pelle un sano aspetto roseo. I residui di rossetto davano alle sue labbra una sfumatura di corallo calda e invitante. Alcune ciocche rossastre dei suoi capelli scintillavano alla luce del sole, che faceva capolino da dietro una nuvola.

Cal si abbassò per baciarla.

Capitolo Sette

Il mattino dopo, quando la Bentley ripartì, Cal si allontanò dalla finestra. Si allacciò la vestaglia e si sdraiò sul divano. Non l'avrebbe mai ammesso, ma mettersi a spalare l'aveva stancato. Chiuse gli occhi e si concentrò sulla sensazione di quel bacio straordinario.

Lo squillo del cellulare lo svegliò all'improvviso.

"Alla radio hanno appena detto che la scuola riapre domani," disse il padre di Cal.

Cal finì di sbadigliare prima di rispondere. "Bene. Puoi accompagnare tu Bobby? Io andrò a prenderlo all'uscita."

"Sei sicuro di poterlo fare?"

"Sicuramente avranno spalato la neve. Nessun problema. Grazie, papà. E ringrazia anche la mamma, va bene?"

"Lo farò. Ci mancherà Bobby. È un bambino eccezionale. Immagino che sarai felice di riaverlo con te."

"Proprio così. È tutto troppo tranquillo qui intorno."

Cal mise giù il telefono ed entrò in cucina. Era ora di pranzo. Si preparò un panino. Quando sentì il rumore di una porta che si chiudeva, andò di corsa davanti alla finestra. Lei stava scendendo di nuovo dalla Bentley, perfettamente in orario. Tornava a casa ogni giorno a pranzo. Pfff, non l'ha invitato a entrare. Cal fece un respiro profondo.

Cazzo, per quanto tempo sarebbe riuscito a sopportare tutto questo? Ogni giorno, il desiderio aumentava dentro di lui. Tenerlo a bada aveva funzionato per un po', ma adesso non ci riusciva più. E poi quel bacio. Lei non aveva opposto resistenza. Che cosa diavolo stava aspettando?

La sua vita non riguardava solo lui, ma anche Bobby. Il bambino si era affezionato a Giselle come se fosse sua madre. Cal si scusò a voce alta per quel pensiero. Jane era stata una madre straordinaria. Cal paragonò il temperamento tranquillo di Bobby a Jane, ai suoi geni e alla sua influenza. Nessuno aveva mai accusato Cal di avere un carattere mite.

Bobby voleva bene a Giselle, ma cosa provava lei per lui? Non poteva portare nella sua piccola famiglia una donna che non amasse suo figlio e che non lo trattasse come se fosse suo. Si ripromise di prestarci più attenzione quando Bobby stava con lei. Avrebbe valutato la situazione prima di provarci con lei. Avrebbe fatto meglio a procedere con cautela prima di buttarsi. Sua madre sarebbe stata orgogliosa. Gli aveva messo quell'idea in testa fin da quando aveva cinque anni. E alla fine aveva attecchito.

Suo padre aveva ragione. Cal aveva sentito la mancanza di suo figlio. Quel piccolo vulcano di energia gli dava la forza di andare avanti. Non aveva mai provato un amore come quello. Gli era entrato nel cuore e non l'avrebbe più lasciato andare.

Finì il suo panino e bevve un bicchiere di latte. Prima di uscire a spalare la neve, stava ascoltando uno degli audiolibri che gli aveva dato Giselle. Si ridistese sul divano e lo fece ripartire.

Tentò di concentrarsi sulla storia, ma prima di rendersene conto si addormentò. Quando si svegliò, c'erano delle ombre sul prato anteriore. Il sole era quasi tramontato. Il giorno più corto dell'anno sarebbe arrivato prima che potesse accorgersene. Sospirò. L'ultima sera senza suo figlio. Cal riscaldò gli avanzi e infranse le regole, accendendo il suo computer e guardando un film a luci rosse.

Nel momento in cui una donna nuda comparve sullo schermo, la sua mente tornò alla prima volta che aveva visto Giselle nuda. Era stata timida, non di lasciarsi toccare, ma di togliersi i vestiti. Si erano fatti il bagno nudi nel lago un paio di volte, ma lei gli aveva chiesto di voltarsi prima di togliersi il costume da bagno.

Interruppe il film, chiuse gli occhi e ripensò a quella notte speciale.

"Vuoi che mi volti dall'altra parte?" si era lamentato.

Lei aveva scosso la testa.

"Davvero? Ti spoglierai davanti a me?"

"Solo se lo fai anche tu," aveva sussurrato lei.

Lui si era tirato giù i pantaloni in un batter d'occhio. "Adesso tocca a te," le aveva detto, sedendosi sul molo con i piedi penzoloni. Voleva un buon posto per assistere al suo spogliarello.

"Ok," aveva detto lei con la voce tremante.

Si era alzata in piedi e aveva allungato le braccia dietro la schiena per sganciarsi il reggiseno. Incredulo, Cal si era accorto che gli era diventato duro semplicemente guardandola. Togliendoselo, gli aveva mostrato il seno più bello che avesse mai visto. E, sì, a diciannove anni, ne aveva visti diversi.

"Mi stai fissando," gli aveva detto.

"Scusami," aveva risposto lui, borbottando e distogliendo lo sguardo per un momento.

Mettendo le dita sui bordi dello slip del bikini, l'aveva tirato giù per toglierselo. "Ok. Contento?" gli aveva chiesto, con le mani sui fianchi e il viso nascosto dall'ombra.

La luce della luna faceva dei sensuali giochi di luci ed ombre sulle sue curve, tanto che Cal aveva temuto di venire immediatamente.

"Sei la donna più bella che abbia mai visto. Nessuna esclusa. Nessuna rivista, nessun film. Niente è paragonabile a te, Zell."

"Davvero?"

Lui le aveva fatto cenno di sedersi sul molo accanto a lui. "Vieni qui."

Lei l'aveva raggiunto in punta di piedi e si era seduta accanto a lui. Lui non sapeva da dove iniziare a toccarla.

"L'ultimo che si tuffa è un pappamolle." Lei si era tuffata in acqua prima che lui potesse fare una mossa.

Cal era scoppiato a ridere e l'aveva seguita. Avevano raggiunto a nuoto il molo galleggiante e avevano fatto l'amore. Non aveva mai avuto una donna come lei prima. Anche i ricordi lo inebriavano. La voleva e aveva bisogno di lei. E il divieto di fare sesso doveva finire. Cal spense il computer e si diresse verso la doccia. Doveva alleviare la tensione, indipendentemente dagli ordini del dottore.

IL GIORNO SUCCESSIVO, il sole splendeva nel cielo, sciogliendo la neve e il ghiaccio. Chris si presentò alle nove e accompagnò Giselle al negozio. Lei mise della musica natalizia e prese una spugna. Scaffali, banconi e tavoli dovevano essere puliti per bene.

Jory, Mindy e Jess sarebbero arrivate presto per allestire le vetrine. Quando finì di pulire, Giselle ricominciò a mettere in ordine. Scatole, tavoli e borse contenevano cose da uomo e da donna, da bambini e da bambine. Era arrivato il momento di mettere in ordine abiti, libri e giocattoli.

Mancavano poche settimane al Natale e il negozio doveva essere pronto per quelli che lei definiva "clienti". Jess preparò un programma di visite di gruppo, scritto in grossi caratteri neri su uno sfondo bianco. Il contrasto le rendeva più facile la lettura. I bambini sarebbero venuti ogni mattina della settimana successiva.

Lei sarebbe stata al negozio tutto il giorno, trascorrendo la mattina con i bambini e il pomeriggio a organizzare i gruppi che sarebbero arrivati il giorno successivo. Canticchiando mentre lavorava, pensò a un regalo per Bobby. Certo, Cal avrebbe obiettato, ma a lei non importava. Avevano un bel rapporto e lei voleva regalargli qualcosa. Lui le aveva parlato di una caserma dei pompieri della Lego. Con l'aiuto delle sue amiche, l'aveva ordinata online.

Chris l'aveva aiutata a trasportare le scatole di libri. Nel negozio, prese in mano le decorazioni dell'albero di Natale della sua famiglia. Erano accuratamente disposte in una scatola sopra un tavolo. La ranocchietta sugli sci, la pallina rossa con i disegni color oro, le palline abbinate in argento e oro con intricati disegni blu o bianchi avvolte nella carta velina, in attesa di trovare una nuova casa.

Julia aveva chiesto un albero di Natale, ma Giselle aveva bocciato l'idea.

"Troppi problemi. Le piccole decorazioni potrebbero cadere e rompersi, lasciando per terra delle schegge di vetro che potrei non notare. Come potrei fare a tirare giù tutto dopo le vacanze? Troppo stress."

A Giselle mancava il profumo del pino fresco che associava al clima freddo e nevoso, ma aveva preso una decisione. Molte cose erano cambiate, tranne i suoi sentimenti per Cal Morrison. Guardandolo insieme a suo figlio, il cuore le si riempiva di gioia. Era diventato il padre che aveva immaginato quando uscivano insieme.

Quando aveva compiuto vent'anni, Cal era maturato. Suo padre aveva avuto un incidente e Cal aveva dovuto gestire la loro attività per sei mesi. Responsabile, con i piedi per terra e innamorato di lei, Cal le aveva reso difficile la partenza.

Giselle mise via la scatola delle decorazioni. Non aveva senso piangere per quello che c'era stato. Doveva affrontare ciò che aveva — e questo era già abbastanza.

La radio iniziò a trasmettere "Rockin' Around the Christmas Tree", sollevandole il morale. Sorridendo, si mise a ballare e cantare per la stanza. Il campanello sopra la porta iniziò a tintinnare.

"Le aiutanti di Babbo Natale sono arrivate," disse Jory, aprendo la porta.

"Entrate, amiche mie. Entrate!"

Jory e Mindy si misero a cantare insieme a lei mentre ripiegavano gli abiti, spolveravano i giocattoli e i gadget e mettevano tutto al loro posto, seguendo le istruzioni di Giselle. Gli scaffali del negozio, pieni di vestiti, giocattoli e libri erano molto invitanti.

"Pensi che abbiamo abbastanza roba?"

"Questo è almeno il doppio di quello aveva tua madre," disse Jory.

"Forse il triplo," intervenne Mindy.

"Bene. Quindi avremo delle rimanenze da vendere e forse saremo in grado di pagare le tasse per questo patetico edificio."

"Non è in buone condizioni?" Jory prese una sedia libera.

"Non ho controllato. Non che mi importi se lo è o non lo è."

"Voglio dire, ti accorgeresti se le fondamenta stessero cedendo, giusto?" chiese Mindy.

"Dovrei utilizzare una lente d'ingrandimento."

Le donne annuirono.

"Dovrò chiedere a qualcuno di controllare. Penso che debbano essere ispezionate. Non è quello che prevede la legge?"

"Non ne ho idea. Trent si occupa di quelle questioni," disse Jory.

"Forse alla caserma dei pompieri?" chiese Mindy. "I pompieri vengono una volta all'anno per controllare il teatro. E so che devo far ispezionare regolarmente il mio sistema automatico di estinzione."

"Il sistema automatico di estinzione. Cazzo. Non so nemmeno se ne abbiamo uno," disse Giselle.

"C'è un nuovo volontario pieno di muscoli alla caserma dei pompieri. Mi pare che si chiami Flint."

"Che nome sexy!" Giselle si strinse le mani davanti al petto.

"Ti ci portiamo quando finiremo qui," disse Jory. "È ora che tu conosca qualcuno dei nuovi ragazzi di Pine Grove."

"E che tu la smetta di pensare a Cal," la rimproverò Mindy.

"Vorrei tanto riuscirci," mormorò Giselle.

CAL SI SVEGLIÒ CON il mal di testa. Si rimise a dormire, alzandosi al suono della sveglia mezz'ora prima di andare a prendere Bobby. La temperatura era aumentata a circa -1°C. Indossò gli stivali e il piumino e si diresse verso la scuola per andare a prendere Bobby.

Il bambino uscì per primo dall'edificio di mattoni, di corsa, e si gettò subito tra le braccia di suo padre. Saltò con tale impeto che fece quasi cadere Cal per terra.

"Ehi, tesoro."

"Papà!" Bobby appoggiò il viso sulla giacca di suo padre.

"Mi sei mancato. Mi sei mancato tanto," mormorò Cal, accarezzando la testa di suo figlio.

"Anche tu!" Allargò le braccia al massimo, ma non riusciva ancora a stringere totalmente suo padre. Cal prese il bambino in braccio e lo portò a casa.

Bobby parlò per tutto il tragitto. Di tanto in tanto, Cal si limitava a borbottare "ah ah," e "sì, giusto," mentre camminava. La vivacità e il calore di Bobby lo rallegrarono. Cal sorrise fino a casa.

Quando arrivarono, si tolsero l'equipaggiamento da neve e Bobby corse in cucina.

"Ho fame."

"Aspetta un secondo," disse Cal, programmando quarantacinque secondi sul timer del microonde. Quando suonò, tirò fuori una tazza di cioccolata calda e la mise sul tavolo accanto a una ciotolina di pretzel e a un piatto di fettine d'arancia. Bobby divorò la sua merenda. Cal scaldò un po' di cioccolata per sé.

"Che cosa hai imparato oggi a scuola?" Cal bevve un sorso della bevanda bollente.

Bobby gli parlò di ogni progetto.

"E dobbiamo fare questo. Un dio-qualcosa."

"Diorama?" gli chiese Cal.

Il bambino annuì. "Dobbiamo fare un circo e cercare gli animali nelle riviste o online, ritagliare le immagini e scrivere i nomi degli animali. Poi, dobbiamo imparare dove vivono, cosa mangiano e tutto il resto."

Cal frugò nello zaino di Bobby e trovò un foglio di carta con la spiegazione del progetto. Cazzo. Anche se stava meglio, aveva un forte mal di testa. Si distese sul divano mentre Bobby accendeva la televisione. Cal chiuse gli occhi.

"Temo di non poterti aiutare con il tuo progetto," disse Cal.

"Perché no?"

"La testa mi fa ancora male. Mi piacerebbe, ma non dovrei fare quel genere di cose. Niente computer. Niente lavori di concentrazione."

Bobby diede a suo padre un bacio sulla guancia e gli accarezzò i capelli.

Cal si mise a ridacchiare. "Sto bene. Quasi del tutto. Ma ho bisogno di un'altra settimana di riposo."

Bobby scoppiò a piangere.

"Sto bene, tesoro. Non c'è bisogno di piangere." Cal si sedette.

"Chi mi aiuterà con il mio dio-qualcosa?"

In quel momento, Giselle uscì da casa, dirigendosi verso la cassetta delle lettere. I suoi passi sulla neve attirarono l'attenzione di Cal.

"Che ne pensi di Giselle? Credi che lei possa aiutarti?"

"Posso andare a chiederglielo?"

"Sì. È uscita proprio adesso. Prendi la giacca," disse Cal alzandosi in piedi.

Odiava gli stupidi progetti artistici della scuola di Bobby. Ora avrebbe dovuto trovare una scatola da scarpe, comprare la colla e un sacco di altre stronzate che non avrebbero mai più usato.

Un ampio sorriso si delineò sul suo volto. Già, lascia che se ne occupi Miss Perfettina. Lei gli preparava la cioccolata calda, gli metteva un cerotto quando si scorticava le ginocchia e lo teneva con sé quando Cal aveva un'emergenza. Lui la adorava. Lascia che sia lei a occuparsi di queste stronzate.

Cal tirò su la cerniera della giacca di suo figlio e in un attimo lui uscì dalla porta. Cal rimase vicino alla finestra, ridacchiando tra sé per aver fatto in modo che lei si occupasse del progetto. Si sentiva in colpa? Neanche un po'. Lei era casa.

Cazzo, era sempre a casa. Guardò Bobby entrare, poi andò in cucina per preparare la cena.

Quando la porta si aprì, stava mettendo a bollire l'acqua per gli spaghetti.

"Giselle dice di non poterlo fare," si lamentò Bobby, sedendosi tristemente intorno al tavolo.

"Che cosa?" Cal guardò suo figlio.

"Già. Mi ha detto così."

È questo che intendono le persone quando parlano di "amici che spariscono nel momento del bisogno"? Lei aveva abbandonato lui e ora anche suo figlio. Contare su di lei era stato un errore. Era uno sciocco a pensare che avrebbe preso il suo posto, anche se lui non avrebbe mai potuto fare un lavoro decente, mentre lei poteva farlo con gli occhi bendati. Non può farlo? Forse è meglio dire che non vuole farlo. Ormai l'aveva capito.

"Dice che le dispiace. Le dispiace molto."

"Immagino." Cal fece un'espressione seria. "Vado a parlarle," disse, indossando il cappotto.

"Papà!"

"Va tutto bene, tesoro. Sto solo andando a parlarle." Cal si inginocchiò per guardare Bobby negli occhi.

"Sii gentile. Ok?"

"Ok," rispose Cal sorridendo. Mise un film in televisione e porse al bambino una bustina di pretzel e un succo di frutta. "Torno presto."

Bobby annuì, già concentrato sulla tv.

Aprendo la porta, Cal si meravigliò della natura dolce e comprensiva di suo figlio. E se un giorno qualche donna si sarebbe approfittata di suo figlio? Era molto probabile, come quando Giselle l'aveva preso in giro. Smise di sorridere mentre camminava sull'erba ghiacciata del suo vialetto. Bussò alla porta.

"Sì?" rispose lei.

"Sono io. Cal."

"Certo. La porta è aperta, entra pure."

Quando entrò in casa, l'odore della cannella gli raggiunse il naso. Lo stomaco gli brontolava.

"Ti va un dolcetto alla cannella? Bobby ne ha mangiato uno quand'è venuto qui. Spero che non sia un problema."

Un'improvvisa sensazione di rabbia fece a pugni con il suo stomaco. Come poteva mangiare un dolcetto e urlarle contro allo stesso tempo? Cercò di aggrapparsi alla sua forza interiore.

"No. Non è per questo che sono venuto."

"Oh? E allora per cosa?"

Lui si schiarì la gola. "Bobby mi ha detto che non vuoi aiutarlo."

"Che cosa?" Lei si diresse verso la cucina e lui la seguì.

"Ti ha chiesto di aiutarlo con il suo progetto scolastico e tu gli hai detto di no. È vero?"

"Sì."

"Sai che non sono bravo in arte. Ma tu lo sei."

"Gli hai detto tu di venire a chiedermelo?" ribatté lei.

"Sì. Pensavo fossi suo amica." Cal si mise le mani sui fianchi.

"Io sono sua amica."

"Gli hai detto che non puoi farlo."

"Sì. Non posso."

"Davvero? Non è esattamente così che si comporta un amico. Lo stai abbandonando."

"Non posso farci niente. Non posso farlo." Lei arrossì in viso mentre si allontanava da lui.

Lui le afferrò il braccio e la fece voltare per guardarla negli occhi. "Ma che cazzo sta succedendo? Forse odi me, ma non puoi prendertela con mio figlio! Cazzo, Giselle, che cosa sta succedendo?" Lui alzò la voce mentre quelle parole gli uscivano dalla bocca.

FUGGIRE NON SAREBBE servito a niente. Era arrivato il momento di dirgli la verità. Faccia a faccia con lui, fece una smorfia alle parole di rabbia che le stava dicendo. *Mi odia così tanto?* Aveva voglia di piangere, ma trattenne le lacrime.

"Hai detto che non puoi farlo. Perché?" le chiese, con un'espressione arrabbiata e la fronte aggrottata.

"Perché non posso. Non puoi semplicemente accettarlo?" gli chiese, sperando che la lasciasse andare e che potesse continuare a mantenere il suo segreto.

"No! Cazzo! Non lo farò. Non riguarda me. Riguarda Bobby. C'è un bambino a casa mia, tutto triste e imbronciato, perché la sua amica l'ha abbandonato. Tu l'hai abbandonato. Lui sta soffrendo e non va bene!"

Alle sue urla, lei fece un passo indietro.

"Per favore, smettila di urlare!" Sembrava più coraggiosa di quanto si sentisse.

Le sue parole lo fermarono. Lui si fermò, guardandola. La sua rabbia svanì, lasciando il posto a una sensazione di confusione e dolore.

"Hai pensato che volessi picchiarti?"

"No, ma sei un uomo diverso da quello che conoscevo sei anni fa."

"No, non lo sono. Non ti avrei mai picchiata. Non picchio le donne."

Lei sospirò. Lui fece un respiro profondo. "Voglio solo una risposta sincera," le disse, con un tono di voce più calmo.

"Ti ho dato l'unica risposta che posso darti."

"Non ti credo. Sei una pessima bugiarda, Giselle. Lo sei sempre stata. Sputa il rospo. La verità. Perché ti stai comportando così con Bobby? È a causa mia?", le chiese, con le gambe divaricate e le mani appoggiate saldamente sui fianchi.

"Non gira tutto intorno a te, Calvin Morrison!" Adesso fu lei a urlare. Una sensazione di frustrazione ribolliva dentro di lei. Si allontanò da lui e si avviò a grandi passi verso il soggiorno, dove lui la seguì. La frustrazione per le sue condizioni, la rabbia di doverlo rivelare a Cal e la pietà nei confronti di sé stessa erano una pessima combinazione. Lei si voltò verso di lui.

"Non posso aiutarlo perché non posso! La mia vista non è sufficientemente buona per aiutarlo!"

"Che cosa?" Lui la guardò confuso.

"Proprio così. Sono ipovedente. Ho una degenerazione maculare."

"Non ci credo," disse Cal, scuotendo la testa. "Succede solo agli anziani."

"Ti sbagli! Non mi credi? Chi cazzo sei per dirmi così?" gridò lei.

Lui rimase fermo sotto l'arco del soggiorno. "Non mi sembra che tu abbia problemi di vista."

Lei gli prese la mano e lo trascinò in cucina. Prese una tazza, la riempì d'acqua e la infilò nel microonde. Impostò il timer per quindici secondi.

"Quindici secondi," disse il forno.

Giselle premette il pulsante di spegnimento. "Ho un forno a microonde parlante! È stata Julia a regalarmelo. Chi pensi che spenda una fortuna per un microonde parlante, a parte qualcuno che non riesce a vedere il display o i pulsanti?"

Cal spalancò la bocca. Rimasero immobili a fissarsi. Nonostante i suoi sforzi, gli occhi le si riempirono di lacrime.

Alla fine, lui riuscì a parlare. Le sussurrò: "Oh, mio Dio, Zell. È terribile. Mi dispiace molto." Sentirgli usare quel soprannome le fece perdere il controllo.

Si coprì il viso con le mani e iniziò a singhiozzare. Lui la strinse tra le braccia. Tenendola stretta, le accarezzò i capelli. "Oh, piccola. Quando è successo?"

Non riuscendo a smettere di piangere, si abbandonò tra le sue braccia, appoggiando il viso sulla sua spalla. Le sue lacrime gli inzuppavano la camicia, ma lei non si mosse. Lui le accarezzò la schiena con una mano. La stringeva a sé, sussurrando parole che lei non riusciva a capire, tranne la parola "piccola," che lui continuava a ripetere.

Quando riuscì a riprendere il controllo, lei fece un passo indietro. Lui aveva un fazzoletto in mano. Glielo porse. Lei si asciugò il viso e distolse lo sguardo.

"Quando è successo?" le chiese, con voce sommessa.

"Ha iniziato tre anni fa."

"Quanto riesci a vedere?"

"È la mia visione centrale che sta degenerando. Vedo luci, ombre e forme. Le cose sono confuse. Se le ingrandisco riesco a vederle e persino a leggere. Ma devono essere enormi."

"Come fai a gestirlo?"

"Ascolto audiolibri, ho un forno a microonde parlante, uso un fornello elettrico e vivo su un solo piano perché le scale non sono una buona idea. Ho una visione periferica. Se giro la testa, ci vedo bene."

"Non ne avevo idea."

"Ho organizzato la mia vita e la mia casa in modo da trovare facilmente le cose e cavarmela da sola. Ovviamente, ho dovuto smettere di lavorare come designer. Sto cercando qualcos'altro. Avevo preso in considerazione di lavorare come dog sitter, ma avere un cane intorno potrebbe essere complicato. Potrei inciampare."

"Non so cosa dire."

"Che cosa potresti dire? Tutto questo è uno schifo. Ma ho avuto tre anni per abituarmi e ce la sto facendo."

"È per questo che hai venduto la tua casa?"

"Sì."

"Non peggiorerà, vero? Diventerai cieca?" Lui le appoggiò le mani sugli avambracci.

"Il dottore ha detto che al momento la situazione è stabile. Ma non ci sono certezze. Non diventerò mai totalmente cieca, ma potrei perdere del tutto la mia visione centrale."

"E che cosa vedresti?"

"Le stesse cose che vedi tu, ma con un grosso cerchio nero al centro."

Cal non la lasciava andare. Giselle ne approfittò per rannicchiarsi sulla sua spalla. Il calore del suo corpo la calmò, come succedeva una volta. Lui le diede un bacio sulla testa.

"È terribile. Sei troppo giovane."

"Ma è la vita. La mia vita, in ogni caso. Quindi, non potrei aiutare Bobby, nemmeno se lo volessi."

"Mi dispiace di averti urlato contro. Non lo sapevo. Perché non me l'hai detto?" le chiese, allontanandosi da lei.

Lei abbassò lo sguardo. Non volevo che tu lo sapessi."

"Ok. Ma perché?"

"Ho ricevuto abbastanza rifiuti a causa di tutto questo. E la pietà è ancora peggio. So che cercheresti di renderti utile per compassione. E non potrei sopportarlo."

"È un male volersi rendere utili?"

"Sì, se lo si fa per le ragioni sbagliate." Lei alzò la voce di un'ottava. "Oh, guarda. Ecco quella povera cieca di Giselle. Dobbiamo aiutarla, dobbiamo tenerle il braccio quando sale le scale." Lei si schiarì la gola. "Queste cose mi farebbero diventare matta."

"Io non lo farei mai."

"Davvero? Allora sei diverso dalla maggior parte della popolazione." Lei si voltò, stringendosi le braccia intorno per respingere la sensazione di freddo che si era insediata in lei dopo essersi allontanata da Cal.

Lui le mise una mano sulla spalla. "Non voltarmi le spalle. Stiamo parlando."

"Non ho più niente da dire. Hai avuto ciò per cui sei venuto. La verità."

"Lo sanno tutti in città?"

"Solo alcune persone."

"Mia madre?"

Giselle annuì, sentendosi arrossire in volto.

"L'hai detto a lei prima di me?"

"Lei non mi avrebbe giudicata."

Quando lui fece un respiro profondo, lei alzò lo sguardo. Fissarlo non serviva a niente, così lei inclinò leggermente la testa verso destra.

"Pensi che ti giudicherei per questo? Per una cosa fisica che tu non puoi evitare?"

"Altri l'hanno fatto,"gli rispose, tirando su col naso.

"Wow. Giselle. Davvero? Mi stai giudicando in base alle azioni di qualcun altro?"

"Forse. Se la metti in questo modo, sembra..."

"Ridicolo? Lo è." Lui si diresse verso la porta. "Mi sembra evidente che tu non voglia che io ti infastidisca."

"Non era ciò che volevo dire."

"Sì che lo era."

Lei abbassò la testa perché lui aveva ragione. La conosceva troppo bene.

"Mi dispiace." Lei allungò la mano.

"Anche a me." Lui le prese la mano, la strinse e aprì la porta.

Quando la porta si chiuse, lei appoggiò la testa al muro e scoppiò in lacrime.

Capitolo Otto

Cal aprì la porta, sollevato di vedere che Bobby si era appisolato guardando il film. Coprì suo figlio con una coperta, spense la tv e andò in cucina a prendere una birra. Nonostante il medico gli avesse ordinato di non bere alcolici, aveva bisogno di bere qualcosa e pensò che la birra fosse molto meglio del whisky.

Si lasciò cadere su una sedia. La confessione di Giselle l'aveva sconvolto. Cazzo. La notizia della sua disabilità l'aveva colpito come un fulmine a ciel sereno. Si passò una mano sul viso, poi chiuse gli occhi. Sentì una fitta di dolore. Una alla volta, pensò a tutte quelle attività che lei non poteva fare.

"Aha!" esclamò balzando in piedi. "Ecco perché non ha una macchina!" Giselle non avrebbe mai più potuto guidare. Cal adorava guidare e l'idea di non poterlo più fare lo sconvolse. E se il ragazzo che viene a prenderla fosse solo quello che la accompagna al negozio dell'usato e non fosse il suo ragazzo?

Lei era in grado di guardare la televisione? Di andare al cinema? Non ne aveva idea. Ecco perché aveva iniziato ad ascoltare gli audiolibri. Ora capiva perché lei e Bobby stavano ascoltando gli Hardy Boys invece di leggere il libro.

Sorseggiò la sua birra. Perché aveva preferito non dirglielo? Credeva davvero che potesse avere un'opinione negativa di lei? O che l'avrebbe trattata come un'invalida? La sua risposta l'aveva ferito come se gli avesse dato una coltellata dritta allo stomaco. Era stato un cattivo ragazzo? Un amante insensibile?

Finì la birra e aprì il frigorifero. Era il momento di cominciare a preparare la cena. Si fermò. Chissà come fa a cucinare! Ridacchiò ricordandosi del microonde parlante. Sono certo che Bobby lo ama. Era sicuro per lei usare un fornello o accendere il fuoco?

Scosse la testa, arrossendo per la vergogna. Era esattamente quello che lei aveva voluto dire: le persone ritenevano che lei non fosse in grado di prendersi cura di sé. Giselle era sempre stata intelligente. Di certo, conosceva i suoi limiti e sapeva come aggirarli.

Mise mezzo chilo di carne macinata in una padella e tritò una cipolla. Mentre preparava il ragù per gli spaghetti, pensò a suo figlio. Come avrebbe fatto a dirglielo? Bobby gli avrebbe fatto un milione di domande alle quali non sarebbe riuscito a rispondere. Avrebbe dovuto parlare con Giselle. Dopo la sua uscita brusca, probabilmente lei non gli avrebbe più risposto nemmeno al telefono.

Per il bene di suo figlio, doveva provarci. Un sorriso ironico gli balenò in volto. Sinceramente, non era solo per suo figlio. Si era comportato in modo freddo ed era andato via in modo brusco. Certo, lei l'aveva ferito, in un certo senso, e lui aveva reagito. Era stato crudele ad allontanarla. Lei era stata sincera con lui e lui aveva permesso ai suoi sentimenti feriti di influenzare il suo giudizio, allontanandosi invece di provare empatia per il suo dolore e la sua angoscia. Merda. Che cazzo aveva fatto? O non fatto, in questo caso.

Aprì il frigorifero e prese un'altra confezione di carne e un'altra cipolla. Dopo aver messo tutto in padella, prese il telefono. C'era solo un modo per sistemare le cose, cioè affrontarle. *Non comportarti da vigliacco. Comportati da uomo e agisci.*

"Giselle?"

"Sì?"

"Sono Cal."

"Oh."

Poi cadde il silenzio. Lui fece un respiro profondo prima di parlare. "Ti va di venire a cena stasera? Vorrei che Bobby sapesse del tuo... del tuo... ehm, della tua vista. Non posso essere io a spiegarglielo perché non ne so molto. Ti sarei grato se tu potessi parlargliene e rispondere alle sue domande."

"A cena?"

"Sì. E rispondere anche alle mie domande."

"Bobby dovrebbe saperlo da me. Non voglio che pensi che non voglio aiutarlo per il suo progetto."

"Bene. Sono d'accordo. Allora verrai?"

"Certo."

"Sto facendo gli spaghetti al ragù. Mangi ancora la carne?"

Lei scoppiò a ridere. "Certo. Cucini tu?"

"Sì. E me la cavo anche abbastanza bene. O almeno così mi hanno detto."

"D'accordo. Grandioso. Grazie per l'invito. A che ora?"

"Cinque e mezza?"

"D'accordo. A dopo."

Lei riagganciò. Cazzo! Aveva accettato il suo invito. Si strofinò il mento. Merda! Corse in bagno e si guardò allo specchio. Sembrava esausto e non si faceva la barba da una settimana. Avrebbe decisamente migliorato il suo aspetto se l'avesse tagliata o almeno sistemata.

Si odorò sotto le ascelle e aprì la doccia. Spogliandosi, si mise la mano sul viso per l'imbarazzo quando si rese conto di aver tenuto Giselle tra le braccia mentre puzzava come un formaggio stagionato. Sotto l'acqua calda, si insaponò il corpo. Il pensiero di fare la doccia insieme a Giselle gli fece pompare il sangue fino all'inguine. Non poteva permettere che succedesse.

Aprì l'acqua fredda e si risciacquò. Con un asciugamano intorno alla vita, davanti al lavandino, si spalmò la schiuma da barba sul viso. Dopo essersi rasato, si mise un po' di dopobarba. Usava ancora lo stesso profumo che lei gli aveva regalato una volta a Natale.

Indossò una maglietta e un paio di jeans e tornò in cucina. Bobby si sedette a tavola, stropicciandosi gli occhi.

"Ehi, tesoro, va' a pettinarti, ok?"

"Perché?"

"Giselle verrà a cena qui stasera."

"Davvero?" Bobby saltò giù dalla sedia e corse nella sua stanza.

Cal scoppiò a ridere. Suo figlio era pazzo di Giselle Davenport. Sorrise pensando che entrambi i membri della famiglia Morrison avessero un debole per lei.

Si strofinò il mento liscio. Farsi la doccia l'aveva rianimato. Era stata sua madre a scegliere quella nuova maglietta, dicendo che aveva lo stesso colore dei suoi occhi. Anche i suoi capelli avevano bisogno di essere tagliati. Ma quel colore turchese metteva in risalto i suoi occhi azzurri. Forse aveva i capelli un po' in disordine, ma guardandosi allo specchio vedeva comunque un bell'uomo.

Tornando in cucina, mise la pasta nella pentola con l'acqua bollente. Qualcuno bussò alla porta. Lo stomaco gli si capovolse. Ma che cazzo gli stava prendendo? Non era mica un appuntamento, no?

BOBBY ANDÒ AD APRIRE la porta.

"Entra." Le afferrò la manica e la tirò dentro casa.

"Grazie." Lei annusò l'aria. "Che buon profumo!"

"Papà sta preparando i pisgetti."

"Oh, capisco." Lei annuì.

"Ciao," disse Cal dal soggiorno. Cazzo, la sua voce profonda le dava ancora i brividi. "Accomodati. Puoi darmi il cappotto?"

"Ci penso io." Bobby le strappò il cappotto dalle mani, poi corse verso l'attaccapanni appeso dietro la porta.

Lei sorrise.

"Qui ci sono due uomini che vogliono aiutarti," disse Cal.

"Me ne sono accorta. C'è un profumo delizioso."

"Gli spaghetti sono la mia specialità."

"Sono onorata di essere stata invitata per una serata così speciale," disse.

"Ogni sera è speciale se tu sei qui," precisò Bobby.

"Un bicchiere di vino?" le chiese Cal.

"Certo."

"Bianco o rosso?"

"Rosso?"

"Perfetto." Cal si allontanò, poi tornò con una bottiglia aperta e due bicchieri.

"Siediti qui. Accanto a me." Bobby si sedette sul divano.

Lei seguì i suoi ordini.

"Possiamo fare il mio progetto prima di cena," le disse.

"Non c'è tempo, Bobby. Giselle non è qui per il tuo progetto."

"Perché no?" urlò Bobby.

"Te lo spiegherà lei." Cal mise un bicchiere di vino sul tavolino.

Giselle deglutì. Sapeva dove si trovasse il bicchiere ma aveva paura di prenderlo. Appoggiò la mano sul piano del tavolo e la fece scivolare fino al bicchiere, poi prese delicatamente lo stelo. Il silenzio della stanza attirò la sua attenzione. Con due mani, si portò il bicchiere alle labbra e ne bevve un sorso. Impaurita di posarlo, lo tenne in mano, sperando che non si rovesciasse. Era passato molto tempo da quando aveva tenuto in mano un calice da vino.

"Preferisci un bicchiere più piccolo?" le chiese Cal.

Lei annuì. "Grazie."

"Perché non ti piace quel bicchiere, Giselle?" le chiese Bobby.

Cal prese il calice e uscì dalla stanza.

"Sono contenta che tu me l'abbia chiesto." Fece un sospiro profondo, deglutì, poi iniziò a parlargli sinceramente dei suoi problemi di vista. "Un paio di anni fa, mi è successa una cosa..."

Il bambino smise di muoversi e la fissò. A un certo punto, lui le agitò la mano davanti agli occhi.

"Riesci a vedere la mia mano?"

"Sì. Ma se tu stessi dall'altra parte della stanza e mi salutassi con la mano, vedrei tutto confuso e non avrei la certezza che sia la tua mano."

"Quando migliorerai?"

"Non lo farò, Bobby. Sarà sempre così per me."

Il bambino scoppiò in lacrime. "Tutti possono guarire."

Lei sollevò la mano quando sentì una leggera brezza. Cal si precipitò verso di loro. Prima che lui potesse intervenire, Giselle prese il bambino in braccio. Lo strinse forte a sé. Lui si avvinghiò a lei.

"Voglio che tu stia meglio," singhiozzò lui.

Le lacrime le offuscarono gli occhi. "Grazie, Bobby, so che lo vuoi. Ma a volte questo non succede. Sarai ancora mio amico, anche se non starò meglio?"

Il bambino si soffiò il naso nel fazzoletto che gli aveva dato suo padre e annuì.

"Va tutto bene," disse Giselle.

"Ti amo," mormorò Bobby.

Sorpresa, Giselle spostò il bambino dalle sue ginocchia.

Mettendosi comodo al suo posto sul divano, il bambino disse: "Io ti sposerò."

"Che cosa?"

Il divano sprofondò quando Cal si unì a loro. "Bobby, Giselle è una tua amica, non la tua ragazza. Sei troppo giovane per sposarti."

"Aspetterai che io cresca?" le chiese il bambino.

"Oh, Bobby. Anch'io ti amo, ma non in quel modo. Come un'amica. Non possiamo essere amici? Buoni amici?"

"Ok," rispose lui, con un tono di voce dolce e disperato.

"Capisci perché non posso aiutarti con il tuo progetto?" gli chiese.

Lui annuì.

"E non sei arrabbiato?"

Lui scosse la testa.

"Ho fame." Si alzò in piedi e si diresse verso il tavolo della sala da pranzo.

"Arrivo subito," disse Cal a suo figlio. Lui le mise una mano sull'avambraccio. "Tutto bene?"

"La proposta di matrimonio più sincera che abbia mai ricevuto," disse lei.

Cal sorrise. Le prese la mano e raggiunsero suo figlio a tavola.

"Papà, hai fatto il pane?"

"Il pane all'aglio? Certo che l'ho fatto." Aiutò Giselle a sedersi e si diresse in cucina. Dopo un po', tornò con una grossa ciotola di spaghetti fumanti, ricoperti da un abbondante ragù. Alla sua sinistra c'era una ciotola di legno con l'insalata e accanto a un cestino di pane all'aglio.

"Posso servirti?" Cal prese una forchetta e un cucchiaio da portata.

"Certo, grazie." Lei gli porse il suo piatto, passando intorno al cestino.

"Non avevo idea che fossi così bravo in cucina." Lei gustò quel piatto delizioso.

"I pisgetti di papà sono buonissimi," disse Bobby annuendo.

Cal aggiunse: "Quando si è costretti, si impara a fare tutto."

"Oh, sì. Mi dispiace, non ci pensavo."

Mentre mangiavano, Bobby raccontò la sua giornata a scuola. Cal parlò dei lavori che aveva svolto, poi spiegò l'idea del negozio dell'usato a suo figlio.

"Quando lo aprirai per i bambini?" le chiese Cal.

"Questa settimana. Penso che domani sarà il primo giorno."

"La signora MacGregor ci ha detto che domani faremo una gita a sorpresa."

"Forse la tua scuola sarà la prima a venire." Giselle spezzò a metà un pezzo di pane.

"Sei pronta?" le chiese Cal.

"Per quanto io possa esserlo."

"Ho visto degli annunci per la ricerca di volontari. Si è presentato qualcuno?"

"Parecchi. Jory e Mindy mi hanno aiutata a sistemare il negozio. Ma domani arriveranno altre persone. Mi pare che anche tua madre sia nella lista."

"Posso aggiungermi anch'io?"

Lei raddrizzò la schiena. "Così è sufficiente, grazie."

"Sarà così, eh? Starei sempre sulla difensiva?"

Lei serrò le labbra e aggrottò la fronte. "Te l'ho già spiegato."

"Non è compassione. Voglio solo aiutare."

Bobby posò la forchetta. Giselle percepì il suo sguardo su di lei. Fece un respiro profondo.

"Ok. Grazie."

"A che ora?"

"I bambini delle scuole arriveranno alle nove. Ogni gruppo per un'ora."

"Verrò presto."

"Le ragazze verranno presto. Perché non vieni a mezzogiorno? A quell'ora avrò bisogno di aiuto."

"Ok. Ci sarò."

Lei annuì. Cazzo, era riuscita a cavarsela per molto tempo senza di lui. Non aveva bisogno di lui. Finirono di cenare. Quando Cal finì di fargli il bagno, Giselle inventò una favola della buonanotte per Bobby. Gli rimboccò le coperte e gli diede un bacio sulla fronte. Poi arrivò la parte difficile: dare la buonanotte a Cal.

Prese la sua giacca dall'attaccapanni e la indossò. Cal la aiutò. Le mani iniziarono a tremarle, impedendole di tirare su la cerniera. Cal si avvicinò per aiutarla, ma lei si allontanò da lui e la tirò su velocemente.

"Non ho bisogno del tuo aiuto."

"Ok, scusa," disse lui, alzando le mani.

"Grazie per la cena. E per avermi aiutato con Bobby."

"Sono sempre pronta a sostenerlo."

Lei guardò Cal. "Non farei mai nulla che possa ferirlo."

Lui annuì e aprì la porta.

Poi, le afferrò un braccio con la mano. "Aspetta."

Il cuore le batteva forte e veloce, ma si voltò verso di lui. Lui appoggiò le labbra sulle sue. Per quanto ci provasse, lei non riusciva a fingere di non volere i suoi baci. Oh, sì che li voleva. E ne voleva molti altri.

Iniziando in modo dolce e delicato, in un istante divenne appassionato. La strinse a sé mentre le esplorava la bocca con la lingua. Lei chiuse gli occhi, concentrandosi sul desiderio che le attraversava tutto il corpo. Fece scivolare le mani fino alle sue spalle, tenendolo stretto.

Con il respiro sempre più affannoso, non vedeva l'ora che la toccasse. Ma non successe. All'improvviso, lui fece un passo indietro, permettendo al freddo di riportarla alla realtà.

"Mi dispiace. Sembra che io non riesca a resisterti."

Lei si leccò il labbro inferiore, assaporando il sapore di Cal. Allungò una mano per toccargli la guancia. "Ti sei fatto la barba?"

Lui abbassò lo sguardo, arrossendo in viso. "Sì. Mi sono ricordato che ti piaceva di più così."

Lei sorrise e annuì. Oh, sì, ma le piaceva in ogni caso quando si trattava di Cal Morrison.

"Grazie ancora per la cena," gli disse, camminando verso i gradini. Istintivamente, appoggiò la mano alla ringhiera. Cal si mise subito dietro di lei, come lo spotter di una ginnasta.

"Ci vediamo domani", le disse, respirandole vicino all'orecchio, mentre la sua voce profonda gli vibrava nel petto, così vicino a lei. Giselle si fermò. La paura del rifiuto lottava contro il desiderio.

"Devo andare," disse, più a se stessa che a lui.

"Lo so. Non mi fa piacere ma lo capisco."

Lei si allontanò rapidamente. Reggendosi alla ringhiera con tutte le sue forze, scese le scale e attraversò il prato, scappando mentre ne aveva ancora la forza.

ALLE DIECI, CAL ERA in piedi davanti alla finestra. L'enorme luna splendeva nel cielo freddo e scuro. Agitò il whisky nel bicchiere mentre fissava la casa di Giselle. Un sottile raggio di luce spuntò tra le tende del suo salotto.

Confuso, ferito e odiando sé stesso per non essersi accorto prima del suo problema di salute, aggrottò la fronte. Questo spiegava tutto. I suoi passi incerti sul ghiaccio, le sue cadute, il fatto che si reggesse alla ringhiera dei gradini d'ingresso.

Il modo in cui teneva in mano un bicchiere o una tazza con entrambe le mani e toccava il tavolo prima di posarlo. I segnali erano tutti visibili, ma lui era troppo concentrato sul suo orgoglio ferito, sul dolore che gli si era accumulato nel cuore in tutti quegli anni, per accorgersi della verità. L'aveva delusa e questo gli faceva male più di ogni altra cosa.

Sarebbero riusciti a mettere da parte il passato e a riprovarci? Poteva avere nella sua vita, nella vita di Bobby, una persona ipovedente? Se si fossero messi insieme, lei avrebbe potuto restare da sola con suo figlio? Il bambino sarebbe stato al sicuro? Lui bevve un sorso del suo drink. Cazzo, aveva permesso a Bobby di andare da lei molte volte e lui era stato bene. Come poteva pensare che lei non ne fosse capace?

Se fossero stati solo loro due, gli sarebbe importato? No, ovviamente no. Anche se non se lo sarebbe mai aspettato, la sua vulnerabilità la rendeva ancora più attraente. Certo, era sempre stata forte e indipendente. Ma adesso? Cazzo, gli piaceva l'idea che avrebbe avuto bisogno di lui, se avessero vissuto insieme. E quello era un grosso "se." Non dipendeva solo da lui ed era tutt'altro che sicuro che sarebbero riusciti a lasciarsi il passato alle spalle. Lui avrebbe dovuto affrontare la sua partenza e lei avrebbe dovuto fare la pace con il suo matrimonio: due ostacoli davvero enormi.

Voleva davvero provarci? Era convinto che fosse impossibile e l'ultima cosa di cui aveva bisogno era una faida con la donna che abitava di fronte a casa sua. E poi c'era Bobby da prendere in considerazione.

Se avessero provato e fallito, lui ne sarebbe rimasto coinvolto. Cal non poteva permetterlo.

Si accarezzò la nuca. Aveva bisogno di risposte e di una garanzia rapida e onesta che lei si sarebbe di nuovo innamorata di lui. Ma non ne aveva. Avrebbe dovuto correre il rischio, sia con il suo cuore sia con quello di Bobby.

Dopo la morte di Jane, sua madre gli aveva detto di rimettersi in gioco, cogliere le occasioni e incontrare qualcuno. Ma lui si era concentrato sul lavoro e su suo figlio. Non aveva avuto il tempo di pensare a cercarsi un'altra donna. Giselle era ancora all'estero. E lui non voleva nessun'altra. Adesso che era tornata, riusciva a pensare solo a lei.

Aveva bisogno di aiuto e pensò di parlarne con i suoi genitori. Ma sapeva già cosa gli avrebbero detto. "La vita senza rischi non è vita." Quello era il loro mantra, in riferimento al loro unico figlio. Cal non poteva essere in disaccordo.

Ma adesso era cresciuto: aveva trentun'anni e un bambino di cui occuparsi. Riusciva a sentire le parole di sua madre nella sua testa: "Non pensi che Bobby sarebbe più felice se anche tu fossi felice?" Un sorriso ironico gli comparve sulle labbra. Lei riusciva sempre a far sembrare semplice la soluzione a qualsiasi problema.

Finì di bere, lavò il bicchiere e lo mise a sgocciolare. Dirigendosi verso la sua camera da letto, passò a controllare Bobby. Il bambino dormiva profondamente. Nella sua stanza, Cal si spogliò e si mise a letto. Ripensare all'opinione di sua madre gli diede una carica di energia positiva. Il primo passo da fare in quella situazione era risolvere le cose con Giselle. Aveva bisogno di parlarle, da solo, di tirare fuori i vecchi sentimenti, di dar voce ai vecchi rancori. Non avrebbero mai potuto andare avanti, se così avesse voluto il destino, con tutte quelle stronzate irrisolte tra di loro.

Per prima cosa, il giorno dopo, avrebbe pianificato di passare del tempo con lei. Cioè, dopo averla aiutata al negozio dell'usato. Forse quelli sarebbero stati il luogo e il momento perfetti per parlare. Intrecciò le dita dietro la testa e si mise a fissare il soffitto.

Ma dovevano essere in due a volere quella conversazione. Giselle era interessata? La sua mente tornò al loro bacio. Cazzo, era stato magnifico. Quando lei gli aveva messo le braccia intorno, una sensazione di calore gli aveva attraversato tutto il corpo. La voleva e si sarebbe spinto oltre senza nemmeno pensarci, se le circostanze fossero state diverse.

LEI ERA STATA LA SUA prima ragazza alla fine del liceo. Quand'erano giovani, procedere per tentativi, senza sapere cosa stessero facendo, rendeva comunque tutto eccitante. Tra di loro, c'era stata chimica dalla loro prima conversazione fino al loro bacio d'addio alla stazione degli autobus.

Davanti alla porta di casa, Giselle si era abbandonata tra le sue braccia. Lui aveva percepito un segnale di via libera da parte sua. Ovviamente, non avrebbe fatto nulla senza un chiaro segnale, ma immaginava che lei lo volesse. Giselle Davenport era la stessa donna appassionata che aveva conosciuto tanti anni prima.

Quella consapevolezza stimolò il suo desiderio. Il solo pensiero di lei, la sensazione della sua pelle morbida, la sua disponibilità, le sue labbra e il suo profumo che gli stuzzicava le narici lo facevano eccitare. Ricordava ogni centimetro del suo corpo. L'attrazione tra di loro non era cambiata. La sua bellezza era aumentata nel corso degli anni, non diminuita.

Lui si girò dall'altra parte. Era troppo vecchio per fare un sogno erotico? Un uomo non è mai troppo vecchio per un orgasmo. Tentò di togliersi dalla testa quei pensieri e si addormentò sognando di fare l'amore con Giselle in un campo vuoto, come ai bei vecchi tempi.

Capitolo Nove

Alle sette in punto, Chris arrivò con la sua Bentley.

"Buongiorno. Pronta per il gran giorno?" le chiese, tenendole lo sportello aperto.

"Credo di sì." Giselle si sedette sul sedile anteriore.

Dopo aver preso il suo posto dietro al volante, lui mise l'auto in moto. "Sembri un po' nervosa."

"Forse. Non sono sicura di ciò che succederà lì."

"Penso che rimarrai piacevolmente sorpresa."

"Perché? Tu ne sai qualcosa?" gli chiese.

"Niente di speciale."

"Andiamo, Chris. Sei un pessimo bugiardo."

"Ok, ok. Ho sentito che tutti vogliono aiutare. Penso che sarai felice del numero di persone che si presenteranno."

Giselle fece un sorriso sospettoso. "Spero che tu abbia ragione."

Lui si fermò davanti al negozio dell'usato e le aprì lo sportello. Porgendole la mano, la aiutò a scendere e la accompagnò alla porta.

"Non è necessario. Conosco la strada."

"Voglio farlo."

Lei scrollò le spalle e gli strinse le dita intorno al braccio. Salendo le scale, sentì l'odore di qualcosa. Un aroma familiare le raggiunse il naso. Quando lei entrò, un gruppo di persone urlarono in coro. "Sorpresa!"

Lei riuscì a distinguere sei persone che esultavano. Jory e Mindy si fecero avanti.

"Che cos'è questo profumino?" chiese Giselle.

"I dolcetti alla cannella e i biscotti allo zenzero di Laura Dailey," le rispose Jory.

"I biscotti sono per i bambini, ma i dolcetti alla cannella sono per noi!" aggiunse Mindy.

"Sul retro, c'è anche del caffè. Andiamo." Jory le fece strada.

Giselle fu sopraffatta dall'emozione. "Non mi sarei mai aspettata..."

Jory abbracciò la sua amica. "Lo so."

"Hai fatto tutto questo senza dirmi niente?"

"Le persone vogliono rendersi utili. Credono in quello che stai facendo," disse Jory.

Le volontarie si riunirono intorno a Giselle. Ognuna aveva in mano una tazza di caffè e un dolcetto. Giselle assegnò a ciascuna il proprio compito. C'erano sei donne, tra cui Betty, la madre di Cal. Lei chiamò da parte Giselle.

"Gliel'hai già detto?" le chiese Betty.

"A Cal?"

La donna più anziana annuì.

"Sì. E anche a Bobby."

"Ah, bene. Come l'ha presa?"

Giselle sospirò e chinò la testa. "Proprio come pensavi che avrebbe fatto. È rimasto scioccato, ma è stato molto dolce e solidale."

"Grazie a Dio!" Betty emise un sospiro. "Tipico di mio figlio."

"L'avevo sottovalutato."

Betty diede una pacca sulla spalla a Giselle. "Nessun problema. È difficile valutare come reagiranno le persone. Mettiamoci al lavoro," disse Betty, poi diede un'occhiata al suo orologio. "I bambini saranno qui tra un'ora."

Bombardata dalle domande del suo staff, Giselle non ebbe quasi il tempo di riprendere fiato prima che uno scuolabus accostasse al marciapiede. Si sistemò la gonna di flanella e si pettinò i capelli corti con le dita.

"Ricordate, ogni articolo costa un quarto di dollaro, a meno che il bambino non abbia denaro. In quel caso, è gratis. Siete pronte?" chiese.

Un mormorio di consenso raggiunse le sue orecchie. Aveva i nervi a fior di pelle. "Rilassati, Zell," sussurrò tra sé. "Questa dovrebbe essere la parte divertente."

"Una donna di mezza età entrò dalla porta. "Salve, lei è Giselle Davenport? Sono Millie Fergus." Le donne si strinsero la mano. "E questi sono gli alunni della prima e della seconda della scuola elementare di Pine Grove."

"Benvenuti," disse Giselle. "Entrate e cominciate a fare shopping."

I bambini entrarono, a due a due, tenendosi per mano con il loro compagno. La signora Fergus iniziò a parlare.

"Oggi siamo qui per scegliere i regali per le nostre famiglie. Oggi non si tratta di pensare a voi stessi, ma di trovare qualcosa da regalare per Natale alle vostre mamme, ai vostri papà, ai vostri fratelli e alle vostre sorelle. Guardate sugli scaffali e sui tavoli. Quando trovate qualcosa che vorreste regalare a un membro della vostra famiglia, alzate la mano."

Giselle sentì da lontano la melodia di *Silver Bells*. La musica natalizia suonava in sottofondo. Doveva essere Jess, che andava matta per le canzoni natalizie. Qualcuno tirò la gonna di Giselle, attirando la sua attenzione.

"Voglio questo," le disse una bambina.

L'insegnante si avvicinò rapidamente. "Va bene, Melissa. Penso che a tua madre piacerà molto questo maglione."

Mentre Betty aiutava due bambini, Mindy e Jory si occupavano di incartare i regali. Uno ad uno, i bambini portarono loro gli oggetti che avevano scelto per farli confezionare. Quando finirono, ricevettero un biscotto a testa e tornarono sullo scuolabus.

Gli oggetti rimanenti erano tutti in disordine e alcuni erano persino finiti per terra. Non appena il primo gruppo di bambini uscì dal negozio, tutte loro si affrettarono a rimettere a posto gli oggetti e a fare un'altra infornata di biscotti.

Gli scuolabus carichi di bambini si susseguivano rapidamente. Giselle sentì le risate dei bambini felici e, nonostante la vista sfocata, scorse alcuni volti sorridenti tra la folla. Il cuore le si riempì di gioia mentre correva avanti e indietro per il negozio, rispondendo alle domande degli studenti e delle sue volontarie.

L'ULTIMO GRUPPO DEL mattino andò via alle undici e quarantacinque, in tempo per tornare a scuola per il pranzo. Giselle sospirò e si sedette. Sgranocchiò un biscotto mentre ognuna di loro le raccontava storie carine sui piccoli acquirenti del negozio.

"E quando Kenny mi ha chiesto se quel rasoio fosse l'unica taglia che avevamo, stavo quasi per scoppiare a ridere," disse Betty.

Giselle rimase seduta ad ascoltare. "Penso che questo sia stato il gruppo di bambini più curiosi che abbiamo mai avuto."

"Anche tremendamente esigenti, aggiungerei," ribatté Mindy.

"Oh, sì. Vogliono solo il meglio per le loro famiglie," concordò Jory.

"Il prossimo gruppo non arriverà prima dell'una e mezza. Potremmo anche fare una pausa per il pranzo," disse Giselle.

"Pranzo? Abbiamo molte cose da rimettere in ordine," disse Betty.

Il tintinnio del campanello attirò l'attenzione di Giselle. Non era previsto l'arrivo di nessun gruppo di bambini per un'ora e mezza. La porta scricchiolò mentre si apriva.

Le donne rimasero in silenzio.

"Per caso questo è il posto giusto dove un uomo può trovare un bel regalo di Natale per sua madre?" chiese una profonda voce maschile.

"Cal?" Giselle si alzò in piedi.

"Non alzarti. Come va?"

La stanza rimase in silenzio per un momento. Poi, ognuna delle donne borbottò qualche scusa e scomparve nella stanza sul retro.

Giselle ridacchiò. "Sembra che pensino che vogliamo stare da soli."

"Dici?" Cal si avvicinò.

Il profumo di pino lo precedette di alcuni secondi. *Cazzo, ha messo il suo dopobarba sexy.*

"Pare che ti sia rimasta ancora un po' di roba," le disse.

"Dovresti vedere la stanza sul retro. Abbiamo appena iniziato a scaricare le donazioni."

"Ottimo. Scommetto che venderai tutto nei prossimi due giorni."

"Con un po 'di fortuna."

Lui le prese la mano tra le sue. Lei fu pervasa da una sensazione di sicurezza.

"Ho pensato molto. Dobbiamo parlare. Chiarire le cose."

"Parlare?"

"Sì. Parlare di tutto. Risolvere in qualche modo le cose. Per lasciarci tutto alle spalle."

Lei si irrigidì. "Vuoi lasciarti tutto alle spalle?"

"Non in quel senso."

"Con me?"

"Sicuramente non con Babbo Natale. Si, con te. Non lo sto dicendo nel modo giusto."

Un'ondata di emozione la travolse. Impazienza mista a paura. Era giunto il momento per una resa dei conti, per un chiarimento? Avrebbe avuto la possibilità di spiegargli le sue ragioni e di scoprire finalmente perché si era sposato? Voleva davvero saperlo? Il cuore iniziò a batterle all'impazzata. Lei annuì.

"Bene. Dopo tutto questo. Ok?"

"Ok," rispose lei.

"Quindi questo è un appuntamento?"

"Sì."

"Chiederò ai miei genitori di occuparsi di Bobby."

"Bene. Perfetto. Se prometti di ascoltarmi," disse lei.

"Lo farò se lo farai anche tu." Lui incrociò le braccia sul petto.

"Certo."

"Ok. Ti chiamerò per metterci d'accordo."

Lei annuì. Sentendo qualcuno che si schiariva la voce, Giselle alzò lo sguardo. Cal si allontanò.

"Mi dispiace interrompervi, ma non abbiamo molto tempo prima che arrivi il prossimo gruppo," disse Betty.

"Posso aiutarvi? Datemi qualcosa da fare," disse Cal.

"Musica per le mie orecchie! Mio figlio che chiede di lavorare. Perfetto. Puoi iniziare tirando giù tutte le cose dagli scaffali in alto del ripostiglio."

"Va bene."

"Da questa parte," gli disse, accompagnandolo sul retro.

Mmm, lasciarsi tutto alle spalle? Che cosa sarebbe successo? Non aveva tempo di pensarci adesso, aveva del lavoro da fare e un piccolo staff da gestire. Si tolse le briciole del pranzo dalla gonna e disse loro cosa fare.

"Rimettete i libri sugli scaffali e piegate i maglioni. Quelli si venderanno velocemente." Lei raccolse i libri sparsi per terra. Quando Cal si era allontanato, il suo battito non era diminuito. Chiarire le cose con Cal Morrison. Poteva succedere veramente? Sarebbe successo? Lui l'avrebbe perdonata? E lei sarebbe riuscita a perdonarlo?

Lui si era sposato e aveva avuto un figlio con un'altra donna. Come avrebbe potuto dimenticarlo? Le aveva calpestato il cuore e aveva infranto il suo sogno di sposarlo e di diventare la madre dei suoi figli. Il suo cuore era in grado di perdonarlo?

Quelle domande interruppero la sua concentrazione. I suoi pensieri si dispersero. In qualche modo, piegare i vestiti e incartare i giocattoli non sembrava importante quanto la sua capacità di perdonare l'uomo che avrebbe amato per sempre. Questo voleva dire che aveva una seconda possibilità con Cal? O semplicemente che lui non voleva che ci fosse rancore tra di loro, soprattutto da quando erano vicini di casa?

Dubitava che fosse così semplice. Lui l'aveva baciata intensamente, con passione. Non era stato affatto un bacio da "vicino amichevole". Un brivido le attraversò il corpo a quel ricordo. Forse Cal la voleva, in qualche modo. Cazzo, lei lo voleva, gliel'aveva fatto capire in modo spudoratamente ovvio.

Ma perdonarlo? Ci sarebbe riuscita?

"Giselle? Ci sei? Sei con noi?" le chiese Betty.

Lei si sentì arrossire sulle guance. "Scusa, Betty. La mia mente era da qualche altra parte."

"Credo di sapere dove," disse la donna più anziana, appoggiando la mano sul braccio di Giselle.

"Che cosa c'è? Di che cosa hai bisogno?"

"Niente. Voglio dire, dove vuoi che metta questi camioncini?"

"Nel cestino blu. Rosso per le macchinine, blu per i camioncini."

"Grazie," rispose Betty, poi abbassò la voce. "Per favore, perdonalo. Ti ama ancora."

"Ti ha detto lui di dirmelo?"

"No. Mi ucciderebbe se lo sapesse."

Giselle strinse la mano di Betty e pregò che la madre di Cal avesse ragione.

GISELLE LOTTÒ PER RIMANERE sveglia durante il tragitto verso casa.

"La mia personalità brillante ti fa addormentare?"

"Mi dispiace, Chris. Sono sfinita dopo una giornata trascorsa tra bambini, vestiti, giocattoli, cibo e amici. Wow. C'era un'energia straordinaria."

"Avete regalato molte cose?"

"Sì e abbiamo guadagnato dieci dollari in monete da venticinque centesimi! Per fortuna, mancano solo altri quattro giorni. Penso che avremo abbastanza cose per tutti i bambini. Abbiamo raccolto una quantità enorme di materiale."

"Là fuori ci sono state delle borse colme di roba ogni giorno per settimane."

"Non avevo programmato di farlo in questo modo. Ho pensato che avremmo avuto solo un paio di sacchi di roba e i bambini solo per mezza giornata. Ma la situazione è andata fuori controllo."

"È una brutta cosa?"

"Mia madre sarebbe molto felice di vedere come stanno andando le cose."

"È stata lei a iniziare?"

"Dopo le scuole medie. Ci sono voluti un paio d'anni per organizzare tutto e iniziare. Ma ora va tutto alla grande!" disse lei, ridendo.

"È qualcosa di cui essere orgogliosi."

"Riciclare nel migliore dei modi."

Chris la lasciò a casa e aspettò che entrasse prima di allontanarsi. Giselle si fermò davanti all'armadietto dei liquori. Si versò un bicchiere dello sherry preferito di suo padre e si diresse verso il divano. Bevve alcuni grossi sorsi, si sdraiò e si coprì con un plaid. Troppo stanca per accendere il fuoco, chiuse gli occhi.

Le immagini di Cal le tornarono in mente. Che cosa voleva davvero? E che cosa voleva lei? Ora che il suo lavoro nel settore del design era finito, non aveva più una carriera. Non poteva lavorare a tempo pieno al negozio dell'usato. Una volta finite le vacanze natalizie, sarebbe tornata a tenerlo aperto due giorni alla settimana e a far pagare più di un quarto di dollaro. Ma un reddito così irrisorio sarebbe servito a malapena a pagare la bolletta del riscaldamento.

Mentre il suo corpo aveva bisogno di riposo, la sua mente si rifiutava di chiudere il negozio. Aveva bisogno di guadagnarsi da vivere o le sue riserve finanziarie sarebbero finite rapidamente. Che cosa poteva fare? Non molto. Forse qualcosa che riguardava la scuola?

Alla fine, il suo corpo prese il sopravvento e Giselle si addormentò. Il mattino dopo, si alzò tardi, fece una doccia veloce, si vestì rapidamente e bevve una tazza di caffè. Chris era perfettamente puntuale.

Il sole aveva sciolto il ghiaccio sul suo sentiero e c'era una temperatura più accettabile di circa -1° C. Si avviò verso la strada, salutando Chris. Dopo essersi seduta sul sedile anteriore, sorrise. Era il secondo giorno al negozio dell'usato e lei era perfettamente pronta.

Quando arrivò alle otto e mezza, trovò dei biscotti appena sfornati sui vassoi e gli scones nei cestini, mentre l'aroma del caffè si mescolava al profumo del burro e dello zucchero.

"E da quando abbiamo una macchina del caffè?" chiese a Jory.

"Qualcuno l'ha donata, così abbiamo deciso di usarla. Potrai regalarla l'ultimo giorno."

"Regalarla? Non se ne parla. Abbiamo sempre avuto bisogno di una macchina del caffè. Possiamo vendere tazze di caffè per cinquanta centesimi o offrirle ai clienti. Forse aiuterebbe le vendite."

"Ora stai ragionando come una donna d'affari," disse Mindy.

"Io? Una donna d'affari?" Giselle scoppiò a ridere.

"Sì. È un'idea magnifica. Pensa se i negozi dell'usato di tutto il paese iniziassero a farlo. Pensa al benessere che si genererà. Pensa come sarebbe tornare a dare al Natale il suo vero senso di generosità."

"Non ci avevo pensato."

"Dovresti. Ne parleremo dopo Natale. Ho alcune idee che vorrei condividere con te," disse Mindy.

"Magnifico."

Alle nove e un quarto il primo scuolabus accostò al marciapiede. Quindici bambini entrarono nel negozio, che riprese vita. Le loro manine cominciarono ad afferrare i biscotti, mentre vestiti, libri, gadget e piccoli elettrodomestici venivano confezionati come regali. Piatti di caramelle, vasi, spille, collane e sciarpe venivano incartati con una bella carta, pronti per essere messi sotto gli alberi di Natale.

Alle dodici, fecero una pausa pranzo di un'ora. Giselle si sedette per la prima volta quel giorno, felice di poter riposare. Chiassosi, entusiasti ed esigenti, i bambini facevano un milione di domande e toccavano tutti gli oggetti nel negozio. Ancora una volta, avrebbero dovuto rimettere tutto in ordine prima dell'arrivo del prossimo gruppo di studenti.

Giselle aprì la busta del suo pranzo e diede un morso al suo sandwich.

"Non riesco a credere a quanti bambini stiamo avendo quest'anno," osservò Jory.

"Lo so," disse Laura Dailey. "Il passaparola ha funzionato."

"Fino a dove è Barney ad appendere quei manifesti? Non mi stupirei se arrivasse un gruppo da Timbuktu," disse Giselle scherzando.

"Si è fatto prendere un po' la mano. Credo che arriveranno un paio di gruppi da Willow Falls,"intervenne Laura.

"È piuttosto lontano. Ma per me non ci sono problemi," disse Giselle.

Alle tre e mezza, dopo che l'ultimo gruppo se ne fu andato, arrivò Cal. "Ho pensato che avresti potuto avere bisogno di aiuto per sistemare. Spero non ti dispiaccia che Bobby sia voluto venire."

"Niente affatto. Bobby, potresti raccogliere le macchinine e i camioncini e metterli nei contenitori?"

"Certo," rispose lui, mettendosi subito al lavoro.

"Prepara molto caffè," disse Betty a Laura. "Cal è appena arrivato."

"Caffè gratis? Questo sta diventando un posto di classe," disse lui.

"Abbiamo deciso di tenere la macchina del caffè," disse Giselle.

"Puoi chiamare il tuo autista. Ti accompagno io a casa," disse Cal.

Giselle chiamò Chris per avvisarlo. Quando finirono, Cal le porse il braccio mentre scendevano i gradini di pietra fino al suo furgoncino. Bobby si sedette in mezzo a loro per il breve tragitto verso casa.

"C'è Mikey. Posso andare a giocare, papà?"

"Certo."

Il bambino scavalcò Giselle e attraversò di corsa il prato per raggiungere il suo amico. Cal si voltò verso di lei.

"Che ne dici di sabato sera?"

"Che cosa?"

"Sabato. Sera. Per la nostra, ehm, chiacchierata?"

"Oh. Sì. Va bene."

"Sei libera?"

"Sono libera ogni sera." Lei si mise a ridacchiare.

"Bene. Posso portarti a cena?"

"Non possiamo parlare in un ristorante. Posso preparare io la cena."

"Non preoccuparti. Posso prendere qualcosa."

"Non è un problema. Non mi dispiace."

"Ok, allora. A che ora?"

"Alle sette?"

"Per me va bene."

"A presto, allora."

Cal la aiutò a scendere dal furgoncino. Dentro casa, Giselle accese il caminetto e riscaldò gli avanzi. Mentre mangiava, ripensò a ciò che le aveva detto Mindy. Poteva fare qualcosa con il negozio dell'usato di Babbo Natale? E Cal? Che cosa gli avrebbe detto?

Un altro giorno al negozio con i bambini e poi avrebbe affrontato entrambe le sfide. Entusiasmo, curiosità e paura: un miscuglio esplosivo.

CAL PREPARÒ LA CENA, fece il bagno a Bobby e lo mise a letto presto. Il bambino era esausto dopo una giornata così intensa e suo padre aveva bisogno di un po' di calma per riflettere. Si preparò un whiskey on the rocks e si sedette in salotto, fissando il cielo e la casa di Giselle. Spire di fumo uscivano dal suo caminetto e dentro casa poteva scorgere una luce fioca.

Cal era preoccupato per l'appuntamento con lei. Da dove avrebbe iniziato? Avrebbe dovuto chiederle scusa? Davvero? Per aver fatto quello su cui erano d'accordo? Forse per essersi comportato in modo irresponsabile e non aver usato un preservativo con Jane.

Non poteva fare a meno di chiedersi come sarebbe stata la sua vita se l'avesse fatto. Giselle sarebbe potuta tornare molto prima e si sarebbero sposati. Era arrabbiato con sé stesso. Era stato davvero stupido a non usare un preservativo! Ma non aveva programmato di fare sesso.

Due bottiglie di vino, la solitudine e una donna disponibile l'avevano portato a ignorare la prudenza.

E ne aveva pagato il prezzo. Il suo gesto stupido aveva fatto in modo che anche Giselle pagasse per il suo errore? Forse. Ovviamente, se lei non fosse andata in Europa, si sarebbero sicuramente sposati e nulla di tutto ciò sarebbe accaduto. Però, lui non le aveva fatto alcuna proposta. Ma immaginava che lei avrebbe detto di sì. Cal si alzò in piedi e si diresse verso la sua camera da letto.

Aprì un cassetto e tirò fuori una scatolina di velluto. Tornò a sedersi sul divano, bevve un altro sorso del suo drink e la aprì. Il diamante era piccolo, ma era tutto ciò che poteva permettersi all'epoca. Però, l'anello era delicato e bello, come Giselle.

L'aveva conservato per tutti quegli anni. Perché non l'aveva dato a Jane? Perché l'aveva comprato per Giselle e non era giusto regalarlo a un'altra donna. Non avevano avuto tempo per un anello di fidanzamento. La cerimonia si era svolta in municipio, con una semplicissima fede dorata.

Nel corso degli anni, Cal di tanto in tanto prendeva la scatola e guardava l'anello. E si sarebbe preso a schiaffi per non averlo venduto. Non aveva nessun motivo di conservarlo. Eppure, l'aveva tenuto nel suo cassetto, come promemoria. Giselle era a un milione di chilometri di distanza e non si parlavano da anni. Non gliel'avrebbe mai messo al dito.

Ma ora, non ne era così sicuro. Irrequieto, vagava da una stanza all'altra, fissando la luna fuori dalla finestra, in cerca di una guida. Non osava chiamare i suoi genitori. Sapeva già cosa gli avrebbero detto: di mettersi in ginocchio, chiederle perdono e proporle di sposarlo. Entrambi adoravano Giselle ed erano rimasti sorpresi quando aveva sposato Jane. Cazzo, anche lui era rimasto sorpreso quando aveva deciso di sposare Jane.

Ma adoravano Bobby e piansero con lui la morte di Jane. Aveva bisogno di sapere ciò che Giselle aveva fatto in quegli anni in Europa.

Soprattutto i mesi prima che lui si sposasse. Aveva trovato qualcun altro? Non gli aveva mai detto se aveva frequentato qualcuno o se era andata a letto con qualcuno. Giselle era una donna bellissima e desiderabile. Non riusciva a immaginare che potesse vivere come una suora.

Per quanto doloroso potesse essere, aveva bisogno di conoscere la sua storia. Quanto tempo dopo averlo lasciato aveva iniziato a frequentare altri uomini e ad andarci a letto? E quanti erano stati? Aveva mai pensato a lui? Si era arrabbiata quando aveva scoperto che lui si era sposato o si era sentita sollevata? Aveva programmato di sposare qualcun altro? Molte domande gli affollavano la mente.

Avrebbe dovuto aspettare fino a sabato per ottenere delle risposte. Sperava di conoscere la verità. Gli avrebbe dato il tempo di capire cosa chiederle. Doveva essere pronto ed evitare di balbettare come un idiota. Doveva sapere cosa dire. Pensarci, sapere cosa dire e dirlo senza problemi, cazzo! Come un uomo, non come uno scolaretto intimidito davanti alla sua insegnante.

Cal sapeva che tipo di vita voleva. Ne aveva due terzi ed era arrivato il momento di ottenere la parte mancante. Se Giselle non avesse voluto o potuto far parte della sua vita, sarebbe stato meglio scoprirlo subito e andare avanti. Se necessario, avrebbe provato con qualche sito di incontri. Cal aveva vissuto per troppo tempo senza una donna. Aveva bisogno di una moglie e Bobby aveva bisogno di una madre. E l'attesa e le scuse erano finite.

Per Giselle e Cal era finalmente giunta l'ora della verità. Una volta per tutte. Lei avrebbe dovuto prendere una decisione: entrambi dovevano decidere di perdonarsi a vicenda e ricominciare da capo. Lui sarebbe riuscito a farlo? Pensava di sì. E lei ci sarebbe riuscita? Un brivido di dubbio gli attraversò la schiena. Lei avrebbe avuto molte cose da perdonare e da lasciarsi alle spalle. E lui non sapeva se lei potesse farlo o addirittura se lo volesse. Sabato avrebbe avuto una risposta, buona o cattiva. Si sentiva la bocca asciutta. Deglutì. Affrontare la realtà sembrava più difficile di quanto avesse immaginato.

"Riuscirò ad affrontare la verità? Sì, se lo farà anche lei," disse tra sé, poi bevve l'ultimo sorso di whisky.

Capitolo Dieci

Sabato mattina, il giorno dell'appuntamento con Cal, Giselle si svegliò nervosa. Aveva deciso di preparare uno stufato di manzo. Tutti gli uomini adorano lo stufato, no? Alzandosi alle sei, dopo essersi rigirata nel letto per un'ora, indossò la vestaglia e si precipitò in cucina.

Quasi meccanicamente, riempì la macchinetta del caffè e la accese. Dopo aver acceso la radio, sbadigliò e si sedette, aspettando che il caffè fosse pronto. La radio trasmetteva della musica natalizia. Mancava solo una settimana al Natale. Aveva allontanato dalla mente tutti i pensieri sul Natale perché l'avrebbe trascorso da sola.

Sua zia Julia avrebbe festeggiato a Manhattan con il suo compagno. Giselle sarebbe stata da sola. Avrebbe ordinato del cibo speciale e preso alcuni nuovi audiolibri dalla biblioteca. Eppure, era orribile trascorrere il Natale da sola. Zia Julia le aveva lasciato un regalo sul davanzale della finestra e lei le aveva lasciato il suo.

Il suo sorriso svanì quando pensò a come aveva aiutato tanti bambini a trovare i regali per le loro famiglie nel negozio dell'usato, mentre lei non ne aveva preso nessuno. Come le aveva insegnato sua madre, aveva acquistato alcuni piccoli oggetti da tenere in casa se avesse sentito il bisogno di ringraziare qualcuno o di ricambiare un gesto gentile con un regalo. Poi c'era il regalo per Bobby. L'aveva dato a Cal per metterlo sotto l'albero la vigilia di Natale.

Lui l'aveva fatto volentieri, sorridendo, non nel modo scontroso che si sarebbe aspettata. Era impossibile che Cal le permettesse di occupare un posticino nella vita di suo figlio, vero? Si sarebbe accontentata di una piccola vittoria.

Mandare regali ai suoi amici in Europa era troppo costoso, così aveva deciso di inviare delle cartoline di auguri. Sua zia le aveva firmate e spedite per lei. Era innegabile, Giselle era in preda alla tristezza prenatalizia.

Dopo aver bevuto il primo sorso di caffè, iniziò a preparare gli ingredienti per il suo stufato e li mise nella pentola elettrica. Aveva scelto il modello che cucinava a fuoco lento o a fuoco vivace, senza altre impostazioni, in modo da utilizzarla più facilmente. La accese a fuoco lento, accese il caminetto e andò a farsi un bagno. Quando Cal sarebbe arrivato, un bel fuoco avrebbe riscaldato la stanza.

Un lungo bagno era proprio ciò di cui aveva bisogno. L'olio da bagno al mughetto la fece calmare. Entrò lentamente nell'acqua, lasciando che il calore le penetrasse nelle ossa, facendola rilassare.

Dopo essersi lavata, rimase lì a pensare. Che cosa avrebbe detto a Cal quella sera? Non ne aveva idea. La sua mente era concentrata sulle domande che lui le avrebbe fatto. Serrò le labbra mentre formulava mille teorie sul suo matrimonio. Ma che cazzo le stava prendendo?

Distesa nella vasca, le tornarono in mente le parole di Julia, quando le aveva parlato dell'appuntamento.

"Che cosa vuoi ottenere da quest'incontro?" le aveva chiesto.

"Voglio chiarire le cose," le aveva risposto Giselle ad alta voce. "No. Passare ai fatti? Forse. Non essere più arrabbiata e gelosa perché lui aveva sposato un'altra? Sì."

"Sei in grado di non pensare al suo matrimonio?" aveva proseguito Julia.

"Non lo so. Perdonarlo? Forse. Una volta che avrò saputo i fatti. Forse."

"E se non riesci a perdonarlo perché stai perdendo tempo con lui? Come potresti andare avanti con lui se non riesci a superare il suo matrimonio?"

"Bella domanda, Julia. Non avrei mai pensato che mi avrebbe ferita. Sembrava intenzionale."

"Cerca di capire come sono andate le cose, Giselle, prima di trarre conclusioni," le aveva consigliato Julia durante quella conversazione.

"Lo farò. Lo farò."

"Sei innamorata di lui?" le aveva chiesto Julia.

"Non lo so. Forse. Sì, probabilmente. Forse. No, ne sono sicura. Sì." Giselle ripensò ai suoi gesti gentili, al suo atteggiamento protettivo, alla sua straordinaria bravura come padre e al suo bel viso. Come poteva non amarlo? Non era perfetto? No. Ma forse era quello perfetto per lei.

Quando notò le sue dita avvizzite, Giselle uscì dalla vasca. Indossò un paio di leggings e una camicia di flanella. Senza reggiseno? La camicia era abbastanza larga da non renderlo necessario. Sbadigliando, si distese a letto e si addormentò.

Due ore dopo, si risvegliò. Riposata, decise di sistemare il soggiorno, pulire la cucina, apparecchiare la tavola, controllare lo stufato e scongelare dei bignè alla crema come dessert. Erano i dolci preferiti di Cal.

Stappò una bottiglia di merlot e aprì le finestre per cambiare aria. Quando premette il pulsante del suo orologio, una voce disse l'orario.

"Sono le cinque e quarantacinque."

Era arrivato il momento di truccarsi, per poi distendersi sul divano ad ascoltare il suo nuovo libro. Prima di finire di ascoltare il secondo capitolo, il campanello suonò. Giselle balzò in piedi, facendo cadere l'iPad per terra. Riuscì a interrompere il libro, ripose l'iPad, si pettinò i capelli con le dita e rispose: "Arrivo! Solo un minuto."

Prese un rossetto dalla tasca della camicia, se lo passò con sicurezza sulle labbra e si diresse a piedi nudi verso la porta. Dopo aver fatto due respiri profondi, borbottò a voce bassa: "Calmati. Calmati. Non è mica Dio."

Si sistemò la camicia e afferrò la maniglia della porta.

"LA NONNA HA DETTO CHE potrò fare una casetta di pan di zenzero," disse Bobby.

Guidando il suo furgoncino lungo le strade di Pine Grove, Cal sorrise. "Davvero?"

"Sì. Ha detto anche che potremo fare un po' di biscotti per te."

"Ah, davvero?"

"Sì. Ha detto che se ti comporterai bene avrai i tuoi biscotti."

Cal scoppiò a ridere. "Tipico di tua nonna."

Entrò nel vialetto dei suoi genitori e parcheggiò. Prima di spegnere il motore, si rivolse a suo figlio. "Allora, quali sono le regole?"

"Ascoltare la nonna e il nonno e fare quello che dicono."

"E poi?"

"Dire 'per favore' e 'grazie.'"

"E?"

"Nient'altro."

"No. C'è un'altra cosa."

Bobby aggrottò la fronte. "Oh, lo so! Mangiare tutto quello che ho nel piatto."

"Giusto!" Cal arruffò i capelli di suo figlio e lo abbracciò. Bobby urlò dalla gioia. "Forza, tesoro. Andiamo." Cal prese lo zaino e scese dal furgoncino.

Cal e Bobby si fecero strada in mezzo alla neve, prendendo una scorciatoia fino al portico. Suo padre aprì la porta di casa e sua madre diede un forte abbraccio suo nipote.

"Sono molto felice che tu sia qui," disse lei.

L'aroma del pan di zenzero era inconfondibile.

"C'è un profumino così buono che forse dovrei restare," disse Cal scherzando.

"No che non dovresti, giovanotto," disse sua madre, aggrottando la fronte. "Dammi la sua borsa e vattene."

"Sì, papà. Vattene," ripeté Bobby.

Cal e suo padre scoppiarono a ridere. Betty aiutò il bambino a togliersi la giacca e gli stivali, poi lo accompagnò in cucina.

"Ti va un caffè, Cal?" gli chiese suo padre.

Cal controllò l'orologio. "Non ho tempo, papà. Ma grazie."

Bobby si precipitò alla porta. Correndo verso suo padre, gli abbracciò le gambe. Cal si inginocchiò, stringendo il bambino tra le braccia. Una piccola fitta di dolore gli strinse il cuore, come succedeva sempre quando lasciava suo figlio per la notte.

"Tu resterai solo, papà. Perché non resti qui a fare una casetta di pan di zenzero?"

Cal si rialzò, sentendosi arrossire in volto. "Starò bene, Bobby." Se avesse detto a suo figlio la verità sulla cena con Giselle, lui avrebbe voluto stare con loro.

"Vogliamo trascorrere un po' di tempo con te, Bobby," disse Betty.

"Sono sicuro che Cal troverà qualcosa da fare," disse suo padre, con un luccichio negli occhi.

Lo sguardo di suo padre lo fece arrossire ancora di più. Era arrivato il momento di andarsene.

"Fa' il bravo, tesoro," disse Cal, poi si avviò verso il suo furgoncino.

Quando uscì dal vialetto, fece un sospiro di sollievo. Cazzo, suo padre era diventato un vecchio sporcaccione o cosa? Scoppiò a ridere. Dopotutto, anche lui era stato giovane. Cal parcheggiò il furgoncino in garage e si diresse verso il bagno.

Fece una doccia molto lunga. Come sempre, si avvolse un asciugamano intorno alla vita e si insaponò il viso. Doveva essere perfettamente liscio. Recandosi in salotto, mise l'album dei migliori successi di Dolly Parton. Mentre si radeva, ascoltava la musica. Quando sentì "Here You Come Again", si fermò a cantare e persino a ballare un po' sulle note di quella melodia orecchiabile.

Quella canzone gli ricordava Giselle Davenport. Cazzo, solo guardarla gli faceva pompare il sangue nelle vene. Alle sue spalle, un paio di ragazzi della squadra di football del liceo la definivano un "sogno erotico vivente". Lui non sopportava i loro commenti, vedendoli come un insulto, ma sapeva che avevano ragione. Ma non solo perché le sue curve erano perfette e il suo seno e il suo sedere gli facevano venire voglia di toccarla, ma anche perché lei era la persona più gentile, esclusi i suoi genitori, che lui avesse mai conosciuto.

Quando si era fatto male durante una partita, lei l'aveva aspettato per accertarsi che avesse il modo di tornare a casa. Lui era uscito zoppicando dal campo e stava troppo male per guidare. Ai tempi, nemmeno si conoscevano. Quello fu il loro primo incontro. L'allenatore conosceva il padre di lei, che era stato un grande giocatore di football, e li presentò. Aveva lasciato salire Cal nella sua auto senza preoccuparsi del suo comportamento. Ovviamente, lui era stato un perfetto gentiluomo. Ma Giselle era fatta così: aiutava sempre gli altri. Arrivando a casa, era già quasi innamorato di lei.

E ora aveva un'altra possibilità. Un'opportunità di sistemare le cose.

"Quanti uomini riescono ad averla?" si chiese guardandosi allo specchio. "Non molti. Non mandare tutto a puttane questa volta."

Si pettinò dieci, dodici, quindici volte per assicurarsi che ogni singolo capello fosse al suo posto. Poi si fermò davanti all'armadio aperto, si strofinò il mento ed esaminò lo scarso guardaroba che si trovava di fronte.

"Come mai non ho niente di decente da mettermi?"

Forse perché non aveva più avuto un appuntamento da quando sua moglie era morta tre anni prima. Aggrottando la fronte, esaminò ogni paio di jeans e ogni maglietta. No, una maglietta non sarebbe andata bene. Sul retro dell'armadio, trovò una camicia che sua madre gli aveva regalato due Natali prima, o forse tre. Una camicia di flanella, in fantasia scozzese turchese e beige. Cazzo, era nuovissima! Ringraziò mentalmente sua madre. Ora doveva scegliere i jeans.

Usava tutti i suoi jeans per lavoro ed erano un disastro, macchiati di resina, strappati, sbiaditi e rovinati.

"Devo comprarmi dei jeans nuovi," disse scuotendo la testa.

Indossò i boxer e poi si ricordò. *Cazzo! Quell'anno, sua madre gli aveva regalato anche un paio di pantaloni. Aveva detto che gli serviva qualcosa per uscire la sera.* Frugò di nuovo sul retro dell'armadio finché non trovò un paio di pantaloni cachi. Perfetto! Cazzo, la camicia di flanella e quei pantaloni erano ancora perfettamente piegati e l'avrebbero reso un vero appuntamento. E lui avrebbe avuto un bell'aspetto. Forse lei non sarebbe riuscita a resistergli.

"Grazie mamma. Ti devo un favore," disse allo specchio.

Dopo aver indossato la camicia sulle sue spalle larghe, la abbottonò, infilò una cintura usurata attraverso i passanti dei pantaloni e li indossò. Chiudendo la porta della camera da letto, si guardò nello specchio a figura intera.

"Ottimo lavoro," disse, annuendo e sorridendo. "Niente male per un taglialegna."

Prese un paio di calzini puliti e senza buchi dal cassetto inferiore e se li infilò. Le scarpe non importavano. Avrebbe indossato gli stivali e se li sarebbe comunque tolti arrivando a casa sua. Accidenti, si sarebbe tolto anche qualcos'altro? Ridacchiò mentre si dirigeva verso il cassettone. Sì, aveva ancora mezza scatola di preservativi. Sentendosi ottimista, ne mise due nel portafoglio e si diresse verso il soggiorno.

Oops! Merda. Aveva dimenticato il dopobarba. Fece una deviazione verso il bagno e si mise il suo profumo speziato preferito, "Woodsy Guy", poi controllò l'orologio. Orario perfetto. Indossò gli stivali, afferrò la giacca, il mazzo di rose rosa che aveva appoggiato sul tavolo all'ingresso e, con i nervi a fior di pelle, attraversò la strada.

"CAL?" DISSE GISELLE, in piedi sulla soglia.

"Queste sono per te." Lui le porse i fiori.

"Sono bellissime." Lei prese il mazzo di rose, ma il suo sguardo lo rapì completamente.

"Posso entrare?" le chiese.

"Oh, certo, certo. Scusami." Lei si spostò mentre odorava i fiori. "È solo che sembri molto diverso."

"Nel senso che sono vestito come un essere umano e non come un taglialegna?"

"Oh, sì. Potrebbe essere per questo." Lei ridacchiò, poi chiuse la porta.

"C'è un profumo buonissimo. Oltre al tuo, voglio dire."

Forse è nervoso? Davvero? Con me? Lei sorrise. "Ho fatto lo stufato. Spero ti piaccia."

"Adoro lo stufato."

Lei si diresse verso la cucina e lui la seguì. "Penso che ci sia un vaso o una grossa brocca sullo scaffale in alto," disse lei, aprendo uno stipetto. "Potresti prenderlo, per favore?"

"Certo." Lui allungò il braccio, afferrò il vaso quadrato e lo appoggiò sul bancone.

"Vuoi qualcosa da bere? Birra? Vino? Whiskey?"

"Tu cosa prendi?"

"Ho già bevuto un po' di merlot. Ma tu puoi scegliere quello che vuoi." Lei toccò un cassetto e tirò fuori un grosso paio di forbici. *Non siamo troppo educati? Sembra un primo appuntamento.*

Lei tagliò qualche centimetro degli steli e sistemò le rose nel vaso. "Hanno un odore magnifico e sono bellissime. Vediamo, dove potrei metterle? Forse lo so..." Lei mise il vaso sul tavolo da pranzo.

"È perfetto," disse lui.

Cal era proprio dietro di lei. Riusciva a sentire il suo profumo. Sentì un brivido sulle braccia. Se le sfregò e si voltò, appoggiandogli le mani sulle spalle. In punta di piedi, gli diede un bacio sulla guancia.

"Grazie. Amo i fiori."

"Me lo ricordavo," disse lui, mettendole un braccio intorno ai fianchi per impedirle di allontanarsi. Stringendola a sé, appoggiò la bocca sulla sua. Lui aveva un buon sapore e le sue labbra calde e morbide la spinsero a dischiuderle. Le loro lingue iniziarono a danzare insieme. Le gli afferrò le spalle con le dita. Le piaceva sentire la morbidezza della sua camicia di flanella sulla punta delle dita. Sentendo il suo petto contro il suo, una sensazione di calore si diffuse dentro di lei. Prima di perdere il controllo, Giselle si allontanò da lui.

"Faremmo meglio a mangiare. Non voglio che lo stufato sia troppo cotto."

"Oh, lo stufato. Sì. Certo." Lui le passò un pollice sulla guancia prima di fare un passo indietro e di seguirla.

Lei aveva apparecchiato la tavola prima del suo arrivo. Cal portò i bicchieri di vino e la bottiglia sul tavolo, dove li riempì: un bicchiere piccolo per lei, uno normale per lui. Poi prese la pentola pesante e la posò accanto a lei.

"Ti dispiacerebbe fare gli onori di casa?" gli chiese, porgendogli il mestolo. Aveva capito che non si sentiva a suo agio a farlo mentre lui la guardava? Forse. Cal non era stupido.

Mangiarono in silenzio per alcuni minuti.

"È buonissimo." Lui prese un pezzo di carne con la forchetta.

"Grazie."

"L'insalata!" Giselle si alzò di scatto e corse in cucina. Prese la ciotola di vetro dal frigorifero e la portò a tavola.

"Ha un aspetto magnifico." Cal le prese la ciotola dalle mani e la posò.

"Non posso credere di essermene dimenticata. Sono un po' nervosa. Sembra quasi il nostro primo appuntamento," disse lei.

"Hai anche tu questa sensazione? Credevo di pensarlo solo io."

"Anche tu?" Lei scoppiò a ridere. "Sembriamo una coppia di adolescenti."

"Solo che non lo siamo," rispose lui, con un tono di voce calmo.

"Finiamo di mangiare prima di cominciare la nostra, ehm, discussione, o qualsiasi altra cosa sia. Ok?"

Lui annuì.

Giselle riuscì a malapena a mangiare. La sua mente era concentrata su ciò che voleva dire, sulle domande da porre, sulle spiegazioni da offrire.

Quando finirono, Cal tolse i piatti e riempì di nuovo i bicchieri.

"Dessert?" gli chiese.

"Sono troppo pieno. Cominciamo. L'attesa peggiorerà solo le cose."

"Peggiorerà le cose?" Lei aggrottò la fronte.

"Sai cosa intendo."

"Non ne sono sicura. È passato un po' di tempo."

"Le persone non cambiano," disse lui.

"A volte lo fanno. Se devono affrontare qualche avversità. Se perdono il lavoro, vanno in bancarotta o si ammalano."

"Immagino di sì. Ma dentro di loro sono sempre le stesse."

Giselle si alzò dal tavolo e si diresse verso il soggiorno, con il bicchiere in mano. "Mettiamoci comodi."

Cal la seguì. Si sedettero l'uno di fronte all'altra sul lungo divano. "Prima le signore."

Giselle aveva i nervi a fior di pelle. Respirò profondamente, poi deglutì. Un sorso di vino le inumidì la bocca secca. "Da dove comincio?"

"Che ne dici di iniziare dalla tua decisione di andare via?"

"Oh. Pensavo di avertene già parlato."

"Non mi pare. Tutto quello che ricordo è che ti avevano offerto un lavoro in Europa e che saresti tornata. Dopo un anno, forse."

"Dopo la laurea, il mio professore mi parlò di un lavoro, per una ditta di Parigi, nella progettazione di uffici. Mi disse che stavano cercando un apprendista, ma che il lavoro sarebbe stato reale e, dopo tre mesi, se fossi stata abbastanza brava, avrei avuto una promozione."

"Ok," disse Cal. "E poi?"

"Il lavoro è durato solo un anno. Avevano un paio di progetti per i quali avevano bisogno di aiuto."

"E dopo un anno?"

"Sarei tornata a casa. Mia madre pensava che fosse un'occasione da non perdere. Mi disse che non avrei dovuto rinunciarci." Giselle fece un altro respiro e bevve un altro sorso di vino. "Mi disse che tu saresti stato ancora qui dopo un anno." Lei si fermò, abbassò la testa e afferrò il bicchiere. "Ma ha dimenticato di dirmi che avresti potuto sposarti."

"Ricordo ciò che mi avevi detto. Ma non ci credevo. Non saresti mai tornata a Pine Grove dopo aver vissuto a Parigi. Chi rinuncia a Parigi, a Roma o a Londra per una cittadina così minuscola? Ero convinto che saresti andata via per sempre."

"Quando sono partita, avevo già comprato il biglietto di ritorno. Volevo tornare."

"Non ti sei mai fatta sentire. Hai smesso di scrivermi."

"Ero molto impegnata. Quando sei in Europa per un'esperienza che non ti capiterà mai più nella vita, non hai molto tempo di pensare che il tuo ragazzo è rimasto a casa. Cerchi di fare tutto quello che puoi mentre ti trovi lì." Lei si schiarì la voce. "Ti fidi di lui e del fatto che sia fedele."

"Lo sono stato. Fino a quando non hai cominciato a scrivermi sempre meno spesso. Poi hai smesso del tutto. A proposito, non mi hai mai detto che avessi già acquistato un biglietto di ritorno."

"Non è servito a molto. Quando ho scoperto che ti eri sposato, ho cancellato il mio volo."

Lui cambiò posizione sulla sedia.

Lei lo guardò con le lacrime agli occhi. "Ho pianto per settimane. Mesi. Quando hanno saputo che non avevo più bisogno di tornare negli Stati Uniti, l'azienda mi ha chiesto di restare. E così ho accettato. Del resto, non avevo più motivo di tornare a casa, no?" Per quanto lei cercasse di allontanare l'amarezza dal suo tono di voce, non ci riuscì.

CAL ABBASSÒ LO SGUARDO, evitando di guardarla negli occhi. Giselle disse con voce ferma: "Che cosa è successo?"

Cal si alzò in piedi, si avvicinò alla finestra, guardò fuori per un momento, poi tornò sul divano. "È complicato. Non ricordo chi di noi due abbia detto per primo che avremmo dovuto frequentare altre persone."

"Tu hai detto che sono stata io, ma ne dubito. Se la memoria non mi inganna, sei stato tu."

Lui abbassò la testa. Non aveva senso cercare di svicolare. Lei aveva ragione. "Ok. Sì. Sono stato io. È la cosa più stupida che io abbia mai detto. Mi aspettavo che tu ti opponessi." Lui la guardò negli occhi. "Ma non l'hai fatto."

Lei abbassò lo sguardo. "Forse avrei dovuto. Avrei dovuto protestare o qualcosa del genere. Ma non l'ho fatto. Quindi forse è colpa di entrambi."

"Eravamo giovani e stupidi." Lui scosse la testa. "Facciamo finta che sia stata una decisione di comune accordo. Io ero arrabbiato. Estremamente furioso. Tu avevi deciso di partire. Io avevo dei progetti."

"Progetti?"

"Sì. Un matrimonio. Per te e me."

"Hai dimenticato di dirmelo," disse lei.

"Senti, per favore, lasciami finire prima di staccarmi la testa."

"Ok."

"Ero incazzato, davvero incazzato. Il giorno che sei partita mi sono ubriacato. Sono rimasto sveglio tutta la notte a vomitare."

Lei si strinse un cuscino al petto.

"Sinceramente. Avrei voluto metterti sulle mie ginocchia e darti una sculacciata che avresti ricordato per tutta la vita."

"Sculacciata? Non ero una bambina!" Lei si alzò in piedi.

"Siediti, siediti. Hai intenzione di lasciarmi finire?"

"Sì." Lei si rituffò sul divano.

"Ero furioso. Dopo i primi due mesi, mi ero stancato di stare da solo. Di guardare la TV. Così andavo da Homer. Solo per bere qualcosa." Lui si fermò per riprendere fiato. Giselle lo guardò con gli occhi spalancati. "Ok, ci sono andato diverse volte. Forse tre o quattro volte a settimana. Homer mi offriva un paio di birre e incontravo qualche amico. Poi, un giorno, è entrata Jane."

"L'amore della tua vita, suppongo?" disse Giselle con un tono di voce gelido.

"Per favore, ascolta e basta."

Lei fece una smorfia, bevve un sorso di vino e disse: "Continua."

"Lei flirtava con me, così l'ho invitata a uscire. Siamo usciti un paio di volte. Niente di impegnativo. Lei era carina e simpatica. Mi piaceva. Non eri tu, ma, cazzo, tu avevi accettato di farmi frequentare altre donne, così l'ho fatto, di tanto in tanto. Ora ascolta molto attentamente questa parte," disse, avvicinandosi a lei. "Non avevo nessuna intenzione - mi stai ascoltando? - nessuna intenzione di innamorarmi di un'altra. E nemmeno di andare a letto con un'altra. Era solo un modo per passare il tempo. Niente di più!" Lui fece una pausa per bere.

"Davvero? Quindi, che cosa è successo tra il 'non ho alcuna intenzione di innamorarmi' e il 'lo voglio'?"

"Sarcastica. Sei sempre stata sarcastica. Alcune cose non cambiano mai," disse lui, lanciandole un'occhiataccia. "Lei mi invitò a cena a casa sua. Bevemmo due bottiglie di vino. Una cosa tira l'altra e passammo la notte insieme."

Giselle fece una smorfia. Abbassò la testa, ma lui riuscì a scorgere una lacrima prima che lei se la asciugasse. Lei rimase in silenzio con la testa bassa. Nonostante non parlasse, il suo dolore parlava da solo. Lui sentì una stretta allo stomaco.

"Mi dispiace, Giselle. Avevi detto di voler sapere la verità." Lui fece una pausa. "Di' qualcosa."

Lei scosse la testa. Se gli avesse dato un pugno in faccia, sarebbe stato meglio del suo silenzio.

"Non l'avevo programmato. È semplicemente successo. E a proposito di non fare programmi... sì. Abbiamo fatto sesso non protetto. Non avevo intenzione di farlo. Non l'avevo mai fatto prima. Noi due abbiamo sempre usato il preservativo. Ma quella volta eravamo ubriachi, eccitati, soli, ed è semplicemente successo. Ecco tutto. Era quello che volevi sentire?" Lui sospirò.

"Continua," borbottò lei.

"Conosci già il resto della storia. Qualche settimana dopo, Jane mi disse di essere incinta e che avrebbe tenuto il bambino. Andammo in municipio e ci sposammo. Che cos'altro potevo fare? Lei era incinta di mio figlio e io dovevo assumermi le mie responsabilità."

Giselle iniziò a parlare. "Se aspetti che ti dica che sono orgogliosa di te per aver fatto la cosa giusta, non posso. Non posso proprio."

"Non sei d'accordo?"

"No. Ma non me l'hai mai detto. L'ho saputo da mia madre."

"Che cosa avrei potuto dirti? 'Ciao, Giselle, ho messo incinta un'altra ragazza e mi sono sposato. Come ti è andata la giornata?' Davvero?"

Lei bevve un altro sorso di vino e fece una pausa. "Credo di sì."

Lui le afferrò le braccia. "Ho passato le pene dell'inferno. Pensi che la amassi? No. Pensi che volessi sposarla? No. Non pensare nemmeno per un secondo che non mi odiassi per questo. Ero un traditore e ne avrei pagato il prezzo — restando legato a una donna che non amavo e perdendo quella di cui ero innamorato. Si trattava di Bobby. L'ho fatto per lui."

Giselle lo guardò con gli occhi lucidi. "Non lo sapevo. Pensavo che non mi amassi più. Pensavo che fossi innamorato di lei. Che non mi avessi mai amata. Pensavo che mi avessi dimenticata in cinque minuti, dopo aver conosciuto una donna che ti piaceva di più. Mi sono sentita rifiutata. Dimenticata. Eravamo stati insieme per cinque mesi ed era come se non fosse mai successo niente."

Lei si coprì il viso con le mani e iniziò a singhiozzare.

"Non è stato niente del genere," disse lui dolcemente. "Non ho mai smesso di amarti."

Lui la strinse tra le braccia e le accarezzò i capelli. Cazzo, era bello sentirla vicina, tenerla stretta. Lui chiuse gli occhi e respirò il suo odore dolce e il suo profumo al mughetto.

"Oh Dio, Cal. Mi avevi spezzato il cuore. Non riuscivo nemmeno a mangiare. Ho perso dieci chili. All'epoca ti odiavo per il tuo tradimento. Per la tua infedeltà."

"Mi odiavi?" Lui la lasciò andare.

"Certo. Ma un anno dopo, quando ho saputo di Bobby, ho avuto la sensazione che si trattasse di un matrimonio riparatore."

"E?"

"E ho smesso di odiarti. Ma non ho mai smesso di essere triste. Non ho mai smesso di rimpiangere la mia decisione di aver accettato quel lavoro."

"Dici davvero?"

"Oh, sì. Quando ho saputo che ti eri sposato, ho capito che se fossi rimasta probabilmente sarei stata io a sposarti."

"E tu lo volevi?"

Lei prese un fazzolettino da una scatola e si asciugò gli occhi. "Più di ogni altra cosa," gli rispose sussurrando. Lui la strinse forte tra le braccia.

"E tu?" Lui si allontanò.

"Eh?" Lei gli lanciò uno sguardo interrogativo.

"Non hai frequentato qualcuno anche tu?"

"All'inizio avevo molto da imparare sul lavoro e non avevo tempo per nient'altro, al di fuori del lavoro e di un bicchiere di vino di tanto in tanto con qualche collega. Ma, dopo aver saputo del tuo matrimonio, ho permesso ad alcune delle mie nuove amiche di presentarmi qualcuno."

Lui si irrigidì. "Sei andata a letto con qualcuno?"

Lei cambiò posizione sul divano.

Capitolo Undici

Lei si sentì arrossire sulle guance. "Non all'inizio. Per molto tempo."

"Davvero?" Lui aggrottò la fronte.

"Davvero. Non volevo andare a letto con nessuno al di fuori di te. E se non potevo avere te, volevo solo avere degli amici."

"Ma poi è cambiato qualcosa?"

"Quando ho scoperto che eri sposato, ho perso tutte le speranze."

"Ah! Quindi c'è stato qualcuno. Andavi a letto con qualcuno?"

"Sinceramente, ci sono stati diversi uomini. Ma con Gunther ho avuto la mia relazione più seria."

"Gunther?"

"Un bel ragazzo tedesco che lavorava a Parigi. Lui mi riempiva di complimenti. Così ho iniziato a frequentarlo."

"Andavi a letto con lui?"

"Sono andata a letto con lui per circa sei mesi."

"E?" Cal si concentrò, socchiudendo gli occhi.

"E lui mi ha chiesto di sposarlo."

"Ti ha chiesto di sposarlo?" Cal spalancò gli occhi. "Davvero? Eravate fidanzati? Come mai non l'ho mai saputo?"

"Non lo so. Forse perché non è durata molto."

"Che cosa è successo?"

"Poi ho scoperto la degenerazione maculare. Quando l'ho detto a Gunther, lui mi ha scaricata. È finita rapidamente."

"Oh, mio Dio. Davvero? Ora capisco perché tu fossi riluttante a dirmelo."

"Non te l'ho detto perché non volevo la tua compassione. Non avrei potuto sopportarlo."

"Mi dispiace che tu debba affrontare tutto questo, ma sembra che tu lo stia gestendo bene. Davvero ti ha scaricata? Che bastardo!" Cal scosse la testa.

Lei annuì. "Ero furiosa. Ma in fondo sapevo di non amarlo come amavo te."

"Amavi o ami?"

Lei lo guardò in silenzio.

"Non hai intenzione di rispondere? Pensavo che questa fosse la notte della verità," disse lui.

"Riguardo al passato."

"Capisco. Quindi, lui ti ha scaricata. E mia moglie è stata sciocca e arrogante ed è morta per questo. Ora siamo soli. Liberi. Che cosa possiamo fare?"

"Tu che cosa vuoi fare?" La paura le si accumulò nello stomaco.

"Ok, tu hai troppa paura di parlare, quindi lo farò io. Io voglio tornare con te. È questo quello che voglio. Voglio stare con te." Lui sembrava sicuro di sé, ma la sua mano tremò quando prese il bicchiere di vino.

"Davvero? Anche se sono in questo stato?" gli chiese, indicandosi gli occhi.

"Certo. Non mi importa. Lo affronteremo. Tu sei sempre tu. E tu?"

"Oh, Cal. È quello che voglio anch'io."

Prima che lei riuscisse a dire di nuovo qualcosa, lui la strinse tra le braccia e la baciò. Un'ondata di emozioni la travolse. Chiudendo la mente, aprì il suo cuore e gli strinse le braccia intorno al collo. Cal era tornato. Il suo Cal. E la voleva, anche con la sua disabilità.

Cal si alzò in piedi, portandola con sé. Rimasero in piedi a baciarsi. Lui fece scivolare le dita dalla vita fino ai suoi fianchi. Abbassò le mani fino al suo sedere e glielo strinse. Un gemito gli sfuggì dalla gola mentre lei arrossiva tra le sue braccia.

L'emozione aumentava dentro di lei, unendosi al desiderio. Dio, lo voleva con tutta sé stessa. Lui fece scivolare una mano sotto la sua camicia di flanella e la sollevò per toccarle il seno. Non appena il suo pollice entrò in contatto con il suo capezzolo, lei ebbe un sussulto.

"Tutto bene?" sussurrò lui.

"Sì, sì, non fermarti," sospirò lei.

La sua risatina sommessa la fece sorridere.

"Andiamo," le disse, conducendola in camera da letto.

Camminando dietro Cal, il corpo di Giselle prese vita, come se qualcuno le avesse infilato un dito in una presa. Da dietro, osservò le sue spalle forti, che la imploravano di toccarlo. Mentre camminava, si sbottonò il primo bottone della camicia. *Non perdiamo tempo.*

Una volta in camera da letto, lui si fermò di colpo e si voltò per guardarla.

"Ti voglio," le disse con voce roca.

"Anch'io," rispose lei.

La strinse a sé, iniziando a baciarle la bocca in modo famelico. Alzandosi in punta di piedi, lei gli mise le braccia intorno al collo. Ancora una volta, lui le appoggiò le mani sul sedere. Lei sollevò una gamba e mise il piede dietro di lui. Lui lo sollevò, poi le afferrò la coscia con la sua grande mano prima di stringerla. Facendo scorrere le dita in alto, le accarezzò dolcemente la vagina attraverso i leggings. Il suo tocco accese in lei il fuoco dell'impazienza.

Si allontanò da lui e iniziò a sbottonargli la camicia, quasi strappandogli i bottoni. Lui si lasciò contagiare e fece lo stesso a lei. Una volta sbottonate entrambe le camicie, lui lasciò cadere la sua per terra e lei lanciò la sua su una sedia.

Cal si tolse la maglietta dalla testa e la lasciò cadere. Giselle era mezza nuda davanti a lui.

"Cazzo. Sono ancora fantastiche," mormorò lui, avvicinandosi a lei, con le mani aperte, precipitandosi verso il suo seno.

Lei chiuse gli occhi per un attimo, godendosi la sensazione del suo tocco. Poi gli fissò il petto per un momento prima di passargli le dita tra i peli.

"Fai sport?"

"Sì. Cazzo, Giselle. Cazzo." Lui si abbassò per baciarla.

Con le dita, iniziò ad armeggiare con la sua cintura. Una volta aperta, lui si tirò giù la cerniera. Lei gli sfilò i pantaloni e i boxer. Lui era nudo davanti a lei il suo pene era duro come una roccia.

"Adesso tocca a te," disse lui, inserendo i pollici da entrambi i lati dei suoi leggings e tirandoli giù. Lei li raccolse e li lanciò sulla sedia insieme alla camicia. Lui fece un passo indietro. La percezione del suo sguardo le scaldò tutto il corpo.

"Sei ancora la donna più bella del mondo," le disse, prendendole le mani.

"E tu. Wow, Cal. Accidenti. Fantastico." Senza parole, non riusciva a descrivere ciò che aveva davanti. Spostò leggermente la testa di lato per osservare meglio il suo splendido corpo. Notò i suoi addominali: anche se non erano perfettamente scolpiti, che cosa le importava? Con la mano, iniziò ad accarezzarli. I muscoli delle sue braccia le ricordarono i suoi abbracci affettuosi.

Cal indietreggiò fino al letto, si sedette e poi si sdraiò, tirandola sopra di sé. Le loro braccia e le loro gambe si intrecciarono. Le loro bocche si esplorarono. Cal si tirò su e si mise sopra Giselle. Come una bambola di pezza, lui la rigirava da una parte e dall'altra. Lei lo intrappolò tra le sue gambe.

"Adesso ti ho preso," si vantò lei.

"Esattamente quello che volevo." Lui scivolò giù, baciandole il collo e spostandosi verso il basso.

Le sue labbra le lasciarono una calda scia sul petto, fermandosi tra i suoi seni e concentrandosi su ciascuno di essi. Quando le tirò delicatamente ogni capezzolo con i denti, lei inarcò la schiena, sentendo l'eccitazione tra le gambe.

"Quando fai così," sussurrò lei.

"Cosa? Quando faccio così, cosa?" Lui sollevò la testa.

"Cazzo, non fermarti!"

Una risata gli rimbombò profondamente nel petto, facendole vibrare la pancia. Scivolando più in basso, le sue dita entrarono in contatto con la sua vagina.

"Oh, cazzo!" gridò lei.

"Ti ho fatto male?"

"No, no, non fermarti. Per favore!" lo pregò lei.

Lui la esplorò con le mani e con gli occhi prima che la sua bocca entrasse in scena. I movimenti della sua lingua sulla sua pelle calda la fecero impazzire. L'eccitazione si accumulava dentro di lei, aumentando a ogni tocco esperto della sua lingua. Quando lasciò scivolare un dito dentro di lei, l'intensità della sua eccitazione aumentò e un orgasmo si fece strada nel suo corpo.

"Se non... sto per..." balbettò lei.

Lui si mise a ridacchiare. "Continua. Fallo. Vieni per me, piccola." Lui abbassò la testa e continuò a farla impazzire. Lei strinse il lenzuolo con entrambe le mani, mentre chiudeva gli occhi e si lasciava andare in un orgasmo esplosivo. Cal non si fermò finché il piacere non lasciò il posto al dolore. Lei alzò una mano.

"Finito?"

"Finito. Bellissimo. Meraviglioso," disse lei.

"Ora tocca a me." Cal saltò giù dal letto e raccolse i suoi pantaloni. Prese un preservativo dal portafoglio situato nella tasca posteriore e tornò accanto a lei. Lo aprì con i denti e poi lo srotolò sul suo pene, duro come una roccia. Giselle gli strinse le dita intorno, fissandolo.

"Riesci a vederlo?"

Lei annuì. "Ma, ancora meglio, riesco a sentirlo. Dovrò iniziare a chiamarti Uomo d'Acciaio."

Lui scoppiò a ridere. "Adesso stenditi e goditi il secondo round," le disse, spingendola verso il basso.

Era proprio ciò che lei aveva desiderato, atteso e sognato ardentemente: essere di nuovo fisicamente legata a lui. Lui si sollevò sulle ginocchia, si strofinò contro di lei per farla lubrificare un po', poi le entrò dentro.

Lei gemette, con la testa all'indietro, leccandosi le labbra. "Oh, Cal. Sì! Sì!"

CAL GUARDÒ IL SUO VISO, bellissimo ed estasiato. Le sue lunghe ciglia nere le adornavano le guance, mentre un delicato rossore le colorava il viso e le sue labbra diventavano rosee per i suoi baci. Oh Dio, era così dannatamente bello stare dentro di lei. Era così stretta che lui temette quasi di venire troppo presto. Voleva che lei avesse di nuovo un orgasmo prima di lui.

Voleva darle la luna, a letto e fuori. Riempirla di amore e felicità poteva compensare il dolore che le aveva causato negli anni in cui erano stati lontani? Era lì, nel suo letto, a fare l'amore con lei, affidando ogni tocco e ogni bacio alla memoria. Aveva bisogno di lei, aveva sempre avuto bisogno di lei, del suo amore e della sua devozione indiscussa per sentirsi completo.

Mentre spingeva dentro di lei, osservando la sua espressione, il suo corpo si risvegliò come se fosse rimasto addormentato dall'ultima volta che aveva fatto l'amore con lei. La pelle gli brillava al sentore delle sue dita e dei suoi capezzoli turgidi sul petto. La passione crebbe dentro di lui mentre perdeva sempre di più il controllo.

Continuò a spingere dentro di lei, sempre più forte e veloce. Doveva farla venire prima di lui. Il cuore gli batteva all'impazzata mentre la pressione aumentava.

"Oh Dio, Cal!" urlò lei, sollevando i fianchi, mentre i suoi muscoli interni si stringevano e si rilassavano, stringendosi e allargandosi intorno al suo pene. Cazzo, non c'era niente di così bello. I loro fianchi si muovevano allo stesso ritmo mentre lui si chinava a baciarla. Cal continuò a entrare e uscire, sempre più eccitato, finché non ebbe un orgasmo. Un grande gemito, che suonava come "Zell", il soprannome con cui l'aveva sempre chiamata, gli sfuggì dalla gola. Lui iniziò a sudare sulla fronte e sul petto. Abbassò la testa per toccarla. Il seno le si sollevava, respirando affannosamente.

"Zell, magnifico," fu tutto ciò che lui riuscì a balbettare. Lui chiuse gli occhi.

Gli accarezzò i capelli con le dita e gli baciò il collo. "Cal, tesoro. Stupendo," gli sussurrò lei vicino all'orecchio.

Aveva raggiunto la felicità estrema e non aveva parole per esprimere ciò che era accaduto. Con la sua pelle calda e morbida accanto a lui, sarebbe rimasto disteso lì per sempre. Alla fine, si staccò da lei e si trascinò giù dal letto per andare in bagno. Buttò il preservativo e tornò da lei. Lei giaceva nuda davanti ai suoi occhi, in tutta la sua bellezza.

"Hai proprio l'aspetto di una donna molto amata," disse lui.

"Sì. Oh, sì."

Si distese accanto a lei e tirò su le coperte, coprendola per prima. Infilando un braccio sotto di lei, la strinse a sé, appoggiandosi sul suo seno. Dopo averle accarezzato i capelli, la baciò e le coprì le spalle.

Chiudendo gli occhi, si concentrò sul suo dolce profumo di mughetto e sul fantastico odore del sesso. Le mise un braccio intorno, aprì la mano e gliela appoggiò sulla schiena. Il suo calore riscaldò sia lui sia le lenzuola. Una sensazione di piacere e di benessere lo calmò.

"Tu mi appartieni, Zell. È sempre stato così e sarà sempre così."

"Già!" Il suo respiro si calmò. Capì che si era addormentata, sdraiata al suo fianco, totalmente rilassata, fidandosi di lui come una volta.

Sorrise, con la soddisfazione che gli scorreva ancora nelle vene. Lei gli aveva dato il suo corpo, ma gli aveva dato anche il suo cuore e il suo amore? *Un passo alla volta.* Nonostante il sesso fenomenale, fantastico e sorprendente, lui sapeva che per nessuno dei due si trattava solo di quello. Lui voleva di più e credeva che anche lei lo volesse.

Lei cambiò posizione, mettendogli un braccio intorno ai fianchi e premendogli il seno contro il petto. Sentire il suo corpo stretto al suo lo eccitava e lo calmava allo stesso tempo. Gli ultimi anni, dovendo lavorare e prendersi cura di Bobby da solo, avevano messo Cal a dura prova. Era sempre stanco e scontroso con tutti, nel tentativo di capire sempre cosa fare con suo figlio e di combattere la solitudine.

Se Giselle era davvero tornata nella sua vita, l'armatura che aveva usato per tutelare il suo cuore sarebbe crollata. Osava sperare di diventare un uomo completo, come marito, come amante e come padre? Poteva contare su di lei? Poteva crederle? Cazzo, sì che poteva.

Lei borbottò qualcosa che non riuscì a capire. Le sue labbra gli sfiorarono il petto e lei cambiò di nuovo posizione. Allungando la mano, lei armeggiò finché non riuscì finalmente a trovare la lampada, spegnendola.

Lui le accarezzò i capelli e chiuse gli occhi. Sarebbe rimasto a camminare felicemente su una nuvola fino al mattino seguente, quando la realtà l'avrebbe risvegliato. Insieme, potevano affrontare qualsiasi cosa: la sua disabilità, crescere un bambino insieme e forse anche averne un altro.

Cal sorrise. Era sopraffatto dalla stanchezza, ma si addormentò con un sorriso.

GISELLE SI AGITÒ, IRREQUIETA, a causa di un sogno inquietante. Quando sfiorò Cal, si svegliò di soprassalto.

"Ma che cosa...? Chi? Chi sei?" disse lei con voce confusa.

"Sono io. Cal."

"Cal?"

"Tutto bene?" le chiese, con voce roca.

"Sì, solo un brutto sogno."

"Vieni qui," le disse, avvicinandosi a lei. Quando lei gli si avvicinò, le fece appoggiare la testa sulle spalle e le mise un braccio intorno. Lei si rannicchiò accanto a lui. I peli del suo petto le solleticarono il naso. Cal le sollevò la coperta fino al collo.

"Fa freddo qui," osservò lui.

"Come sempre," rispose lei.

La mente di Giselle si rilassò. Si riaddormentò rapidamente e rimase tranquilla fino alle cinque. Voltandosi sullo stomaco, sbadigliò. Fuori era buio pesto. Si appisolò e rimase a dormire per un'altra ora. Cal russava piano. Lui si voltò su un fianco e le appoggiò un braccio sul petto. La sua mano si posò sul suo seno, con le dita strette intorno a esso.

Ancora addormentato, lo strinse e aprì le dita. Il desiderio la risvegliò, perché voleva di più. Divisa tra il desiderio di accoccolarsi tra le sue calde braccia da orso e il desiderio di fare l'amore, lei esaminò mentalmente i pro e i contro di entrambi prima di optare per un approccio più aggressivo. Facendo scorrere le dita sul suo corpo, lei si fermò al suo inguine.

Spostando le coperte, lo scoprì. Lui si mosse, cercando la coperta. Giselle si chinò e gli prese il pene, parzialmente in erezione, con la bocca.

"Che cazzo...?" Lui si risvegliò di colpo.

Lei si sollevò. "Buongiorno. Solo un piccolo risveglio gentile," gli disse, restituendogli le sue attenzioni.

"Oh, mio Dio. Mi hai spaventato a morte." Lui si strofinò il mento irsuto. "Ma non voglio interromperti."

Lei ridacchiò, mandando delle vibrazioni al suo corpo. Quando Giselle si sollevò sulle ginocchia per cambiare posizione, una mano le diede un colpetto sul sedere. Ansimò quando un dito entrò dentro di lei. E poi un altro. Una sensazione di calore le attraversò il corpo mentre Cal muoveva la mano.

"Oh, mio Dio. Sarebbe meglio se tu smettessi," le disse, allontanandola. "È mattina presto. Torno subito."

Lui si alzò e si precipitò in bagno, fermandosi per prendere un preservativo dalla tasca dei pantaloni.

"Ne hai portato più di uno? Scelta ottimista."

Lui la guardò per un secondo, poi un sorriso furbo si diffuse sul suo viso. "Avevo la sensazione che le cose potessero andare in questo modo."

"Pensavi che avresti trascorso la notte con me? Non è un po' arrogante?"

"Non lo pensavo. Lo speravo. Pregavo che succedesse. Lo desideravo."

Lei scoppiò a ridere.

Cal la strinse a sé. "Dai, tesoro, non arrabbiarti perché volevo fare l'amore con te."

Le sue parole tenere e il suo massaggio sul collo e sulle spalle la calmarono. Sollevandosi, gli strinse le braccia intorno ai fianchi e gli baciò i pettorali.

"E se fossi venuto qui impreparato? Adesso saremmo due persone estremamente frustrate."

"Non posso darti torto."

Lui le sollevò il mento, fissandola negli occhi. "Ti amo, Zell. Permettimi di dimostrarti quanto." Lui la fece distendere sul letto, poi si inginocchiò accanto a lei. I suoi occhi si dilettavano a guardarla, mentre le accarezzava la pelle con la punta delle dita, dal petto alle cosce.

"Sei bellissima. Stupenda."

Lei allungò una mano per accarezzargli la guancia. "Anch'io ti amo, Cal. Ti ho sempre amato."

Lui si sdraiò sul letto. Lei si sollevò e gli mise una gamba intorno ai fianchi. Lui le afferrò i fianchi e la lasciò scivolare sul suo pene in erezione. Lei chiuse gli occhi e strinse le gambe intorno al suo corpo.

"Voglio vederti, voglio guardarti," le disse, tenendola ferma.

Il suo petto iniziò ad arrossire e il rossore risalì fino alle guance.

"Non essere timida. Sono io," le disse.

Lei gli appoggiò le mani sui pettorali e si chinò per baciarlo. Lui le fece scivolare le mani sui fianchi per toccarle il seno. Giselle emise un gemito e iniziò a muovere i fianchi. Una sensazione di calore si diffuse dal suo pene al resto del suo corpo.

Giselle iniziò a muoversi più velocemente. Lui le strinse di nuovo i fianchi, osservando il suo seno muoversi su e giù. Con i pollici, accarezzò la pelle liscia del suo ventre mentre con la punta delle dita premeva contro i muscoli della schiena.

"Hai un corpo stupendo," le disse.

"Io? Tu ce l'hai," rispose lei, senza fiato.

Lui prese il controllo, aumentando la velocità. Giselle inclinò indietro la testa, con gli occhi chiusi e la bocca leggermente aperta. Osservarla mentre godeva gli accese un fuoco dentro.

Quando lei ebbe un orgasmo, le sue palle si irrigidirono e lui la seguì, urlando "Zell" mentre veniva. Lei si rannicchiò, appoggiandosi dolcemente sul suo petto, con le gambe ancora aggrappate al suo corpo. Lui la abbraccio forte, baciandole la testa e strofinando il mento irsuto sui suoi capelli.

"Zell, piccola mia."

"Wow," rispose la sua voce, attutita dal suo collo.

"Già."

Rimasero abbracciati senza parlare. Come ai vecchi tempi, Cal si ritrovò nella stessa zona di comfort che avevano condiviso tanti anni prima. Lui avrebbe voluto rimanere così tutto il giorno, tutto il fine settimana, fino alla fine dei tempi.

Interrotto da un messaggio di suo padre, Cal sospirò mentre lo leggeva.

Vestiti, Romeo. Saremo lì tra un'ora.

AL TAVOLO DELLA COLAZIONE, sorseggiando un caffè, Giselle fece scivolare la mano su quella di Cal. Riluttante a infrangere il sogno del tempo trascorso insieme, lei dovette interrompere il loro silenzio.

"Che cosa facciamo adesso?" gli chiese.

Cal alzò lo sguardo dal dolcetto alla cannella che aveva sul piatto. "Dipende. Tu che cosa vuoi?"

"Io voglio stare con te."

"Anch'io lo voglio." Lui diede un morso al suo dolcetto.

"E Bobby?"

Cal continuò a masticare, con un'espressione pensierosa.

"Dobbiamo dirglielo," disse lei.

"Credo che farebbe i salti di gioia se ti trasferissi da noi."

"Trasferirmi da voi?" disse lei, spalancando gli occhi.

"Questo vuol dire stare insieme. Non pensi?"

"Non a tempo pieno. Non subito. Non dovremmo prima abituarci a tutto questo?" gli chiese.

"Perché? Abbiamo già sprecato troppi anni stando lontani."

"Lo so. Ma devo capire alcune cose. Ad esempio cosa fare della mia vita." Lei bevve un sorso di caffè.

"La tua vita andrà di pari passo con la mia. C'è qualche problema in questo?"

"Non è abbastanza. Non posso semplicemente smettere di lavorare, non avere una carriera, qualcosa che appartenga solo a me."

"Bobby e io apparteniamo a te."

Lei scoppiò a ridere. "Per quanto sia magnifico, non è esattamente quello che avevo in mente."

Cal finì di mangiare e si accarezzò il mento. "Che ne pensi di stare con me nei fine settimana fino a quando non sarai pronta per farlo a tempo pieno?"

"Va bene."

"Perfetto." Lui le prese la mano e se la portò alle labbra.

Lei si chiese se, dicendo a tempo pieno, lui stesse parlando di matrimonio. Non voleva essere la sua convivente, quella che lui avrebbe potuto lasciare ogni volta che ne avesse avuto voglia. Lei voleva, anzi pretendeva, un impegno. Ma non poteva esattamente fargli la proposta, vero? Inoltre, c'era anche da considerare Bobby. E se lui non l'avesse presa bene, diversamente da ciò che Cal aveva previsto? E se si fosse ingelosito o avesse iniziato a comportarsi male? E come si sarebbe sentita a svegliarsi nel letto di Cal davanti a suo figlio?"

"Che cosa c'è?" le chiese.

"Eh?" Distolta dai suoi pensieri, alzò lo sguardo.

"Sta succedendo qualcosa nella tua bella testolina. Di che si tratta?"

"Mi chiedo solo come andrà con Bobby."

"Sarà felice di averti come madre."

"Ma, come ospite del fine settimana, non sarò sua madre, no?"

Cal aggrottò la fronte. "Immagino di no. Non ci avevo pensato."

"Mi sentirei imbarazzata a farlo venire a letto con noi ogni volta che vuole."

"Gli insegneremo a bussare."

"Sai cosa intendo." Lei si alzò per riempirsi di nuovo la tazza. "Altro caffè?"

"Certo." Cal le porse la sua tazza.

Lei appoggiò il mignolo sul bordo. Quando il caffè le toccò il dito, capì che la tazza era piena.

Cal guardò il suo orologio. "È ora di vestirsi. Saranno a casa tra mezz'ora."

Insieme, si diressero verso la camera da letto e indossarono rapidamente i loro vestiti della sera prima. Con il braccio di Cal intorno alle spalle, lei attraversò il prato fino a casa sua. Prese alcuni ciocchi di legno e accese il caminetto. Trascorrere pigramente la domenica con Bobby e Cal le riscaldò il cuore.

Qualcuno bussò alla porta. Quando Cal la aprì, Bobby entrò di corsa, pieno di energia e raccontando tutte le grandiose attività che aveva fatto con i suoi nonni.

"Poi abbiamo fatto i pupazzetti con gli scovolini. E ho aiutato la nonna a cucinare i biscotti alla melassa. E il nonno e io siamo andati a prendere la legna," continuò il bambino. Lui si voltò e guardò Giselle. "Giselle." Le corse incontro, gettandole le braccia al collo.

Lei lo abbracciò. Betty Morrison le lanciò un sorriso consapevole. "È bello vedervi insieme."

"Ti piacerebbe se Giselle stesse qui con noi ogni fine settimana?" gli chiese Cal.

"Può farlo? Davvero?" domandò il bambino.

Cal annuì.

Bobby si mise a urlare a volteggiare finché le vertigini non lo obbligarono a fermarsi.

Ridacchiando, il padre di Cal rimase a scaldarsi accanto al fuoco. Betty si avvicinò a Giselle.

"Hai qualche impegno per Natale? Perché non stai con noi? Ci piacerebbe molto averti con noi. Per trascorrere la giornata insieme. Puoi farlo?"

Le lacrime minacciavano di uscirle dagli occhi. Aveva cercato di non pensare al Natale, per evitare che si trasformasse in un evento di autocommiserazione di proporzioni cosmiche. Guardò Cal e suo figlio. Bobby balzò in piedi.

"Puoi farlo? Eh? Puoi? Per favore!"

Lei scoppiò a ridere. "Ok. Mi hai presa per la gola, Bobby."

"No, non l'ho fatto, lo giuro."

"È solo un modo di dire, tesoro. Vuol dire che l'hai convinta," gli spiegò Cal.

"Oh. È una cosa bella, vero?"

"Vero," rispose Cal.

Al portò lo zaino di Bobby nella sua stanza.

"Perché non vieni a fare colazione? Facciamo alle nove? E rimani anche per cena?", le chiese Betty.

"Stupendo! Temevo di passare il Natale da sola."

"Bene allora. Non dovrai più farlo." Betty la abbracciò.

Cal mise un braccio intorno a Giselle e lei si strinse a lui. La felicità le scorreva nelle vene. Quale miglior regalo di Natale avrebbe potuto ricevere?

"Porterai i libri parlanti con te?" le chiese Bobby.

"Certo," gli rispose lei.

"Andiamo, ti aiutiamo a fare le valigie." Cal si diresse verso la porta.

"Posso venire con voi?" domandò Bobby.

"Certo," gli disse Giselle.

Con Cal al centro, tenendosi per mano, i tre attraversarono la strada. Lui prese le chiavi e aprì la porta.

"Non mi serve molto se domani torno a casa," disse lei distrattamente.

"Forse dovresti trasferirti in modo permanente," azzardò Cal, sollevando le sopracciglia.

"Adesso?"

"Non abbiamo aspettato abbastanza?" le chiese Cal.

Giselle esitò.

"Posso avere un biscotto?" le chiese Bobby.

"Certo," gli rispose lei. "Se tuo padre è d'accordo."

"Va bene," disse Cal.

Giselle si spostò e abbassò lo sguardo.

"Ok. Smetterò di insistere." Cal le si avvicinò.

"Devo farcela da sola. Ho molte cose a cui pensare adesso," gli disse.

"Cercherò di essere paziente. Andiamo a prendere le tue cose." Cal si diresse verso la sua camera da letto.

Non avevano avuto il tempo di rifare il letto. La vista delle lenzuola spiegazzate le fece venire la pelle d'oca.

"Vado da Bobby. Metti un po' di cose in una borsa e torniamo a casa," disse Cal, fermandosi per un attimo accanto al cassettone.

Casa. Dio, quella parola aveva un suono magnifico.

Lei arrossì e si guardò le mani. "Voglio dire, casa mia."

Lei gli si avvicinò e gli strinse il braccio. "Casa," disse lei, prima di allontanarsi. Lui se ne andò in un attimo, chiamando suo figlio. Mentre metteva i vestiti e i prodotti da bagno in una valigetta, Giselle si chiese cosa significasse. Anche se voleva stare con Cal e Bobby, era suc-

cesso tutto così in fretta che quasi non era riuscita a riprendere fiato.
E il figlio di Cal? Come si sarebbe adattato? Certo, lui diceva di volere una madre, ma cosa sarebbe successo se lei avesse iniziato a stabilire
delle regole con lui? Che cosa ne sapeva Giselle di cosa volesse dire essere madre? Niente.

Sentì una fitta allo stomaco. Il suo telefono iniziò a squillare. Era zia
Julia.

"Ciao, tesoro. Ti sta chiamando solo per sapere i tuoi programmi
prima di partire."

"Trascorrerò il giorno di Natale con Cal e la sua famiglia."

"Davvero? È stupendo. Non è un po' affrettato?"

"Forse."

"Tu sei felice?"

"Lo sono."

"Allora è l'unica cosa che conta," rispose Julia.

"Starò da Cal nei fine settimana," disse Giselle.

"Oh, Giselle! Sono davvero felice per te. Onestamente, tesoro, voi
due siete fatti l'uno per l'altra. Immagino che passerai un bellissimo Natale."

Lei sorrise. "Sì, penso di sì."

"Vorrei che tua madre fosse qui. Le è sempre piaciuto Cal. "

"Già. Aveva ragione."

"L'hai perdonato?" le chiese Julia.

"Direi di sì."

"Il tempo farà il resto. Non preoccuparti. Adesso devo andare a
prendere l'autobus. Buon Natale, tesoro," disse Julia.

"Buon Natale, zia Julia," rispose Giselle.

Lei mise il telefono nella borsa e sorrise. Sua madre sarebbe stata felice. Cal fece capolino con Bobby al suo fianco, intento a sgranocchiare
un biscotto.

"Pronta?" le chiese Cal, prendendo la sua valigia.

"Sì."

I tre tornarono a casa di Cal. Giselle allontanò i dubbi dalla sua mente. Immaginare le notti che avrebbe trascorso con Cal le causò un brivido lungo la schiena. Lui era il miglior regalo che una donna potesse desiderare per Natale o l'improvvisa maternità sarebbe stata fuori dalla sua portata?

Capitolo Dodici

Cal aveva i nervi a fior di pelle quando portò la borsa di Giselle in camera da letto. Stava succedendo davvero? Lei aveva quasi accettato di trasferirsi da lui? Era l'uomo più fortunato del mondo o lei avrebbe cambiato idea e l'avrebbe scaricato dopo un giorno, una settimana o magari un mese? Lui aggrottò la fronte.

"Papà, Giselle dormirà nella mia stanza," disse una vocina alle sue spalle, attirando la sua attenzione.

Cal si mise a ridacchiare. "Temo di no, tesoro. Lei è adulta. Dormirà nella mia stanza."

Il viso di Bobby si oscurò. Lui mise il broncio e cominciò a pestare i piedi. "Non è giusto!"

Ferma davanti alla porta, Giselle arrossì. Cal la guardò e scrollò le spalle. Lei si avvicinò al bambino, inginocchiandosi e toccandogli la spalla.

"Bobby, sai che ci tengo a te. Ma ci tengo anche a tuo padre. Come fanno due persone adulte. È diverso. Ma passerò molto tempo con te."

"Porterai i libri parlanti nella mia stanza?"

"Ottima idea. Possiamo ascoltarli lì."

Il bambino guardò suo padre con un'espressione accigliata. "E papà non potrà entrare. Solo noi due."

Giselle spalancò gli occhi. Cal soffocò un sorriso, abbassò lo sguardo e cercò di tirare fuori tutto il suo autocontrollo per mantenere un'espressione seria.

"Va bene. Tu e Giselle potrete ascoltare i libri parlanti senza di me. Lo rispetto."

"Tu non potrai entrare. Chiuderò la porta," disse Bobby, con voce ferma e un'espressione seria.

Cal alzò le mani in segno di arresa. "In quelle occasioni, lei sarà tutta tua."

"Perfetto." Il bambino entrò nella sua stanza e chiuse la porta. Il suono attutito di un pianto attraversò la porta. Giselle si diresse verso la stanza di Bobby, ma Cal le mise una mano sul braccio e la fermò.

"Ci vado io." Lui bussò alla porta.

"Vattene!" rispose lui.

"Sono io, Bobby. Posso entrare?" gli chiese Cal.

"No!"

"Per favore."

"No!"

"Oh, andiamo. Se mi fai entrare, ti lascerò scegliere il film di stasera."

"No! Dovrai lasciarmi scegliere le prossime cinque volte."

"Ok. Affare fatto."

La manopola si girò lentamente. Un viso triste e solcato dalle lacrime accolse i due adulti. Cal entrò nella stanza. Prese in braccio suo figlio e si sedette sul letto, lasciando la porta aperta. Giselle rimase in disparte sulla soglia.

Abbracciando Bobby, Cal gli diede un bacio sulla testa e lo strinse al petto.

"Vuoi bene a Giselle, vero?"

Il bambino annuì. Prese tra le dita il colletto della camicia di flanella di Cal.

"Anch'io le voglio molto bene." Cal accarezzò la testa di suo figlio.

"Davvero?"

"Le voglio bene da tanto tempo."

"Veramente?"

"Sì."

"Voglio che lei diventi mia madre."

"Anch'io lo voglio."

"Davvero?" gli domandò il bambino.

Giselle ebbe un sussulto vicino alla porta. Cal continuò a guardare suo figlio.

"Certo. Pensi che dovrei chiederle di sposarmi?"

Il bambino annuì.

"Lo immaginavo."

"Allora può vivere qui per tutto il tempo?" gli chiese Bobby.

"Una volta sposati, starà sempre qui. Dormirà nella mia stanza e sarà tua madre e mia moglie."

"Sì!" rispose il bambino.

"Bene. Sono contento che tu sia d'accordo. Perché anch'io sono d'accordo. Ora non ci resta che chiederglielo," disse Cal.

"Glielo chiederai, papà?"

"Sì, se tu mi aiuterai."

Dall'altra parte della stanza, udirono il pianto sommesso di Giselle, che tirava su col naso. Cal lanciò un'occhiata a Giselle. Lei si asciugò le lacrime dalle guance con le dita.

Bobby si mise a sedere. "Giselle sta piangendo.", disse a suo padre. "L'hai fatta piangere?"

"Non credo."

"No, non l'ha fatto. Queste sono lacrime di gioia," rispose lei.

"Papà, chiediglielo." Bobby strattonò la manica di suo padre.

Cal prese il bambino dalle spalle e lo mise giù, poi si alzò in piedi. Lui si spazzolò i vestiti, si spostò i capelli dalla fronte con le mani, si schiarì la voce, tossì e sorrise.

"Allora, Giselle?"

"Allora cosa?" gli rispose lei, sfoggiando un sorriso impertinente.

Lui mise una mano nella tasca posteriore e si inginocchiò. "Vuoi sposarmi?"

"Sposarci, papà," sussurrò Bobby all'orecchio di suo padre.

"Vuoi sposarci?" Cal aprì la scatolina e le porse un luccicante anello con un diamante da un carato.

Giselle si coprì la bocca con le mani e fece un respiro profondo.

"Allora?" le chiese Bobby.

Lei annuì senza parlare.

"Mi dispiace, ma non ti ho sentita," disse Cal ridacchiando.

"Sì," urlò lei.

Bobby prese l'anello dalla scatola, le prese la mano e glielo infilò al dito.

"Lo faremo stringere." Cal si alzò in piedi.

"Dove l'hai preso? Quando? Come facevi a saperlo?"

Si fermò davanti a lei, le prese il mento tra le dita e le sollevò il viso. "L'ho comprato sei anni fa, prima che tu mi dicessi che saresti partita."

Lei sussultò di nuovo e spalancò la bocca. "L'hai conservato per tutto questo tempo?"

"Sì." Lui prese l'anello e glielo mise al dito. Era un po' grande.

"Oh, Cal," riuscì a malapena a sussurrare lei.

Lui la prese tra le braccia e la baciò. Giselle gli mise le braccia attorno al collo e si strinse a lui.

"Bleah!!" Bobby urlò e corse via dalla stanza. I due innamorati si separarono, scoppiando a ridere.

Ormai era tutto deciso. La loro relazione era decollata. Cal fece un respiro profondo. Non aveva più le farfalle nello stomaco. Adesso lei era sua, beh, quasi sua, e lui sperava che durasse.

GISELLE SI SEDETTE al tavolo della cucina mentre Bobby guardava un film. Stupita dalla proposta e impaurita di essere felice, si limitò a guardare fuori dalla finestra. Cal la raggiunse, portandole una tazza di caffè caldo.

"Non sembri felice." Lui bevve un sorso di caffè.

"Lo sono. Sono molto felice." Lei si rigirò l'anello intorno al dito.

"Però non mi sembri felice."

"Se verrò a vivere qui, dovrò imparare a muovermi in questa cucina," disse lei alzandosi.

"La mia casa è più grande, ma se preferisci che noi ci trasferiamo da te, possiamo farlo."

Lei scosse la testa. "Non ha senso." Lei si avvicinò ai fornelli e si abbassò, studiando i comandi. "Una cucina a gas?"

"Sì."

"Non va bene per me. Non posso usare il gas."

"Perché?"

"Perché potrei non vedere il fuoco e scatenare un incendio."

"Domani andiamo a comprare una cucina elettrica. Ti porto a fare shopping."

Giselle lo guardò. "Ci sono molte cose che andranno cambiate. Sei sicuro di volerlo fare?"

"Fare cosa? Sposarti? Non sono mai stato così sicuro in vita mia. Alcune cose dovranno essere cambiate? Sistemeremo ciò che possiamo sistemare e cambieremo tutto il resto. Potrai portarti il tuo forno a microonde parlante."

Lei sorrise. Sarebbe riuscita a vivere una vita normale? Quello era stato il suo dubbio più grande da quando la sua vista aveva iniziato a indebolirsi. Una vita normale, un matrimonio, dei figli, una casa — tutte le cose che aveva sempre desiderato. Avrebbe avuto tutto questo con Cal e Bobby? In tal caso, le sarebbe mancata solo una cosa: una carriera. Ma avrebbe dovuto trovare una soluzione da sola. Cal non poteva agitare una bacchetta magica e trovarle il lavoro perfetto.

"Bevi." Lui le avvicinò la tazza.

Giselle strinse entrambe le mani intorno alla tazza e se la portò alle labbra. Quel caffè aromatico aveva un ottimo sapore. Le parole di zia Julia le risuonarono in testa. *Un passo alla volta.*

"E la cena?"

"Ho pensato che potremmo prepararla insieme. Posso aiutarti a orientarti in cucina."

"È necessario tenere tutto al proprio posto. Se lo facciamo, imparerò tutti i posti e nemmeno ti accorgerai che non ci vedo bene."

"Ok, allora. Perfetto. Lo dirò anche a Bobby." Lui appoggiò una mano sulla sua. "Andrà tutto bene. Ce la faremo."

"Me lo auguro. Voglio che funzioni. Che noi funzioniamo. Tu, io e Bobby. È quello che ho sempre voluto."

"Allora succederà." Lui le prese la mano e se la portò alle labbra.

Bobby entrò in cucina. "Popcorn?"

"Arrivano subito," disse Cal, alzandosi e aprendo uno stipetto. Li mise nel microonde e, quando furono pronti, li versò in una ciotolina. Bobby li riportò in soggiorno.

Cal le prese la mano. "Ho della carne tritata, che cosa vuoi farci?"

Giselle si alzò. Hai delle cipolle? Salsa o passata di pomodoro?"

"Quaggiù." Cal la trascinò verso la dispensa e poi la portò in giro per la cucina. Lei scelse una cipolla e Cal la affettò. Poi, prese un paio di barattoli di salsa di pomodoro e Cal li aprì.

Lavorando insieme, riuscirono a preparare la cena molto più velocemente rispetto a quando Giselle faceva tutto da sola. Quando finirono, l'aroma dell'aglio e delle cipolle profumava l'aria.

"Voilà! Sloppy Joes," disse lei.

"C'è un profumino meraviglioso," disse Cal.

A cena, Bobby fece un milione di domande. Mentre lei balbettava, cercando le parole giuste, Cal arrivò dritto al punto.

"Perché Giselle dorme nel tuo letto?" gli domandò il bambino.

Giselle si sentì arrossire in viso e, mentre cercava una buona spiegazione, Cal intervenne.

"Perché gli adulti che si amano dormono nello stesso letto," disse Cal.

"Lei starà qui tutti i giorni?"

Ancora una volta, le parole le si bloccarono in gola.

"Non ancora. Solo nei fine settimana. Forse anche il lunedì. Prima dobbiamo abituarci. Quando saremo sposati, starà qui a tempo pieno," disse Cal.

Dopo cena, Cal lavò i piatti mentre Giselle andò con Bobby ad ascoltare un altro capitolo del "libro parlante." Quando ebbero finito, Cal li raggiunse per mettere Bobby a letto e dargli il bacio della buonanotte.

"Quando Giselle è qui, devi bussare e aspettare che uno di noi dica 'avanti,' va bene?"

"Perché?"

"Perché magari lei si sta vestendo o qualcosa del genere. Le donne hanno bisogno di privacy, sai?"

"Ok."

"Ti ricorderai di bussare e aspettare?"

Il bambino annuì.

"Bene. Grazie." Cal si alzò in piedi.

Giselle diede a Bobby un bacio sulla fronte. Gli adulti si ritirarono in soggiorno. Cal si stiracchiò le braccia sopra la testa e sbadigliò.

"È ora di andare a letto," disse.

"Sono le otto. Sei davvero stanco?"

"Chi ha mai detto di essere stanco?"

Lei scoppiò a ridere e lo abbracciò.

Lui chinò la testa per mordicchiarle il collo. "Non hai nemmeno un pochino di sonno?"

"Adesso che mi ci fai pensare, direi di sì," disse Giselle, fingendo di sbadigliare.

"È STRANO SPOGLIARMI sapendo che Bobby è in fondo al corridoio," disse lei.

"Lo so. Ci abitueremo."

Lei appoggiò i vestiti su una sedia si mise a letto. Le lenzuola erano fredde.

"Sbrigati. Fa freddissimo," disse lei tutta tremante.

Cal le lanciò uno sguardo carico di desiderio. "Adesso ci penso io."

Dopo aver fatto l'amore, Giselle cadde in un sonno inquieto, con la mano di Cal appoggiata su un fianco. Svegliandosi all'improvviso per un incubo, fu presa dal panico, dimenticando dove fosse. Muovendosi per cercare di liberarsi dalle coperte aggrovigliate, svegliò Cal.

"Giselle? Tutto bene?"

"Eh? Cosa?"

"Sono io, Cal," disse lui, con un tono di voce basso e profondo. Lui allungò un braccio, ma lei si allontanò da lui.

"Tesoro, va tutto bene. Sei a casa mia." Lui accese la lampada accanto al letto. "Visto?"

Lei stava tremando. "Non sapevo dove mi trovassi." Aveva voglia di piangere.

Cal la strinse tra le braccia. "Va tutto bene, piccola. Adesso sei qui con me. Ti abituerai alla mia casa. Andrà tutto bene. Rimettiti a dormire." Lui le accarezzò la schiena, con un tono di voce calmo e regolare.

Dopo aver spento la luce, lui si ridistese sul letto, tenendola tra le braccia. Lei fece un respiro profondo prima di rannicchiarsi tra le sue braccia. Il suo calore e il suo profumo la calmarono. Anche dopo tutto quello che era successo, lei sapeva che Cal l'avrebbe tenuta al sicuro.

Razionalmente, aveva accettato il suo matrimonio ma, emotivamente, era preoccupata che lui potesse trovare qualcun'altra. Lui le aveva giurato di non aver mai nemmeno guardato un'altra donna mentre stavano insieme. Ricordandosi della sua fedeltà quando erano giovani la incoraggiò a fidarsi. Aveva messo da parte la sua preoccupazione, ritenendola irrazionale. Giselle lo voleva e si rifiutava di lasciare che le sue paure infondate distruggessero ciò di cui aveva così disperatamente bisogno: l'amore di Cal Morrison.

Lei gli strinse le dita intorno all'avambraccio e fece un altro respiro profondo. Il suo profumo la circondava, unito a un odore leggermente dolce di dopobarba. Sospirò e chiuse gli occhi. Il sonno ebbe rapidamente il sopravvento su di lei.

Quando il sole sorse, qualcosa di pesante atterrò su di lei.

"Pfff!" Lei spalancò gli occhi.

Poi sentì una risatina.

"Bobby!" urlò Cal.

"Che cosa c'è?"

Il bambino si distese tra Cal e Giselle. Cal lo prese in braccio e lo mise accanto al letto.

"Non ti avevo detto di bussare?"

"Dov'è il tuo pigiama, papà?"

"A volte, gli adulti non indossano il pigiama."

Mentre si stringeva il lenzuolo intorno al petto nudo, Giselle percepì lo sguardo del bambino.

"Nemmeno Giselle lo indossa."

"Proprio così. E non dovresti entrare qui in quel modo. Te l'ho detto, devi bussare e aspettare che ti diciamo di entrare."

"Ma volevo farvi una sorpresa," piagnucolò il bambino.

Giselle scoppiò a ridere.

"E ci sei riuscito. Ma non farlo mai più. Dovrai aspettare fuori mentre ci vestiamo."

"Ok," disse Bobby, a voce bassa e con un'espressione imbronciata.

Cal corse tutto nudo dall'altra parte della stanza, facendo uscire suo figlio e chiudendo la porta.

"Mi dispiace molto. Non penso che succederà di nuovo."

"Va bene. È un bambino curioso." Lei si scoprì e si sedette sul letto, spostando le gambe lateralmente.

"Probabilmente non si ricorda molto di quando sua madre viveva qui," disse Cal.

Giselle si fermò. "Questo è molto trist!"

"Ha bisogno di te. E anch'io ne ho bisogno." Le accarezzò la guancia e le sfiorò le labbra con le sue.

Lei si vestì rapidamente e andò a cercare il bambino. Lui era seduto sul pavimento del soggiorno, ancora in pigiama, e stava giocando con un camioncino autoribaltabile. Quando lei entrò, alzò lo sguardo.

"Posso avere dei pancake?"

Cal apparve dietro di lei. "I pancake sono per i fine settimana. Dai, vestiti. Oggi latte e cereali."

Bobby fece una smorfia. "Giselle prepara degli ottimi pancake."

"Già. E li mangeremo sabato mattina. Forza. Non vogliamo fare tardi a scuola," disse lui, spingendo suo figlio fuori dalla stanza.

Giselle esplorò la cucina alla ricerca del caffè. Dando un'occhiata alla complessa macchina del caffè, ci rinunciò. Si lasciò cadere su una sedia al tavolo della cucina, frustrata. Doveva ancora imparare dove fossero tutte le cose e capire come si svolgesse la loro routine mattutina.

Dopo un quarto d'ora, Cal tornò insieme a suo figlio, dopo averlo vestito.

"Dovrai spiegarmi come fare il caffè," disse lei.

"Non preoccuparti di questo," le rispose Cal. "Ci penso io."

Lui si precipitò in cucina, dove preparò il caffè e un piatto di porridge caldo con lo zucchero di canna.

"Ti piace il porridge?", le chiese.

"Sì."

"Perfetto." Cal ne mise una bella cucchiaiata in tre piatti. Vi cosparse sopra un po' di uvetta, aggiunse un po' zucchero di canna e un po' di latte e li portò a tavola. Bobby iniziò a parlare della scuola e dei bambini con cui voleva giocare nel campo giochi.

Mettendo da parte la sua sensazione di impotenza, Giselle mangiò la sua colazione e sorseggiò il caffè, godendosi i dolci aromi che riempivano l'aria e le chiacchiere tra padre e figlio.

"Allora, con chi giocherai oggi?" gli chiese Cal.

"Con Josh."

"Perché con lui?"

"Neanche lui ha una mamma. Così non mi fa domande su mia madre."

L'aria divenne pesante e il silenzio cadde nella stanza.

Cal si schiarì la voce. "Presto avrai una mamma."

"Sì. Ma non una vera."

Giselle alzò la testa di scatto.

"Lei è una mamma vera," insisté Cal.

"Ma non è quella che mi ha avuto."

"No. E non possiamo riportarla indietro. Ma Giselle sarà tua madre in tutti gli altri sensi."

Bobby la guardò con un'espressione dubbiosa. Lei mise una mano sopra la sua.

"Certo. Sarò tua madre. Ti amo già come una madre ama un figlio." Lei si abbassò gli diede un bacio sulla testa.

Lui prese un altro boccone di cibo e la fissò. Dio, sarebbe riuscita a farlo? Cal le mise un braccio intorno alle spalle.

"Io amo Giselle. E lei ama me. E ama anche te. Saremo ancora una famiglia. Solo con un membro in più."

Il bambino continuò a mangiare, spostando continuamente lo sguardo da suo padre a Giselle.

"Sarai la mia nuova mamma?"

"Sì. Pensavo che ne avessimo parlato. Voglio essere tua madre. Lo voglio davvero tanto."

Bobby posò il cucchiaio, si alzò dal tavolo e si gettò tra le sue braccia. Lei lo abbracciò stretto, bagnando i suoi capelli scuri di lacrime.

"È ora di andare," disse Cal, alzandosi in piedi.

"Mi accompagni a scuola, Giselle?" le chiese Bobby.

"Ottima idea. Dobbiamo dire alla tua maestra che hai una nuova mamma e che a volte verrà lei a prenderti a scuola." Cal prese la giacca del bambino dall'attaccapanni.

Dopo essersi imbacuccati, si diressero rapidamente verso la scuola elementare di Pine Grove, a due isolati di distanza. Cal presentò Giselle alla signorina Baker, la maestra di Bobby.

"Lei è la mia nuova mamma," disse Bobby.

"Piacere di conoscerla. Bobby partecipa molto in classe," disse l'insegnante.

"Sono lieta di sentirlo," rispose Giselle.

Lei si abbassò per dare al bambino un bacio sulla testa. Cal lo abbracciò. Quando i bambini furono entrati, Cal le prese la mano. "Andiamo a fare shopping!" disse lui.

Capitolo Tredici

"Shopping?"

"Dobbiamo comprare il forno nuovo. Una nuova macchina del caffè e qualcosa per Natale. Mancano solo cinque giorni!"

"Oh, mio Dio. Sì."

Lui le aprì lo sportello del suo SUV. Si diressero verso i grandi magazzini di Willow Falls. Giselle appoggiò la schiena al sedile, ascoltando Cal parlare di lavoro. Una sensazione di pace le attraversò il corpo. Era successo tutto molto velocemente.

Era da tanto tempo che aspettava di andare avanti con la sua vita. Lottare con la sua disabilità e riuscire a gestirla aveva richiesto tempo. Ma lei aveva imparato a conviverci. Non poteva mettere la sua vita in pausa per sempre. L'unica cosa che le restava da conquistare era la sua carriera. Come avrebbe trascorso il suo tempo? Lei si mordicchiò il labbro. Cal rimase in silenzio, concentrandosi sulla strada.

Era arrivato il momento di prendere delle decisioni. Guardò fuori dal finestrino il bosco innevato e i rami spogli. Da dove poteva cominciare? Capì con chiarezza il primo passo da fare mentre guardava il paesaggio intorno a lei. Chiudendo gli occhi, si appisolò finché non si fermarono nel parcheggio di Walmart.

"Prima gli elettrodomestici." Cal le prese la mano e la condusse nel giusto reparto.

Esaminarono i forni elettrici e le macchine del caffè. Dopo aver trovato quelli più facili da usare, Cal li acquistò entrambi.

"Consegna domani?" domandò il commesso.

"Consegna veloce," osservò Cal.

"Non molte persone acquistano un forno elettrico prima delle vacanze."

"Ho bisogno di qualcosa da regalare ai tuoi genitori," disse Giselle.

"Che ne dici di un libro per papà?" le chiese Cal.

"Perfetto. E una sciarpa per tua madre?"

Cal annuì. Andarono da un reparto all'altro, riempiendo il carrello.

"E a Bobby cosa piacerebbe di più?" gli chiese Giselle.

"Oltre a una nuova madre?"

"Smettila." Lei gli diede una leggera pacca sulla spalla.

"Ok, ok. Il reparto dei giocattoli," disse Cal. "Gli hai già comprato la stazione di polizia della Lego, no?"

"Ma quello è stato un regalo da amica. Da vicina di casa. Non da madre," protestò lei.

"Ok. Spreca pure i soldi che hai guadagnato duramente. Non posso impedirtelo." Cal sorrise.

"Una fattoria!" esclamò Giselle. Trascinando Cal, si mise a osservare gli animali di legno. "Prendiamogli tutto ciò di cui ha bisogno per la sua fattoria."

"E dopo chi pulirà gli animali?" Cal si mise a ridacchiare.

"Sei un Grinch, lo sai? Andiamo. Aiutami. Vediamo. Ci servono maiali, mucche, galline e un fienile."

"E anche un contadino con una moglie sexy," disse Cal, strofinandosi il mento.

Giselle gli fece una smorfia. "Non essere volgare. Aiutami."

Lui le si avvicinò per un rapido bacio. "Scusa. Ok. Allora, abbiamo gli animali. Il recinto. Magari una fattoria?"

"Sì!"

Insieme, presero tutto ciò di cui Bobby avrebbe avuto bisogno per una fantastica fattoria.

"Potremmo incartare tutto separatamente, così avrà molti regali da scartare." Giselle mise nel carrello un piccolo pollaio.

"Ora devi allontanarti, così posso prendere qualcosa per te." Lei gli diede una spintarella.

"Niente scambio di regali quest'anno."

"Tu mi hai già comprato un forno, una macchina del caffè è un anello di fidanzamento. Puoi ritenerti libero. Ma io che cosa ti ho dato? Niente."

"Mi hai dato te stessa. È sufficiente. Inoltre, stai spendendo una piccola fortuna per la fattoria di Bobby."

"Per favore, Cal." lo pregò lei.

Lui sospirò e scrollò le spalle. "Hai dieci minuti. Vado a guardare il reparto delle macchine."

"Ok."

Giselle si diresse verso il reparto degli articoli sportivi. Dopo aver girato per un po', trovò un commesso che la aiutasse. Poi vide il regalo perfetto. Era qualcosa che Cal aveva nominato di sfuggita. Mise il migliore nel cestino, poi prese il telefono e lo chiamò. "Ci vediamo alla cassa."

Quando pagò, nascose il regalo per lui.

"Voltati, Cal."

Lui sollevò le spalle e fece ciò che gli aveva chiesto.

Caricarono i loro acquisti in macchina.

"Andiamo a pranzo al Cozy Café prima che io vada a prendere Bobby."

"Magnifico."

Parcheggiarono e Cal guardò l'orologio. "Non ho tempo. Prenderò qualcosa da portar via. Tu resta pure e prenditi il tuo tempo. Bobby e io verremo a prenderti."

Lei annuì e si sedette a un tavolo vicino alla finestra che dava sul Cedar Lake. Gli uccelli invernali volavano sull'acqua, in cerca di qualcosa da mangiare. Ordinò un sandwich con le uova e un caffè. Quando ebbe finito, Laura Dailey la raggiunse.

"Che ne dici di uno scone? Appena sfornato?" Laura posò un piatto.

"Così mi tenti."

"Secondo i pettegolezzi, ti sei fidanzata," disse Laura, che di certo non era mai stata timida.

Giselle le mostrò la mano sinistra. "È vero."

"Cal?"

"E chi altro?"

"I pettegolezzi dicono anche che uscivi con Chris, l'autista di Stryker West."

"No. Mi accompagnava solo al negozio dell'usato."

"Congratulazioni. Posso solo dire che era l'ora che succedesse." Laura scoppiò a ridere.

Giselle sorrise.

"Che cosa farai adesso? Riaprirai il negozio dell'usato?"

"No. Non so davvero cosa farò. Non riesco a decidere cosa fare della mia vita."

"Sarai una moglie e una madre. Già questo dovrebbe tenerti piuttosto impegnata," rispose Laura.

"Non è abbastanza per me. Ho bisogno di lavorare. Di guadagnare i miei soldi. Di fare qualcosa nella mia vita al di fuori di Cal e Bobby."

"Qualche idea?"

"Il vuoto totale," disse Giselle. "Tu?"

Laura scosse la testa. Quando il timer suonò, Laura scattò in piedi. "Devo andare. Ti verrà in mente qualcosa. Vedrai."

La porta si aprì e Chris entrò nel locale. Giselle lo salutò con la mano.

"Congratulazioni per il tuo fidanzamento. Mi pare che le cose ti vadano bene," disse lui.

"Grazie. Sì. Posso farti compagnia?"

"Certo." Lui ordinò qualcosa da mangiare.

"Chris, posso chiederti un favore?"

"Certo."

Quando lui finì di mangiare, si diressero verso la sua macchina. Giselle chiamò Cal e gli disse che Chris l'avrebbe accompagnata a casa. Il lussuoso veicolo si fermò davanti al negozio dell'usato. Giselle scese dall'auto. Chris lasciò il motore acceso. Lei salì i gradini. Cercando nella sua borsa, trovò l'insegna di metallo. La appese davanti al negozio, poi tornò in macchina.

Chiuse lo sportello e sospirò.

"Vuoi venderlo?" le chiese Chris, girandosi verso di lei.

CAL NON ERA FELICE che Giselle si facesse accompagnare a casa da Chris. Le aveva detto che sarebbe tornato a prenderla. Perché non l'aveva aspettato? Perché era andata con quel ragazzo? Una voce nella sua testa, direttamente dal cuore di sua madre, gli disse di stare zitto e di non pensarci. Dopotutto, era fidanzata con lui. Non aveva alcun motivo di preoccuparsi di Chris, giusto?

Portò Bobby a casa e gli preparò uno spuntino.

"Dov'è Giselle?"

"Sta tornando a casa dal Cozy Café con un amico," disse Cal. *Sì, un amico.*

Probabilmente, quel tipo ha una cotta per lei e lei nemmeno lo sa.

Bobby uscì a giocare sull'altalena. Il sole smorzava un po' l'aria fredda, permettendo al bambino di muoversi e di giocare all'aperto. Cal guardò fuori dalla finestra della cucina mentre preparava gli ingredienti per uno stufato.

Il suono del campanello gli ricordò che non aveva dato una chiave a Giselle. Lui aprì la porta e lei si fermò a salutare Chris prima di entrare in casa.

"Devo darti una chiave," disse Cal. "Dovevi proprio tornare con lui?" Non riuscendo a nascondere una nota di irritazione e gelosia, avrebbe voluto prendersi a calci. Aprendo il cassetto del mobiletto all'ingresso, cercò una chiave di riserva.

"Chi? Chris?"

"Non avrei dovuto dire nulla."

"Sei geloso?" gli chiese, spalancando gli occhi.

Cal si sentì arrossire in viso mentre le porgeva la chiave. "Non esattamente."

"Sì che lo sei." Gli si avvicinò e lo baciò. "Non essere geloso. Siamo fidanzati. Non mi interessa nessun altro."

Lui sorrise. "Finché ti ricorderai che tu appartieni a me."

"Davvero?" rispose lei stizzita.

Invece di rispondere a parole, lui le mise un braccio intorno alla vita, tirandola verso di sé e dandole un bacio appassionato. Lei si abbandonò tra le sue braccia. Rimasero insieme per un momento prima che lui la lasciasse andare e si dirigesse verso la cucina. Lei lo seguì. "Vuoi che ti metta la chiave nel portachiavi?"

"Come hai fatto a capirlo?" Lei frugò nella sua borsa finché non lo trovò.

Mentre guardava fuori dalla finestra, controllando suo figlio, Cal inserì la nuova chiave nel portachiavi. L'amico di Bobby, Josh, l'aveva raggiunto. I due bambini oscillavano su e giù. Cal mise il coperchio sulla pentola e accese il fornello. Mise un braccio intorno alle spalle di Giselle, appoggiandosi a lei. Lei appoggiò la testa sulla sua spalla.

"Non è un problema se Babbo Natale non mi porta niente quest'anno. Ho già tutto quello che voglio." Lui le accarezzò il collo.

"Anch'io."

Dopo venti minuti, due bambini congelati entrarono nella cucina calda. Cal accese il caminetto. I bambini si tolsero gli stivali e le giacche a vento, poi si misero a sgranocchiare popcorn davanti al fuoco scoppiettante. Il profumo dello stufato si diffuse in casa. Lo stomaco di Giselle iniziò a brontolare.

"Ehi, questa è anche casa tua. Se hai fame, prendi pure qualcosa dal frigorifero," disse Cal.

"Ho i libri parlanti," disse Bobby.

"I libri non parlano. Devi leggerli," rispose Josh.

"Davvero? Io ho i libri che parlano. Andiamo. Ti faccio vedere. Giselle, posso mettere un libro parlante?"

"Ci penso io, Bobby. Quale vuoi?" Lei andò in camera da letto con i bambini.

Cal allungò le gambe, appoggiò i piedi sul tavolino e aprì il giornale. Rimase a leggere, assorto dalle notizie, alla ricerca di nuovi posti dove lanciare la sua attività. Non sapeva dove avrebbe potuto trovare qualcuno che aveva bisogno di spazzare la neve o potare gli alberi.

Il flebile suono della voce di un uomo adulto attirò la sua attenzione. Lui sorrise e scosse la testa alla sua prima reazione. I suoi nervi erano pronti a scattare. Era solo l'audiolibro.

"Cal. Calmati," si disse.

I cambiamenti della sua vita sembravano correre come un'auto alle 500 miglia di Indianapolis. Forse dovevano rallentare un po' le cose. Aveva problemi a cambiare marcia da padre single a padre di famiglia? Non voleva mettere un freno alla sua relazione. Era finalmente giunto il momento di dare una scossa alla sua vita! Perché non farlo a tutta velocità?

Che cosa ci avrebbe guadagnato? Era in lotta con sé stesso.

Forse più tempo per adattarsi ai cambiamenti?

Avrebbe dovuto adattarsi più velocemente.

E Giselle? Sembrava che lei stesse bene. Tranne l'ultima notte, quando aveva quasi avuto un infarto.

Si accarezzò la nuca. Sì. Abituarsi a una nuova casa richiedeva del tempo. Lui avrebbe dovuto essere paziente e lei avrebbe dovuto essere determinata.

E Bobby? Avrebbe dovuto imparare nuove regole. Non avrebbe potuto entrare in camera mentre Cal e Giselle si stavano spogliando o stavano facendo l'amore. Il bambino aveva detto di volere una nuova madre, ma sarebbe riuscito ad affrontare i cambiamenti che tutto questo richiedeva?

La gente aveva fatto notare a Cal quanto andassero d'accordo lui e Bobby, solo loro due. Ma era solo una facciata. La solitudine gli stava stretta. Normalmente non era un uomo geloso, ma l'invidia prendeva il sopravvento su di lui ogni volta che, a scuola o in città, vedeva qualche coppia innamorata con i loro figli. Quando gli uomini portavano le loro lattine di birra al lago, dove andavano a pescare per un'ora mentre le loro mogli si occupavano dei bambini, la rabbia esplodeva nel cuore di Cal. Certo, avrebbe potuto lasciare Bobby con i nonni, ma non sarebbe stato lo stesso. Se Jane non fosse stata così imprudente, sarebbe stata ancora lì e la vita sarebbe stata diversa.

Cal posò il giornale e guardò fuori dalla finestra. Con i suoi problemi di vista, Giselle sarebbe riuscita a occuparsi di Bobby mentre Cal era al lavoro? Lei l'aveva già fatto ed era andata bene. Lui sospirò. La gelosia che provava era già diminuita. Non vedeva l'ora di avere sua moglie al suo fianco agli incontri genitori-insegnanti, come tanti altri padri. Giselle riempiva la sua casa con l'amore che mancava da molto tempo. Sarebbe rimasta?

DOPO CENA, MISERO BOBBY a letto e si sedettero a rilassarsi sul divano, bevendo un tè. La madre di Cal chiamò al telefono. Lui si allontanò dalla sua fidanzata e andò a rispondere.

"Che cosa hai fatto?" gli chiese con un tono di accusa.

"Come?"

"Che cosa hai fatto a Giselle?"

"Niente. Le ho chiesto di sposarmi e lei ha detto di sì."

"Stronzate. Non fare l'innocente con me, Calvin Joseph Morrison."

Oh oh. Quando sua madre usava il suo nome completo, Cal sapeva di essere nei guai. "Ma', non ho idea di cosa tu stia parlando."

"Quindi non sai che oggi Giselle ha messo in vendita il negozio dell'usato?"

"Cosa?"

"Vuoi dirmi che non lo sapevi?"

"No, non lo sapevo."

"Le persone sono piuttosto turbate. Abbiamo bisogno di quel posto. L'hai costretta tu a farlo?"

"Ma', ormai dovresti aver capito che non posso costringerla fare nulla."

"Non fare il furbo con me. Pensa piuttosto a sistemare questa situazione. Abbiamo bisogno di quel negozio," disse Betty, poi fece una pausa. "E lei ha bisogno di gestirlo."

"Seguirò il tuo consiglio. Dammi solo il tempo di capire la situazione."

"E poi mi spiegherai tutto?"

"Lo farò. Te lo prometto."

La conversazione si concluse. Cal socchiuse gli occhi e affrontò Giselle.

Vuoi vendere il negozio dell'usato?"

"Accidenti, le notizie viaggiano veloci a Pine Grove."

"È un sì?"

Lei annuì.

"Perché?"

"Perché non posso occuparmene. Ed è troppo costoso per tenerlo aperto solo per Natale, una volta all'anno. Ci sono le tasse, la luce, il riscaldamento e tutto il resto. Devo trovarmi qualcosa da fare, una carriera. Non ne ho idea, in questo momento. Ma non posso gestire il negozio dell'usato."

"Perché no? Le persone ti hanno aiutata."

"Dovrei tenere la contabilità e scrivere tutto quello che serve a chi possiede un negozio. Usare un computer. Questo sarebbe assolutamente impossibile per me."

"Io posso aiutarti. Le persone ti hanno aiutata quest'anno."

"Quest'anno si. Non voglio dipendere dagli altri. Non posso chiedere a qualcuno di fare volontariato per aiutarmi a gestire la mia attività. Dovrei pagare i dipendenti. Gran parte del mio inventario è stato venduto per Natale. Non posso permettermi di comprare altra roba."

Cal le accarezzò la mano con il pollice. "Mamma è piuttosto sconvolta. E scommetto che non è l'unica."

Giselle si alzò in piedi. "Non posso farci niente. Ovviamente, vorrei tenerlo aperto. Non ha mai avuto un grosso giro d'affari, ma a me e mia madre piaceva lavorare lì. Le persone si fermavano a farci visita. Vendevamo qualcosa ogni settimana. Prima che Jess Lennox sposasse Stryker, lei veniva sempre al negozio."

"Qui ci sono molte persone che non possono permettersi di comprare cose nuove," disse Cal.

"Lo so. A me piaceva dare una mano. Ma semplicemente non posso più farlo. E ho bisogno di guadagnare. Il denaro che ho ricavato dalla vendita della casa dei miei genitori non durerà per sempre."

"Sarai mia moglie. Non hai bisogno di soldi. Ce la caveremo benissimo. Non sono ricco, ma, durante la stagione, guadagno abbastanza bene. Abbastanza per pagare la casa, il cibo e i vestiti. Qualunque cosa di cui abbiamo bisogno."

"Qualsiasi cosa di cui tu e Bobby abbiate bisogno. Ma ora saremo in tre. Le cose cambiano. Inoltre, sono abituata ad avere i miei soldi. Voglio lavorare, non voglio restare a casa tutto il giorno a pulire e a cucinare. Ho bisogno di avere qualcosa di mio."

"E il negozio dell'usato lo era." Cal annuì lentamente.

"Sì. Prima. Quando non avevo problemi di vista."

"E se lo venderai, che cosa farai?"

Lei sprofondò accanto a lui sul divano e incrociò le braccia sul petto. "Non lo so."

"Devi proprio venderlo adesso?"

"Non penso che faranno a gara per comprarlo. Potrebbe volerci molto tempo per venderlo."

"Capisco." Lui si strofinò il mento.

"Così, ho appeso il cartello. Non ho ancora parlato con un agente immobiliare."

"Mmm. Ok. Che ne dici di aspettare fino a dopo le vacanze?"

"Credo che lo farò. Non penso che qualcuno stia cercando un negozio da comprare proprio adesso."

"Togliamo il cartello. Solo per adesso," disse lui.

"Ok."

"Domani ti accompagno."

"Va bene. Sono stanca. Me ne vado a letto." Si alzò e si diresse verso la camera da letto.

"Arrivo tra un attimo," disse Cal, prendendo il telefono. Mandò un messaggio a sua madre.

Cal: *Toglierà il vendesi fino a dopo le vacanze. Hai dieci giorni per fare qualcosa.*

Mamma: *Non è molto tempo.*

Cal: *È il meglio che sia riuscito a fare.*

Mamma: *Ok. Mi inventerò qualcosa.*

Cal chiuse il telefono e si diresse verso la camera da letto. Era buio. Si tolse i vestiti e si distese accanto al corpo sensuale di Giselle. Lei si era già addormentata. Si rannicchiò accanto a lei e chiuse gli occhi. *Cazzo. Erano già iniziate le prime complicazioni.*

Sospirò, mettendole un braccio intorno. Per Giselle, ne valeva la pena.

GISELLE DORMIVA PROFONDAMENTE. Quando sentì bussare alla porta, lei si svegliò.

"Solo un minuto," disse una voce assonnata accanto a lei.

Giselle saltò giù dal letto, prese la camicia da notte che aveva lasciato sulla sedia e la indossò.

"Pronta?" Cal borbottò, sbadigliando e grattandosi il petto.

Lei annuì.

"Entra."

Bobby si precipitò come un tornado nella stanza, correndo e saltando sul letto, carico di energia e di sorrisi. Cal lo strinse al petto e gli borbottò qualcosa all'orecchio. Bobby scoppiò a ridere.

"Oh, no! Un mostro peloso!" urlò Bobby, mentre Cal fingeva di mordere il collo di suo figlio.

Giselle indossò una vestaglia e rimase a guardare. Ridacchiò insieme a loro mentre combattevano e lottavano insieme. Alla fine, Cal si fermò e Bobby si calmò. Il bambino sembrava piccolissimo tra le braccia forti di suo padre. Lui fece un cenno a Giselle. Lei scosse la testa.

"Vieni qui." Gli occhi di Cal brillavano, con un'espressione maliziosa.

"Adesso tocca a lei!" urlò Bobby.

"Oh no," disse lei, avvicinandosi alla porta.

Cal spinse Bobby dall'altra parte del letto, si voltò e indossò i suoi boxer. Lei si diresse verso la porta e uscì per andare in salotto con Cal che la seguiva, mentre Bobby correva dietro a entrambi. Fortunatamente, Bobby aveva raccolto i suoi giocattoli e lei trovò il percorso libero verso la sala da pranzo.

"Prendila, papà! Prendila!"

Giselle raggiunse il tavolo rotondo della sala da pranzo. Lei e Cal si guardarono. Lui sorrise, fingendo di andare da una parte e andando dall'altra per intrappolarla tra le sue braccia.

"Ha vinto papà!" esclamò Bobby, saltellando su e giù.

"Ti ho presa. Sei la mia prigioniera!"

"No, no," implorò lei, fingendosi impaurita.

Cal le appoggiò il viso sul collo, poi le sollevò il mento per darle un bacio appassionato. Bobby si fermò e rimase a guardare mentre la bocca famelica di suo padre esplorava quella di Giselle. Lei gli mise le braccia intorno al collo. Il suono distante della sveglia che suonava li riportò alla realtà.

Giselle si sentì arrossire sulle guance mentre guardava di soppiatto Bobby.

"I baci. Bleah!" Lui si coprì il viso con la mano.

Cal abbassò le braccia e le sorrise. "Ti vanno le uova con il pane tostato all'uvetta?"

"Pane tostato all'uvetta? Sì!" Bobby corse in cucina.

Giselle sbatté contro Cal circa quattro volte muovendosi per la cucina. Aveva imparato a usare la nuova macchina del caffè. Mentre Cal sbatteva le uova, lei si occupò del tostapane. Cal versò il succo e Bobby prese il burro dal frigorifero.

Dopo la colazione, Cal e Giselle si vestirono e accompagnarono Bobby a scuola per il suo ultimo giorno prima delle vacanze, per poi tornare a casa mano nella mano.

"Domani è la Vigilia di Natale," disse lui.

"Ci sono ancora i cantori natalizi?" gli chiese.

"Oh, sì. E anche la carrozza con i cavalli che percorre Main Street. Homer vende cioccolata calda e sidro in un chioschetto proprio davanti al ristorante."

"Possiamo andarci?"

"Non me lo perderei mai. Bobby lo adora."

"E tu?" gli chiese.

"Anch'io." Lui le strinse la mano.

"I tuoi genitori sono stati molto carini a invitarmi per Natale."

"Adesso fai parte della famiglia."

Le sue parole le scaldarono il cuore. Non aveva quasi avuto il tempo di pensare al Natale. Quando aveva venduto la casa dei suoi genitori, era stato emotivamente doloroso svuotare la soffitta e rivedere tutte le decorazioni natalizie che avevano accumulato nel corso degli anni.

Quell'anno, l'idea del Natale le aveva portato solo lacrime. Aveva accettato di aprire il negozio dell'usato di Natale solo per le pressioni ricevute dagli abitanti di Pine Grove. Ora era contenta di averlo fatto. Sarebbe stata l'ultima volta e si sarebbe portata dietro quel ricordo per tutta la vita.

Quando tornarono a casa, Cal preparò dell'altro caffè mentre Giselle tirava fuori i regali di Natale.

"Facciamo i pacchetti!" disse lei.

"Musica?"

"Sì."

Cal mise un cd di Natale e i due si sedettero a gambe incrociate sul pavimento, incartando i regali e sorseggiando caffè. Per un secondo, Giselle si fermò e sospirò. Non aveva mai immaginato quella scena. Le immagini di un Natale freddo e vuoto, trascorso da sola con del cibo congelato e i suoi audiolibri le avevano rattristato il cuore. In passato, i ricordi dei sontuosi festeggiamenti natalizi con i suoi genitori le avevano dato forza. Invece, negli ultimi anni, il Natale aveva perso il suo significato, fino a quel giorno.

Lei canticchiò mentre ascoltava le sue canzoni preferite. "Canterai stasera?"

"Sai che non ho voce."

"E allora? Nemmeno gli altri ce l'hanno."

"Conosci Stryker West? Lui ha una voce straordinaria."

"E allora? A me piace la tua voce. Canta stasera."

Cal scoppiò a ridere. "Te ne pentirai per tutta la vita."

Capitolo Quattordici

Quando finirono, caricarono tutti i regali in macchina e si diressero a casa di Betty e Al. Il profumo del brodo di pollo raggiunse il naso di Giselle, facendole venire l'acquolina in bocca.

"Avanti, avanti", disse Betty, allargando le braccia. "Fa freddo lì fuori."

"Bisogno di una mano?" chiese Al.

"C'è ancora roba in macchina," rispose Cal.

Betty prese Giselle da parte. "Sono molto felice che ti fermi a dormire qui stanotte. Questa è diventata una tradizione di famiglia. Da quando Jane è scomparsa, Cal e Bobby vengono qui per la Vigilia di Natale e si fermano a dormire. A Bobby piace stare qui all'alba per aprire i suoi regali."

"E i genitori di Jane? Sono ancora vivi?"

"Oh, cielo." Gli occhi di Betty si inumidirono. "Sono morti in un incidente d'auto. Non approvavano Cal. Jane stava quasi per non sposarlo. Ma, dopo la loro morte, lei sposò Cal per dare un padre a Bobby. È molto triste che non abbiano mai conosciuto loro nipote."

Giselle abbracciò la mamma di Cal.

Gli uomini entravano e uscivano, trasportando le buste della spesa cariche di regali. Dopo aver riposto i regali in un posto sicuro, lontano dai curiosi occhi di Bobby, si sedettero a tavola per un pranzo energetico, con il brodo di pollo di Betty, pane fatto in casa, formaggio e prosciutto. Giselle mangiò come se non toccasse cibo da una settimana. Ricordava la cucina di Betty dai pomeriggi trascorsi a casa di Cal gustando torte e biscotti.

"È delizioso, Betty."

"Ti darò la ricetta. Ormai fai parte della famiglia," disse la donna raggiante.

L'imbarazzo la fece arrossire sulle guance. Giselle non capiva come mai questo la mettesse a disagio.

"Posso solo dire che era proprio l'ora che succedesse!" Al ridacchiò.

Giselle imburrò una spessa fetta di pane bianco e si guardò intorno. La casa non era cambiata dall'ultima volta che era stata lì. I numerosi *ninnoli* sul caminetto e sui tavolini, il divano imbottito e due poltrone di chintz a fantasia floreale conferivano alla stanza un'atmosfera accogliente e vissuta. Il fuoco del grande camino riscaldava il soggiorno.

Il divano sembrava invitarla a sedersi e a rannicchiarsi tra i suoi morbidi cuscini. Lei balzò in piedi per aiutare a sparecchiare.

"Siediti," disse Betty, mettendole una mano sul braccio. "Sei un ospite. Almeno ancora per un po'."

"Ci penso io." Al si alzò dalla poltrona. I due uomini sparecchiarono la tavola. Al caricò tutto direttamente nella lavastoviglie mentre Betty si occupava del dessert.

"Trasferiamoci in soggiorno. Non mi piace che il fuoco del caminetto vada sprecato," disse Betty, prendendo una soffice torta al cioccolato.

"Papà è il re dei caminetti. Nessun paragone con il mio," disse Cal.

"Oh. Stupidaggini," mormorò Al.

"Non esagerare. Altrimenti si monterà la testa," disse Betty.

Mentre continuavano a chiacchierare, Giselle si rannicchiò un po' più vicino a Cal, che era seduto accanto a lei, e rimase ad ascoltare. I membri della famiglia Morrison ridevano e scherzavano, prendendosi in giro, fingendosi offesi e minacciando scherzosamente di vendicarsi. Lei adorava quegli scambi di battute e i finti insulti che si scambiavano.

Senza fare nulla di eclatante, la trascinarono nel calore del loro ambiente familiare ricco d'amore. Dopo un finto insulto, uno di loro si rivolgeva a lei per chiederle sostegno e approvazione. Lei annuiva e scoppiava a ridere.

Come un pezzo di un puzzle, Giselle si inserì nella famiglia. La accolsero senza dire nulla direttamente o riempirla di attenzioni. Lei percepì il discreto senso di accettazione di Al mentre prendeva in giro suo figlio per poi chiedere il supporto di Giselle. O il modo in cui Betty si vantava di suo figlio per poi guardare Giselle in cerca di approvazione. Prima che potesse analizzare ciò che stava accadendo, era successo.

Cal le prese la mano e se la appoggiò sul ginocchio. Lei apparteneva a quella famiglia. Avevano conservato un posto per lei nei loro cuori e l'avevano rispolverato, aprendosi a lei al momento giusto. Con il cuore colmo di gratitudine, gli occhi le si inumidirono leggermente di lacrime, ma lei riuscì a trattenerle.

"Cosa c'è per cena domani, ma'?" Cal si alzò dal divano per prendere il caffè.

"Hai appena finito di pranzare, Calvin Morrison. Vuoi già sapere cosa c'è per cena?" disse Betty, prendendolo in giro.

Cal arrossì. "Non mi capita spesso di mangiare così. Voglio pregustarmi l'attesa."

Betty gli diede una pacca sulla spalla e l'abbracciò. "Ah, mio figlio. Come faccio a non volergli bene? È il mio più grande ammiratore, sai?"

Giselle annuì. "Cal apprezza sempre un buon pasto."

"Allora, ma'?"

"Ok, ok. Tutti i tuoi piatti preferiti. Prosciutto cotto, patate al gratin, Caesar salad, cavoletti di Bruxelles..."

"E torta al cioccolato per dessert?" concluse lui.

"Beh, sì. E butterscotch pudding," disse Betty, prima di guardare Giselle. "Il dolce preferito di Al."

"Oh, quasi dimenticavo! I biscotti di panpepato. I preferiti di Bobby. Al e io li abbiamo preparati ieri. Giuro che quest'uomo ne ha mangiati quasi quanti ne ha tagliati!"

Betty chiese a Giselle di tenerle compagnia mentre preparava il vin brulè. Cal andò a prendere Bobby a scuola.

"Ho chiesto a Cal di mettere le tue cose nella sua stanza. Va bene? Altrimenti, lui potrà dormire sul divano." Betty prese una bottiglia di vino da uno stipetto in alto.

Giselle vide Betty arrossire in viso. "Sì, va bene."

"Ah, bene. Lo immaginavo. Voglio dire, quando Cal mi ha detto che avresti trascorso i fine settimana a casa sua e tutto il resto. Non voglio presumere nulla, ma ho pensato che—"

"Va tutto bene, Betty. Non preoccuparti. Hai fatto la cosa giusta." Lei toccò la spalla della donna. La sua espressione sollevata fece sorridere Giselle.

"Andiamo, Giselle." Al indossò il suo cappotto. "Devo prendere dell'altra legna. Vieni con me."

"Ok."

Felice di avere una scusa per uscire, prese il suo cappotto dall'attaccapanni dell'ingresso e indossò il cappello e i guanti. Al le fece strada. Lei si mise al passo con lui.

"Cal mi ha detto che vuoi vendere il negozio dell'usato," inizio lui.

"Sì."

"Perché?"

"Per varie ragioni. Non riesco a mantenerlo. Avrebbe bisogno di qualche lavoro. E adesso non ho né il denaro né la possibilità di occuparmene. E ho bisogno di lavorare. Ho bisogno di sentirmi utile e di guadagnare qualcosa."

"Capisco. Cal e io potremmo risistemarlo, se vuoi. Non lo riconosceresti più," disse lui.

"Grazie, Al. Non è solo questo. C'è anche la contabilità e altre cose che non posso fare adesso. Non potrei vendere solo merce di seconda mano per permettermi di pagare le tasse."

"Che cosa faresti se non gestissi il negozio dell'usato?"

"Non ne ho idea. Sto cercando di capirlo."

Lui le diede una pacca sulla spalla. "Ti verrà in mente qualcosa. Abbi fede."

"Grazie."

Al disse esattamente ciò che secondo Giselle avrebbe detto suo padre. Lui l'avrebbe sostenuta. Ne aveva bisogno adesso. Era come se la sua vita fosse stata travolta da un tornado. Alcune cose erano buone, altre meno buone e altre ancora totalmente ignote. Un minuto si sentiva tremendamente felice, mentre quello dopo si lasciava prendere dall'ansia. Spaventata dal futuro, impaurita di aspettarsi la felicità, poteva solo aspettare, come se fosse alla deriva in una barca con il mare in tempesta. Credeva che avere fede potesse portarle una parvenza di pace.

Quando lei e Al rientrarono in casa, Cal e Bobby erano tornati. Il bambino si sedette a bere un bicchiere di latte e a mangiare un biscotto di pan di zenzero. Quando Giselle entrò in casa, lui prese un biscotto dal piatto e glielo offrì.

"Prendine uno, mamma," le disse.

Tutti si fermarono di colpo. L'atmosfera si fece pesante. Giselle fu colta di sorpresa.

"Grazie." Lei accettò il biscotto, mordicchiandosi il labbro tremante.

"Papà mi ha detto che posso chiamarti così." Lui la guardò con i suoi occhi grandi.

Betty si commosse e uscì dalla stanza. Al spalancò gli occhi.

"Ok?" Cal la guardò aggrottando la fronte.

"Sì. Perfetto." Lei fece un respiro profondo e accarezzò i capelli di Bobby.

"Non spettinarmi. Babbo Natale lo noterà e penserà che sono stato cattivo," disse lui, cercando disperatamente di risistemarseli con le dita.

Giselle scoppiò a ridere. "Cal, hai un pettine?"

Lui ne tirò fuori uno dalla tasca posteriore e sistemò i capelli di Bobby. Giselle si abbassò per dargli un bacio. Betty tornò, asciugandosi gli occhi.

"Non avrei mai pensato di sentirglielo dire," sussurrò lei.

Giselle le strinse la mano.

"Che cosa c'è per cena?" domandò Bobby.

"Tale e quale a suo padre." Al ridacchiò.

Bobby implorò di rimanere in piedi per vedere Babbo Natale, ma Cal glielo impedì. Il bambino andò a letto e alle otto già dormiva. Gli adulti rimasero a sorseggiare il vin brulé vicino al caminetto e a parlare dei regali che avevano comprato per lui.

Rivolgendosi a Giselle, Al disse: "Abbiamo cercato di non viziarlo, ma quando Jane è morta, Betty e io abbiamo ceduto."

"Davvero? Un trampolino per un bambino di tre anni?" disse Cal.

"Ma quest'anno sarà il più grande e il migliore," disse Betty.

"Come mai? Che cosa avete preso questa volta?" borbottò Cal. "Un aereo?"

Al scoppiò a ridere. "Non è il nostro regalo, figliolo. È il tuo."

"Il mio?" Cal spalancò gli occhi. "Non gli ho comprato niente di speciale."

"Oh, sì che l'hai fatto," disse Al.

"Gli hai trovato una nuova madre," concluse Betty.

BETTY E AL ANDARONO a dormire alle nove e mezza, lasciando Cal e Giselle a spegnere il fuoco e a caricare gli ultimi piatti nella lavastoviglie. Giselle si guardò intorno. La stanza dove Cal dormiva da bambino era piccola. Il letto aveva un materasso matrimoniale, non uno spazioso queen size come quello che aveva a casa sua.

Guardando il materasso, Cal disse: "So che non è un queen, ma è solo per una notte."

"Va benissimo. Dovremo solo dormire più vicini," disse lei, sorridendo.

"Per me va bene."

Si spogliarono. Senza correre rischi, Giselle indossò una camicia da notte di flanella che aveva comprato per le notti fredde.

"Vuoi davvero indossare quella cosa a letto?" Lui toccò il tessuto un attimo prima di togliersi la maglietta.

"Sì."

"Cazzo. Con questo letto minuscolo, non vedevo l'ora di... ehm... un po' di... beh, pazienza."

"Coccole?"

"Sì. Questa non è una parola da uomini."

Lei scoppiò a ridere.

Cal tirò giù le coperte e, indossando solo i boxer, si mise a letto. Fece un cenno con la mano sul materasso accanto a lui. "Salta su."

Lei si mise a letto e lui la coprì.

"Sono andata dal medico. Ho iniziato a prendere la pillola. Possiamo stare tranquilli," disse lei.

"Davvero? Fantastico! Come faccio a trovarti sotto tutta questa roba?" Lui iniziò a tirare su e giù la sua camicia da notte.

"Ecco. Aspetta." Sollevò i fianchi e si fece scivolare la camicia da notte fino a sotto le ascelle. "Così va meglio?"

Lui le appoggiò le dita sull'addome. "Molto meglio."

"Non avrei mai immaginato che avremmo trascorso la notte nello stesso letto a casa dei tuoi genitori."

Lui scoppiò a ridere. "Nemmeno io. Non siamo ancora sposati, ma abbiamo la loro benedizione."

"Immagino che le cose cambino," disse lei.

"Il mio amore per te non è cambiato."

"Se non fosse che, nel frattempo, tu hai amato un'altra donna."

"Non riesci proprio a dimenticarlo? Mi ricorderai di Jane per sempre?"

"No. È solo... beh, devo ancora abituarmi a credere che questo sia reale. Che tu sia reale. E che pensi davvero quello che dici."

Cal alzò il ginocchio. "Vieni qua."

Lei gli si avvicinò un po'.

Lui disse qualcosa, avvicinandole la bocca all'orecchio. "Io ti amerò sempre. Ci sarò sempre per te. Finché sarò vivo, tu sarai mia moglie, il mio unico amore."

Il suo battito rallentò e il suo respiro divenne uniforme. Lui sollevò un braccio e lei vi si appoggiò. Facendo scorrere la mano sui suoi pettorali, lei sospirò. La sua pelle era calda e i peli del suo petto le solleticavano la mano. Lei lo baciò e gli intrappolò una gamba tra le sue.

"Hai in mente di fare qualcosa?" le chiese, spalancando gli occhi.

"Forse."

Lui la baciò. "Una sveltina?"

"Forse."

"Non sei del tutto sicura di questo, vero? Vediamo," disse lui, spingendo una mano tra le sue gambe. "Mmm, direi più di forse."

Lui appoggiò le labbra sul suo capezzolo e iniziò ad accarezzarla con le dita. Il calore aumentò nel corpo di Giselle. Il desiderio la travolse. Lei lo voleva.

"Cal. Io..."

"Sì. Lo so." Lui si mise sopra di lei. Le aprì le gambe e, prima che lei potesse prendere fiato, lui era già dentro di lei. Lei gemette mentre lui la possedeva. Lei gli mise le braccia attorno e gli affondò le unghie nelle spalle.

"Ahi. Piano," disse lui.

"Scusa."

"Sto solo scherzando."

Lui allungò un braccio e le mise una mano sotto il ginocchio, sollevandoglielo fino al petto. Lei chiuse gli occhi mentre tutte le sue terminazioni nervose si risvegliavano. Mille sensazioni le attraversavano il corpo mentre lui spingeva dentro di lei. Al primo cigolio del letto, entrambi scoppiarono a ridere. Lui rallentò, facendo diminuire la tensione crescente. Il suo ritmo costante accese di nuovo il suo fuoco finché lei non esplose.

Con un grugnito che tentò di soffocare, lasciò che l'orgasmo prendesse il sopravvento. I suoi fianchi si muovevano a un ritmo tutto loro.

"Cazzo," sussurrò lui, muovendosi insieme a lei. Poi lui si fermò, appoggiò la bocca su un punto morbido e carnoso della sua spalla e gemette sopra di lei. Il suo orgasmo lo travolse.

Allungò una mano per spegnere la luce e le sfiorò le labbra con le sue. Appoggiandosi sugli avambracci, lui iniziò a giocherellare con i suoi capelli.

"È stato grandioso," sussurrò lui.

"Fantastico."

Si allontanò da lei e si voltò su un fianco. "Avvicinati a me," le sussurrò.

Lei appoggiò il sedere contro i suoi fianchi mentre lui le metteva un braccio attorno al petto, stringendole il seno con la mano.

"Ti amo, Cal."

I due si appisolarono. Lei si voltò, svegliandolo.

"Zell."

"Mmm?" disse lei, con la voce assonnata.

"Promettimelo," borbottò lui.

"Mmm?" Lei si stiracchiò le gambe. "Prometterti cosa?" gli chiese, ora che era più sveglia.

"Promettimi che non mi lascerai mai."

Non riusciva a capire se lui fosse veramente sveglio o se stesse parlando nel sonno.

"Promettimi che non mi lascerai mai."

Spostandosi sulla schiena, lei aprì gli occhi e cercò di distinguere il suo volto nel buio. Invece, gli passò dolcemente la mano sulla guancia, sul mento e sul naso.

"Non ti lascerò mai, Cal. Io appartengo a te. Te lo prometto con tutto il cuore," sussurrò lei, accarezzandogli il viso.

Lei sentì nascere un sorriso sulle sue labbra. "Brava ragazza," disse lui, respirando in modo più profondo e regolare.

Lei lo baciò, appoggiò la guancia sul cuscino e chiuse gli occhi. Non gliel'aveva mai chiesto prima. Il cuore le si riempì di gioia. No, non l'avrebbe mai lasciato. Non in questa vita.

QUALCUNO BUSSÒ RAPIDAMENTE alla porta, svegliando Cal.

"È stato qui!" La voce squillante del bambino attraversò la porta.

"Entra, entra." Cal tirò giù la camicia da notte di Giselle.

La porta si spalancò e Bobby entrò nella stanza danzando e svolazzando come un derviscio.

"Chi è stato qui?" Cal sbadigliò.

"Babbo Natale! Ha lasciato i regali sotto l'albero. Andiamo. Forza!" Bobby tirò giù la loro coperta.

"Ok, ok. Siamo svegli. Nonna e nonno sono già in piedi?"

"No."

"Va' a svegliarli. Di' alla nonna di iniziare a preparare la colazione. Noi arriviamo tra un minuto," disse Cal.

Bobby saltò sul letto e si rannicchiò accanto a Giselle. Lei mise le braccia intorno al bambino e lo strinse a sé, poi gli diede un bacio sulla testa. "Corri, Bobby. Ho fame. Tu non ne hai?"

Lui annuì, scese dal letto e corse fuori dalla stanza.

"Il Natale è il suo giorno preferito dell'anno. L'avresti mai detto?" Cal scoppiò a ridere.

Lei sorrise mentre scendeva dal letto e si alzò in piedi.

Cal la guardò mentre tirava su le coperte, come lui faceva di solito per rifare il letto. "Non hai bisogno di una vestaglia con quella cosa. Cazzo, tesoro. Ti nasconde completamente. Non riesco nemmeno a vedere dove sei."

"È proprio questo il punto." Lei si precipitò fuori dalla porta, dirigendosi verso il bagno, con lo spazzolino in mano.

Lui prese la vestaglia appesa sul retro della porta e la indossò. Si guardò allo specchio e prese subito il pettine.

"Papà! Mamma!" una specie di lamento raggiunse le sue orecchie.

Cal sbirciò fuori dalla stanza e vide Giselle dirigersi verso di lui.

"Vado a lavarmi i denti." Lui percorse di fretta il corridoio.

Dopo pochi minuti, Giselle e Cal raggiunsero la sua famiglia davanti all'albero di Natale.

"Il caffè è pronto." Betty indicò un bricco di caffè sulla credenza con tutti i dolci. "Pensavo di aprire un paio di regali prima di fare colazione."

"Ottima idea," rispose Cal.

"Prima io!" Bobby prese un pacchetto.

Cal versò il caffè per sé e Giselle e li portò entrambi sul divano. Gli adulti guardarono Bobby aprire i suoi regali. Al raccoglieva i mucchietti di carta da regalo e li metteva in un grande sacco della spazzatura. Cal scattò alcune foto. Giselle non riusciva a credere a quanto fosse entusiasta il bambino a ogni nuovo giocattolo.

In un turbine di gioia, Bobby sparse gli animali da fattoria, i Lego e le costruzioni sul tappeto del soggiorno.

"La colazione, ma'?" domandò Cal.

"Arriva subito." Lei si alzò dalla sedia.

"Posso aiutarti?" le chiese Giselle.

"Tu e Cal potete apparecchiare la tavola. Mangeremo in cucina. Il tavolo della sala da pranzo è già apparecchiato per la cena."

Betty preparò pancake e salsicce. Al preparò dei mimosa per gli adulti e la famiglia mangiò di gusto. Quando finirono di mangiare e rassettare, tornarono davanti all'albero. Era arrivato il momento di scambiarsi gli altri regali.

Il grosso regalo di Cal per Giselle era un ciondolo con un orologio parlante. Lei lo esaminò attentamente. "È bellissimo."

"E ti dice l'ora. L'ho provato. E già impostato sull'ora corretta." Lui glielo prese dalle mani e glielo mise intorno al collo. Lei gli diede un bacio.

"Un orologio parlante?" Bobby si incuriosì e sollevò la testa, distogliendo l'attenzione dai suoi Lego. "Posso vederlo?"

Tutti vollero dare un'occhiata e provarlo.

"Ne voglio uno anch'io," disse Bobby.

"Non ne hai bisogno. Ma ti insegnerò come leggere l'ora," disse Al.

Giselle toccò l'orologio e diede il suo regalo a Cal. Lui aprì la scatola e vi trovò un coltellino completo di tutti gli accessori, da un tagliaunghie, a tre lame di dimensioni diverse, a una piccola forbice.

"A meno che tu non ne abbia comprato uno negli ultimi sei anni, ricordo che mi avevi detto di non averne uno e quanto lo volessi," disse lei.

"È fantastico!" Lui tirò fuori ogni oggetto, compresa una piccola lima per unghie. "C'è proprio tutto."

"È quello che ho detto al commesso. Gli ho detto: 'Ne voglio uno che sia come una pizza, con tutti gli ingredienti.'"

Lui ridacchiò e le diede un bacio. "Grazie."

"Vi bacerete dopo ogni regalo?" domandò Bobby. "Bleah!"

Cal aiutò suo padre a ripulire mentre Giselle teneva compagnia a Betty in cucina.

"Posso fare qualcos'altro, Betty? Per favore, lascia che ti aiuti."

"Ci penso io. Ho iniziato a preparare un paio di giorni fa. Quindi è quasi tutto pronto. Ho fatto il dolce stamattina presto. Adesso è abbastanza freddo per ricoprirlo di glassa."

Le due donne sorseggiarono il caffè mentre Betty aggiungeva la glassa alla devil's food cake.

"Hai pensato al matrimonio?" le chiese Betty.

"Matrimonio? No." Giselle non era stata completamente sincera. Aveva pensato al matrimonio. Ma le era soltanto venuto da piangere. Senza i suoi genitori, un matrimonio sarebbe stato malinconico, con un alone di tristezza per il fatto che non potevano essere lì con lei. Così, aveva allontanato quell'idea dalla mente.

"Dovresti farlo. Sarei felice di accompagnarti a scegliere l'abito da sposa."

"A me sembra uno spreco di denaro." Giselle aggiunse un po' di latte al suo caffè.

"Ogni ragazza dovrebbe essere una vera sposa una volta nella vita."

"Tu hai indossato un bell'abito bianco?"

"Non potevamo permettercene uno elegante. Mia madre era brava a cucire e mi ha fatto un abito stupendo."

"Bellissimo."

"È un peccato che i tuoi genitori non siano qui."

Giselle annuì, sorpresa dal fatto che Betty le avesse letto nella mente. "Sta succedendo troppo in fretta." Era troppo doloroso ammettere che la mamma di Cal avesse detto la verità.

Betty le accarezzò la mano. "Lo so, tesoro. Non sei da sola. Al e io ti aiuteremo. È come se fossi già nostra figlia."

Bobby entrò di corsa. "Torta!"

"Non adesso. È per dopo cena. Forse potresti stare un po' tranquillo." Betty appoggiò la ciotola con la glassa.

"Andiamo ad ascoltare uno di quei libri parlanti che io... voglio dire, che *Babbo* Natale ti ha portato," disse Giselle, alzandosi.

"Come faceva Babbo Natale a sapere che mi piacciono i libri parlanti?" domandò Bobby.

"Immagino che lui sappia tutto." Lei prese il bambino per mano.

GISELLE E BOBBY SI addormentarono sul letto di Cal mentre ascoltavano Winnie the Pooh. Due labbra le sfiorarono delicatamente la guancia.

"È ora di cena," sussurrò Cal.

Lei si agitò, svegliandosi di soprassalto quando il calore del corpicino che giaceva accanto al suo scomparve.

"Cena?" Bobby sbadigliò.

"Sì. Non senti l'odore del prosciutto?" domandò Cal.

Il bambino spalancò gli occhi. "Prosciutto?"

Cal annuì.

"Oh, accipicchia!" Bobby scivolò giù dal letto e si precipitò in cucina con i calzini ai piedi.

Giselle scoppiò a ridere. "Conosce solo una velocità: le 500 miglia di Indianapolis!"

"Già. Forza, bella addormentata. Il prosciutto di mamma è il migliore."

La fame le fece brontolare lo stomaco. L'aroma dolce e salato sedusse le sue papille gustative e le fece venire l'acquolina in bocca. Si mise a cercare le sue scarpe.

"Non ti servono le scarpe. Andiamo." Lui intrecciò le dita con le sue.

La coppia entrò nella sala da pranzo. Betty aiutò Bobby a riempire il piatto.

"Hai riposato bene?" le chiese Al.

"Oh, sì."

"Anch'io," intervenne il bambino, sedendosi a tavola al suo posto.

"Oh, la vista di voi due, rannicchiati insieme, profondamente addormentati, mi ha scaldato il cuore," disse Betty. "Tieni." Lei porse un piatto a Giselle.

"Tutto ha un profumino meraviglioso." Da quando la sua vista si era indebolita, lei prestava maggiore attenzione ai suoni e agli odori.

"Ti dirò quali sono le cose che hai nel piatto," disse Cal, prendendo il suo. "Prima di tutto, il prosciutto, ovviamente. Poi le patate dolci. Poi il purè di patate all'aglio. I cavoletti di Bruxelles. Sformato di fagiolini. Caesar salad. Oh, e la speciale gelatina al lime di mamma."

"Oh, mio Dio. Non posso mangiare tutta questa roba!"

"Assaggia un po' di tutto. Posso aiutarti?" le chiese Betty.

"Dalle tanto prosciutto, ma'. Le piace il prosciutto," disse Cal.

Giselle portò il suo piatto al suo posto a tavola. Recitarono la preghiera e iniziarono a mangiare. Durante la cena, la conversazione si concentrò sui regali che si erano scambiati.

"Mi hai regalato proprio una bella cravatta, Cal." Al tagliò un pezzo di prosciutto.

"Era ora che indossassi un colore brillante."

"Ma il rosa?"

"Non riesco a credere che tu sia intimidito da un colore, papà." Cal scosse la testa.

Betty proseguì parlando del libro di cucina che le aveva regalato Al e dell'abbonamento a una rivista di hobbistica femminile che le aveva regalato Cal. "E la sciarpa! Sarò quella vestita meglio alla prossima riunione femminile del Rotary."

Giselle ascoltò i due uomini mentre si scambiavano battute, prendendosi in giro a vicenda. Bobby mangiò velocemente e finì per primo.

"Posso avere la torta adesso?" domandò.

"Dovrai aspettare finché non avremo finito di mangiare," disse Cal.

"Ci vorrà un'eternità!" si lamentò il bambino.

Le risate degli adulti non lo rallegrarono. Lui si allontanò per andare a giocare con i suoi giocattoli. Poco dopo, finirono di mangiare. Giselle aiutò a sparecchiare mentre Al caricava la lavastoviglie e Betty conservava il cibo rimasto. Cal andò da suo figlio.

"Guardiamo sempre un film di Natale mentre mangiamo il dessert. Ti va di scegliere il film? Ce n'è uno che preferisci?" domandò Betty a Giselle.

"Non ha importanza. Non riesco a guardare bene la tv se non ha uno schermo enorme."

Betty si coprì la bocca con la mano. "Oh, mio Dio. Scusami tanto, Giselle. È stato insensibile da parte mia."

"Non dire stupidaggini. Non c'è motivo per cui non dovreste guardare un film di Natale. Ho un udito molto buono."

Bobby entrò di corsa. "Possiamo ascoltare un libro parlante? Voglio finire Winnie the Pooh."

"Che bella idea, Bobby! Certo. Posso anche lavorare a maglia mentre l'ascoltiamo."

Non appena il libro finì, Bobby si addormentò sul divano.

"Penso che dovremmo tornare a casa." Cal prese suo figlio.

"È tardi. Fa freddo. Perché non restate un'altra notte?" gli chiese Al.

"Ottima idea," rispose Giselle. Lei abbracciò Al e Betty. "Questo è il miglior Natale che abbia trascorso da molto tempo. Grazie mille."

"Lieto che tu sia stata con noi," disse Al.

"E che questo sia il primo di molti." Betty le strinse il braccio.

Misero Bobby nella sua stanza, poi tornarono nella loro. Una volta sotto le coperte, Giselle si avvicinò a Cal. Lui la strinse a sé.

"Allora, che te ne pare del Natale dei Morrison?"

"È stato magnifico. Come in un libro di favole. Tutti in armonia. Niente liti. Non cambierei nulla."

"Mamma è una brava cuoca."

"Non è solo una brava cuoca. La torta. Oh, mio Dio!"

"Già. La sua specialità. Quella torta e il prosciutto."

"Era tutto perfetto. Grazie, Cal."

"Non ringraziarmi. Adesso fai parte della famiglia."

Alle sue parole, sentì un brivido lungo la schiena. Lei aveva detto una piccola preghiera perché nulla potesse sconvolgere la sua vita felice.

Lei e Cal si diedero il bacio della buonanotte e si abbracciarono. Giselle chiuse gli occhi. Sentendosi serena e tranquilla, il sonno arrivò facilmente.

Capitolo Quindici

Tornando a casa di Cal, la vita si calmò e ripresero la loro routine familiare. Il cellulare di Cal iniziò a squillare.

"Ciao, papà. Che cosa succede?"

"La chiesa di San Bonifacio ha del lavoro per noi. La temperatura sembra abbastanza sopportabile per potare i rami inferiori di qualche albero. Possiamo rimandare la potatura dei rami più alti ad aprile. Che ne dici?"

"Bene. Odio stare fermo a non far niente."

"Ti stai occupando di quei progetti?"

"Non abbastanza velocemente. Cominciamo oggi?"

"Se puoi."

"Certo."

I due uomini sincronizzarono i loro orologi e concordarono un orario per incontrarsi in chiesa. Cal mise i suoi attrezzi nel furgoncino.

"Quali sono i tuoi programmi per oggi?"

"Pensavo di preparare del chili per cena. E forse di iniziare a ripulire il negozio dell'usato."

"Hai ancora intenzione di venderlo?"

Lei annuì. "Non ho scelta."

"Tutti hanno una scelta, Zell."

"Non posso gestire quel posto a tempo pieno perché le vendite non bastano a pagare le tasse di proprietà. Perderò soldi."

"Odio che tu debba venderlo," disse lui, ignorando il suo ragionamento.

"Lo so. Neanche a me piace. Ogni volta che ci vado, sento la presenza di mia madre."

"Forse possiamo cercare una soluzione prima di trovare un acquirente."

"Puoi accompagnarmi lì al passaggio oggi?"

"Certo."

Salirono sul furgoncino. Quando raggiunsero il negozio dell'usato, Giselle scese dall'auto e salì i tre gradini fino al negozio. Quando riuscì ad aprire la porta, un odore di pan di zenzero stantio le raggiunse il naso. Andò sul retro e tirò fuori un sacco nero per la spazzatura.

Dopo aver risistemato come meglio poteva, riempì il sacco con i vestiti più vecchi, quelli che pensava di non vendere, e lo chiuse. Poi lo portò sul piccolo portico anteriore. Sedendosi su una sedia, si mise le braccia intorno.

"Mi dispiace, mamma. Non riesco a starci dietro," disse a voce alta.

Si sentì travolta dalle emozioni. Le lacrime le facevano bruciare gli occhi. Allontanarsi dal negozio dell'usato sarebbe stata una delle cose più difficili che avesse mai fatto. Un'improvvisa sensazione di sete la travolse. Trovandosi solo a pochi isolati dal Cozy Café, si incamminò.

"Ciao, Giselle. Come va?" le chiese Laura Dailey. "Siediti dove vuoi, tesoro."

Il locale era solo mezzo pieno, così Giselle poter scegliere il suo tavolo. Si sedette accanto alla finestra che dava sul Cedar Lake. Era un posto più luminoso e le permetteva di vedere meglio.

"Cosa ti porto?" le chiese Laura con la matita in mano.

"Un sandwich con uova e prosciutto e un croissant."

"Te lo porto subito. Qualcosa da bere?"

"Un Earl Grey."

"Latte e zucchero o limone?"

"Latte e zucchero."

"Va bene."

Giselle mandò un sms a Cal per chiederle di andare a prenderla al caffè invece che al negozio dell'usato, poi si diresse verso il bagno delle donne. Quando uscì, Laura stava portando il suo cibo. Lo mise sul tavolo ma non se ne andò.

"Mi dispiace che tu abbia deciso di vendere il negozio dell'usato," disse Laura.

"Anche a me. Non posso evitarlo. Le vendite non coprono nemmeno le tasse."

"È un peccato. Forse alcuni di noi potrebbero aiutarti. Darti una mano."

"Lo apprezzo molto. Ma credo che non ci sia nulla da fare."

Laura annuì e se ne andò.

Giselle iniziò a mangiare il suo sandwich. Quando ebbe finito, il suo cellulare squillò. Non riconobbe il numero, ma rispose comunque.

"Giselle?" chiese una voce maschile con un forte accento.

"Sì. Chi è?"

"Gunther. Gunther Weber. Mi hai già dimenticato?"

Giselle si irrigidì. "No. Non ti ho dimenticato." *Non perché non ci abbia provato.*

"Bene. Spero che tu non ci sia rimasta male per la nostra rottura."

"Che cosa vuoi?" Lei si fermò per bere un sorso di tè.

"Si tratta di una chiamata di lavoro, non personale. Quindi, non riattaccare. Ok?"

"Ok, ma veloce."

"Ooh. La ragazza morde."

"Se non vuoi che riattacchi, non parlarmi in quel modo."

"Mi dispiace. Davvero. Comunque, lascia che arrivi al punto."

"Continua, per favore."

"Hanno parlato del tuo lavoro su alcune riviste. I Bauer, i tuoi ex datori di lavoro, vogliono pubblicare un libro. Si tratta di un libro di design per uffici. E vogliono assumerti per scriverlo."

"Cosa? Sai che non ci vedo abbastanza bene da poter usare una tastiera."

"Lo sanno. Dicono che puoi dettarlo."

"Dettare un libro?"

"Sì."

"È una follia."

"È un lavoro su commissione e ti pagherebbero venticinquemila dollari americani."

Giselle fece una pausa.

"Pensaci, Giselle. Sono molti soldi. Forse sei mesi di lavoro. Forse anche meno. Ti fornirebbero uno stenografo a cui dettare le tue parole."

"Dov'è la fregatura?" Non c'è sempre un rovescio della medaglia?

"Vogliono che tu lo faccia qui."

"Che cosa?"

"Sì. Ritorna in Germania. Ti daranno un monolocale."

"Potrei dettare al computer."

"Forse. Ma non avrà le inflessioni che una persona può aggiungere. Inoltre, ci sarebbe un curatore che lavora con te mentre scrivi. Che ti guiderà."

"È una follia."

"A me sembra una buona opportunità," disse Gunther.

I pensieri affollavano la mente di Giselle. "Non voglio tornare in Germania."

"Ok, ok. Immaginavamo che l'avresti detto. Hanno detto che avrei potuto aumentare l'offerta. Che ne dici di trentacinquemila?"

"Trentacinquemila dollari americani?"

"Sì."

"Non lo so. Tornare in Germania?"

"Sì. Pensaci. Dormici su. Ti richiamo prima di Capodanno, ok? Oh, buon Natale," disse Gunther, prima di riagganciare.

Giselle prese la sua tazza con entrambe le mani. Una voce profonda interruppe i suoi pensieri.

"Allora, quando tornerai in Germania?"

Si voltò e vide Cal, in piedi sulla soglia.

"DA QUANTO TEMPO SEI lì a origliare?" gli chiese.

"Da un po'. E non è origliare quando parli in un luogo pubblico." Quando lei evitò la sua domanda, Cal sentì una stretta allo stomaco.

"Ti va un caffè, Cal?" gli chiese Laura.

"No," disse lui, allontanandola.

Non aveva intenzione di lasciarsi distrarre. Attraversò la stanza in tre passi e si lasciò cadere sulla sedia accanto alla sua fidanzata.

"Non hai risposto alla mia domanda," disse lui con voce roca, mentre la rabbia gli trafiggeva il petto.

"Non ho intenzione di andare in Germania."

"Non mi è sembrato che tu avessi preso quella decisione," continuò Cal.

"Già. La parola chiave è 'già.'"

"Era il tuo ex fidanzato al telefono?" Lui si sentì arrossire sul collo.

"Gunther? Sì. E allora? Non lo sopporto."

"Hai avuto una conversazione piuttosto civile con lui considerando quanto lo odi."

"In realtà, non è stata così civile. Immagino che tu non abbia sentito l'inizio."

"Andrai in Germania?"

"No."

"È la tua decisione definitiva?"

"Non posso almeno prendermi un'ora per pensare alla loro offerta?"

"Che cosa ti offrono?"

"Un sacco di soldi. Potrebbero fare una grande differenza. Potremmo versarli in un fondo universitario per Bobby."

Lui strinse il pugno. "Non me ne frega niente dei soldi. Davvero. Potrò mandarlo all'università senza il tuo aiuto," ribatté lui.

Lei tirò la testa indietro come se lui le avesse dato uno schiaffo. "Questo riguarda noi."

"Puoi dirlo forte. Possiamo parlarne a casa?" Cal si alzò in piedi. Prese la giacca di Giselle per aiutarla a indossarla. Lei gliela strappò dalle mani e la indossò da sola.

Lui mise alcune banconote sul tavolo, fece un cenno a Laura e aprì la porta a Giselle.

"Dov'è la macchina?"

"La terza sulla destra." Correndo, lui riuscì ad arrivare per primo alla macchina per aprirle lo sportello.

"Non comportarti da gentiluomo adesso. Hai già rovinato tutto."

"Che lingua tagliente!"

"L'hai voluto tu."

Lui accese l'auto e imboccò la strada. "Che cos'è questa storia della Germania?"

Giselle ripeté ciò che le aveva detto Gunther. Quando finì, entrarono nel vialetto di casa di Cal. Lei scese e lo aspettò. Le sue chiavi tintinnarono mentre si dirigeva verso il vialetto. Lei si voltò verso la strada.

"Dove stai andando?" le chiese.

"A casa."

"Questa è casa."

"Questa è solo casa tua e tu l'hai chiarito molto bene. Casa mia è quella. Dall'altra parte della strada." Il suo tono di voce era gelido.

"Non fare così. Dobbiamo parlare." rispose Cal, cercando di mitigare la sua rabbia. Doveva farsi perdonare.

"Parla da solo," rispose lei, dirigendosi verso casa sua.

Lui si mise a correre per raggiungerla. Afferrandola per un gomito, la fermò. "Andiamo. Scusami. Sono stato un po' scortese."

"Un po'?" ribatté lei, spalancando gli occhi.

"Ok, ok. Molto. L'idea che tu possa tornare in Europa mi fa impazzire."

"Non è un mio problema." Lei tirò su col naso.

"No, è un nostro problema. Andiamo. Andiamo. Non fare l'altezzosa con me."

"Quindi io sarei altezzosa?" gli chiese, alzando la voce di diverse ottave.

Cazzo, perché continuava a dire stupidaggini? Perché non riusciva a essere gentile, calmo e razionale? Fidarsi di lei lo spaventava ancora a morte. Faceva bene a esitare e a proteggere il suo cuore? O era già troppo tardi per farlo? Le strinse il braccio.

"Sai cosa intendo. Per favore, Zell. Torna a casa, a casa nostra."

"Mi stai facendo male," disse lei.

Lui allentò la presa.

Lei socchiuse gli occhi, ma si voltò. Lui le strinse un braccio intorno alla vita. Prese di nuovo le chiavi dalla tasca e aprì la porta. Si fece da parte, lasciandola entrare per prima.

"Caffè?" le chiese mentre girava la chiave nella serratura.

"Lo faccio io."

Il suo tono di voce sembrava uniforme. Lui sospirò. Forse era riuscito a evitare una grave lite. Appese il suo cappotto all'attaccapanni e si diresse verso il frigorifero. Iniziarono a muoversi per la cucina, preparando il caffè caldo e sedendosi a tavola uno di fronte all'altra.

"Sono molti soldi, Cal."

"Non mi importa. Dovresti stare lontana per sei mesi. L'ultima volta che te ne sei andata, le cose non sono andate bene."

"Sei stato tu a non farle andare bene, non io."

"Siamo stati entrambi."

"Questa volta sarebbe diverso. Potremmo sposarci prima che io parta."

"No."

"No al matrimonio?"

"No per l'Europa. Una promessa non significa niente per te?"

LEI SPALANCÒ GLI OCCHI. Lui era perfettamente sveglio quando le aveva fatto promettere di non lasciarlo mai. Lei aveva pensato che stesse parlando nel sonno. Lei l'aveva promesso e ne era convinta, ma il denaro... in quale altro modo avrebbe potuto guadagnare tutti quei soldi così velocemente? Era una proposta allettante. Voleva davvero tornarci? No. Voleva rivedere Gunther? Decisamente no. Ma doveva tenere in considerazione tutti e tre ora che faceva parte della famiglia.

"Non hai risposto alla mia domanda."

"Certo, una promessa significa qualcosa per me. Ma quest'opportunità. Guadagnare così tanto in una sola volta?"

"Hai fatto una promessa."

"Lo so."

"Se non mantieni quella promessa, tra noi due è finita. Per sempre. Non ce la faccio più, Giselle. O prendi un impegno con Bobby e me o non lo fai."

"E sei mesi farebbero la differenza?"

"Una promessa è una promessa. Almeno per me."

"Ok, allora. Ho deciso. Non che io volessi andarci. Non lo volevo."

"E adesso?"

Non ci andrò."

Cal aggrottò la fronte.

"Non stai facendo i salti di gioia," disse lei.

"Sembri arrabbiata."

"Tu non vuoi chiarire."

"Non c'è niente da chiarire. Hai fatto una promessa e voglio che tu la mantenga."

"Ho detto che l'avrei fatto." Lei si alzò dalla sedia e andò davanti alla finestra. Perché stava facendo tante storie? Non voleva andarci, odiava Gunther ed era lì che voleva costruire la sua vita. Forse perché non aveva ancora la sua vita a Pine Grove? Forse era quello il problema? O forse l'insistenza di Cal e il suo atteggiamento di controllo la infastidivano?

Una cosa è amare qualcuno e un'altra soffocarlo, controllando ogni suo movimento.

"Lo stai facendo perché ti senti obbligata." Cal la seguì.

"Mi stai facendo pressione."

"È importante." Cal aggiunse un po' di latte al suo caffè.

"Lo so."

"Allora, qual è il problema?"

Lei sollevò le spalle. "Non lo so. Io non voglio andarci. Non lo volevo già nello stesso secondo in cui Gunther mi ha fatto quell'offerta. Ma volevo la possibilità di pensarci. Di valutare i pro e i contro. Da sola. Senza nessuna pressione da parte tua. Volevo che fosse una mia decisione."

Lui si guardò le mani. "Mi dispiace. Continuo a scusarmi. Sono un imbranato."

"No, sei un uomo stupendo. Tu mi ami.

Lo so perfettamente."

"Certo. Tu e Bobby siete il mio mondo," le disse.

"E tu sei il mio. Ecco perché non voglio andarci. Sei mesi senza di te? Impazzirei."

Si avvicinò a lei e si sporse per darle un bacio. "Tu mi appartieni, Giselle. Fattene una ragione. Accettalo."

"Lo faccio. E tu appartieni a me, Cal Morrison, non dimenticarlo!" Lei lo colpì con forza sul petto.

Lui scoppiò a ridere e la tirò verso di sé. Lei si sciolse tra le sue braccia, tranquillizzata dal suo profumo e dal calore del suo corpo. La cattiva notizia? Dover rinunciare a così tanti soldi. E quella buona? Cal voleva che lei restasse e non gli importava dei soldi.

Lei rise tra sé. A Cal Morrison piaceva essere il capitano della squadra. Maniaco del controllo? Testardo? Un po' arrogante? Questi aspetti della sua personalità non erano cambiati. Avrebbe potuto scommettere sul suo pessimo carattere, ma poteva contare sul suo amore?

Quando si separarono, Cal sparecchio la tavola e mise le tazze nel lavello. "Allora?"

"Allora cosa?"

"Non lo chiamerai?"

"Chi?"

"Quel coglione che ti ha offerto questo stupido lavoro."

La rabbia si fece strada dentro di lei. "Non è uno stupido lavoro."

"Ok, ok. Forse non lo è. Gli dirai di no?"

Dopo essersi asciugata le mani, lanciò lo strofinaccio. "Ci penserò. E lo farò quando sarò pronta!" Giselle si allontanò di corsa, dirigendosi verso la camera da letto. Entrò sbattendo la porta.

Avvicinandosi alla finestra, desiderava ardentemente dirgliene quattro. Chi credeva di essere dicendole quando chiamare Gunther? Se pensava che amarla volesse dire controllare la sua vita e dominarla, gli avrebbe subito fatto cambiare idea!

Smise di passeggiare, per sentire se sarebbe venuto a bussare alla porta. Ma non lo fece. Dov'era finito? Il fatto che non l'avesse seguita per scusarsi per la milionesima volta la infastidiva ancora di più. Continuò ad aspettare, ma non sentì nessun rumore.

Poi lui irruppe nella stanza, spaventandola a morte. Lei sobbalzò e cadde all'indietro. Alzandosi in piedi prima che lui potesse aiutarla, si mise a urlare.

"Che diavolo è stato?"

"Se pensi che chiederò scusa per aver chiamato quel coglione un coglione perché ha chiamato la mia fidanzata e ha cercato di farla tornare in Germania, puoi scordartelo. E per averlo definito un lavoro stupido? Forse non lo è, ma non mi piace comunque."

"Tutto questo per *non* chiedere scusa?"

Lui si incrociò le braccia davanti al petto e annuì. Così come si era fatta strada dentro di lei, la rabbia svanì. Lei scoppiò a ridere e si gettò sul letto.

"Perché stai ridendo?" le chiese con prudenza.

"Per te! Sei uno spasso! Quello che dici non ha senso."

"Forse sì. Forse no. Ma non dovresti ridere di me."

"Mi dispiace, ma non posso farci niente. Sei buffo. Dolce e buffo."

"Dolce va bene. Ma che cosa ho di buffo?"

"Sei molto possessivo. Hai paura di Gunther, anche se io non lo sopporto. Odio davvero il suo modo di fare bugiardo e in malafede. E tu pensi che lui possa portarti via il mio amore. Davvero buffo."

Lui aprì le braccia e fece una risatina. "È buffo, no?"

"Già," disse lui, continuando a ridere.

Cal si tuffò sul letto accanto a lei. Le si avvicinò per prenderle il viso tra le mani. "Ti amo, Giselle."

"Ti amo anch'io, uomo testardo e arrogante."

"Io testardo e arrogante?"

"Forse solo un po'," disse lei, abbassando la testa per incontrare le sue labbra.

MA L'ATMOSFERA NON tornò completamente serena tra di loro. Betty e Al li invitarono a cena. Bobby si mise a giocare con i giocattoli che aveva lasciato a casa dei nonni mentre gli adulti bevevano un cocktail e preparavano la cena. Al si occupò dell'insalata. Giselle pelò le patate. Cal sorseggiò una birra e accese il fuoco nel caminetto mentre Betty controllava la carne.

"Hai già chiamato Gunther?" Con quattro pezzi di legno in mano, Cal si avvicinò a Giselle mentre andava in soggiorno.

"No."

Lui si fermò a guardarla. "Perché no?"

"Ho avuto da fare. Sono venuti degli acquirenti a dare un'occhiata al negozio dell'usato. Sono andata lì a pulire. Poi ho cucinato e fatto altre cose."

"È solo una scusa," disse lui, continuando per la sua strada.

Quando lui tornò a lavarsi le mani, le lanciò un'occhiataccia. Giselle iniziò a parlare. "Smettila di dirmi cosa devo fare. Lo chiamerò quando sarò pronta."

"E quando sarà? *Prima del prossimo millennio?*"

Betty e Al continuarono a cucinare in silenzio. Giselle li sorprese a scambiarsi qualche occhiata un paio di volte.

"Smettila, Cal," disse lei.

"Hai deciso di andarci, vero?"

"No!" Lei continuò a pelare le patate arrabbiata. Il pelapatate le scivolò dalle mani e lei si tagliò. Cal si precipitò da lei, portandola al lavello della cucina.

"Ci penso io," le disse.

Lei allontanò la mano. "Faccio io."

Al si avvicinò, il rubinetto verso di lei. "Fammi vedere," le disse, prendendole delicatamente la mano. Le pulì la ferita, poi la portò in bagno per disinfettarla e metterle un cerotto. Quando tornarono in cucina, Giselle avvertì l'occhiata ostile di Cal.

"Volete piantarla voi due?" disse Betty, con le mani sui fianchi e un'espressione accigliata.

Cal e Giselle si voltarono verso di lei.

"Ragazzi, sono giorni che litigate. Risolvetela e andate avanti. Accidenti. Che cosa è successo all'uomo e alla donna che non riuscivano a stare lontani l'uno dall'altra?"

"Lei ha ragione, lo sapete," confermò Al.

Le loro critiche rattristarono Giselle.

"Mi dispiace," disse lei. "La smetteremo. Vero, Cal?"

Lui annuì e uscì dalla porta sul retro.

Sebbene non si scambiassero più parole arrabbiate o sarcastiche, si limitarono a restare in silenzio, aumentando la tensione nella stanza. Bobby chiese di mangiare davanti alla televisione. Betty guardò suo figlio, poi diede a suo nipote il permesso. Al portò il piatto e le posate del bambino nello studio.

"Non posso biasimarlo per aver voluto allontanarsi da voi due. State rovinando un'ottima cena," disse Betty. "Non per vantarmi."

"È tutto buonissimo. Grazie," disse Giselle.

"Non abbiamo detto una parola!" esclamò Cal.

"Non è necessario. La tensione tra voi due si può tagliare col coltello," rispose Betty.

Quando la cena finì, Giselle e Cal se ne andarono. Bobby si addormentò sul sedile posteriore. Cal lo portò nella sua stanza, lo spogliò e lo mise a letto.

Tesa ed esausta, Giselle si lavò e andò a letto. Troppo agitata per dormire, sentì sprofondare il materasso quando Cal si mise a letto. La infastidiva sentirsi spingere mentre lui si metteva comodo.

"Hai finito?"

"Che cosa intendi dire?"

"Ti sei messo comodo?" gli chiese.

"Sì. Grazie. Ti ho svegliata?"

"Se stessi dormendo, lo faresti."

Cal allungò il braccio e le accarezzò la schiena. "Mmm. Flanella. Immagino che sia un modo per dirmi buonanotte."

"Immagini bene." Lei si allontanò da lui.

"Ok, ok. Ho capito."

"Bene."

"Nel caso in cui cambiassi idea."

"Non lo farò." Giselle si mordicchiò il labbro. Non aveva mai detto a Cal di non voler fare sesso.

Lui sospirò, voltandosi su un fianco e dandole le spalle. Lei deglutì. Lui sembrava esausto. Pur sapendo quanto fosse testardo, non l'aveva mai visto restare arrabbiato così a lungo. E lei? Una sensazione di vergogna la travolse. Lo amava. Che cosa stava facendo? Il sonno la travolse prima che potesse cambiare idea.

Al mattino, quando si svegliò, Cal e Bobby stavano uscendo dalla porta. Bobby si affrettò a darle un bacio, poi raggiunse di corsa suo padre. Lei si trascinò fuori dal letto e andò a lavarsi prima che lui tornasse a casa.

"Ho del lavoro da fare con gli alberi stamattina. Ho chiamato mamma e papà. Stasera verranno a prendere Bobby. Dobbiamo parlare. Per te va bene?"

Lei annuì. Poi lui se ne andò. Nessun bacio di saluto, niente. Si sentiva un peso nel cuore. Odiava che lui andasse a lavoro senza dirle qualche parola d'amore o senza darle un bacio. Ma lui era uscito troppo in fretta, evitandola palesemente.

Cal aveva ragione. Dovevano parlare. Quella stupida discussione li avrebbe fatti lasciare? Lei rabbrividì al pensiero di vivere senza di lui. Doveva proprio mantenere le sue posizioni ed essere così dura e intransigente? Non se il prezzo del suo orgoglio le avrebbe fatto perdere Cal. Le lacrime iniziarono a uscirle dagli occhi, senza accennare a fermarsi. Ce l'aveva quasi fatta.

Rigirandosi l'anello di fidanzamento intorno al dito, Giselle si guardò allo specchio. Un volto infelice, segnato dalle lacrime, ricambiò il suo sguardo. La gioia aveva lasciato il posto a una sensazione di terrore, presagendo ciò che la aspettava.

"Sei mia figlia, Giselle, ma a volte sei davvero testarda." Le parole di suo padre le tornarono in mente. Si stava comportando in modo irragionevole e difficile? Forse. E forse anche Cal.

Si vestì e mise gli ingredienti per lo stufato nel tegame di terracotta. Avrebbero avuto bisogno di mangiare per parlare. In silenzio, ringraziò Betty per essersi offerta di occuparsi di Bobby.

Betty e Al entrarono nel vialetto, seguiti dal furgoncino di Cal.

"Prendo io le tue cose, Bobby," disse Al.

Betty si fermò davanti alla porta. "Ok, voi due. Prendete i cappotti e salite sul furgoncino di Cal."

"Che cosa?" domandò Cal.

"Mi avete sentita. Tutti e due. Tu e Giselle. Salite sul furgoncino," ripeté Betty.

Al uscì pochi minuti dopo, tenendo Bobby per mano e portando una piccola valigia.

"Saremo a casa, Betty. Fammi sapere come va," disse Al prima di andarsene, guardando avanti con suo nipote al seguito.

"Che cosa sta succedendo?" le chiese Giselle.

"Questo è un ordine. Salite sul furgoncino!" Quando Betty appoggiava le mani sui suoi fianchi generosi, faceva sul serio. "E guido io." Spostando Cal, si sedette al posto di guida. "Allacciate le cinture."

"Giselle si sedette sul sedile posteriore e Cal si sedette accanto a sua madre.

"Dove stiamo andando, ma'?" domandò Cal.

"Lo vedrai."

Betty entrò in un parcheggio e spense il motore. "Seguitemi."

Cal e Giselle le ubbidirono.

"Dove siamo?" sussurrò a Cal.

"Al municipio," sussurrò lui.

"Al municipio?"

"Già." Betty si diresse verso la porta principale.

Si fermò in un angolo tranquillo, poi li affrontò.

"Questo è un ordine. Voi due siete testardi e impossibili, quindi ora dovete fare una scelta. O vi sposate o vi lasciate. Sono qui per vedervi risolvere questa stupida discussione e fare il grande passo. Ecco. E subito. Adesso. Oggi."

"Non c'è un periodo d'attesa?" domandò Cal.

"Tuo padre ha parlato con l'officiante e gli ha spiegato che avete già aspettato per sei anni e che dovrebbe essere un periodo sufficiente. Lui ha acconsentito. Quindi, forza." Lei agitò un modulo davanti a loro. "Questo è il modulo necessario per una cerimonia istantanea. Decidete. Vi amate abbastanza da trascorrere il resto della vita insieme o farete gli stupidi e vi lascerete?"

Il silenzio riempì l'anticamera.

Giselle alzò gli occhi per guardare Cal. Lui si avvicinò.

"Vado a prendermi una tazza di caffè. Quando avrò finito, sarà meglio che voi due abbiate già deciso." Betty si diresse verso un distributore accanto a una panchina.

Cal mise un braccio intorno alla spalla di Giselle e la tirò verso di sé. Abbassò la testa per sussurrarle qualcosa all'orecchio. "Se vuoi davvero andare in Germania... voglio dire, se per te è così importante... per me va bene. Non posso trattenerti qui se non vuoi essere trattenuta. Ti aspetterò."

Il respiro le si bloccò in gola. Allungò una mano e gli afferrò il bavero della giacca. "Lo pensi davvero?"

"Apparterai sempre a me, ma solo se lo vuoi, Zell. Non posso costringerti a sposarmi e a restare qui."

"Ma io voglio farlo."

"Solo se ne sei sicura."

"Lo sono. Non voglio quel lavoro."

"Sei sicura?"

Lei annuì, poi frugò nella borsetta, cercando il suo telefono.

"Puoi aiutarmi? Voglio richiamare Gunther." Lei gli porse il telefono. Lui scorse il registro delle chiamate finché non trovò il numero giusto.

"Ne sei sicura?" le chiese.

"Non sono mai stato così sicura in vita mia."

"Va bene, allora." Lui premette il pulsante e le restituì il telefono.

Lei se lo mise all'orecchio. Gunther le rispose.

"Bene, Liebeshen."

"Non chiamarmi in quel modo," ribatté lei.

"Ahi. Ok. Allora, che cosa hai deciso?"

"Non accetterò il lavoro. Non chiamarmi più, Gunther. Sto per sposarmi e non voglio mai più avere a che fare né con te né con nessun lavoro in Europa."

"Wow. Sei sicura?"

"Assolutamente. Capito?"

"Oh, sì. Ti auguro una buona vita," le disse.

"Addio," disse lei, prima di chiudere la telefonata.

Prima che potesse mettere via il telefono, Cal la prese, stringendola in un gigantesco abbraccio.

"Zell, l'hai fatto. L'hai fatto. Hai deciso di restare," disse lui, con la voce carica di emozione.

"Certo. Ti amo, Cal. Ti ho sempre amato. E ti amerò sempre."

Prima che potesse pronunciare un'altra parola, lui appoggiò le labbra sulle sue per darle un bacio appassionato. Lei gli gettò le braccia attorno al collo e lo strinse forte. Si sentì le lacrime agli occhi. L'amore le scorreva nelle vene. Oh, essere abbracciata da lui e baciarlo, era così maledettamente bello!

Quando si separarono, lei iniziò a parlare. "Solo un'ultima domanda."

"Spara."

"I figli. Non so se sono in grado di prendermi cura di un bambino. Se riesco a vedere abbastanza bene," sussurrò lei, con la voce tremante.

"Un bambino?"

"Voglio avere almeno un figlio con te."

"Almeno?" domandò Cal.

"Sì. E tu? Non ne abbiamo ancora parlato."

"Certo, anch'io voglio altri figli. E con te? Perfetto."

"Ma che...?"

Lui le appoggiò un dito sulle labbra. "Troveremo il modo. Non preoccuparti. Cresceremo altri bambini fantastici, come Bobby."

"Davvero?"

"Davvero. Ora, c'è qualcos'altro che vuoi sapere?"

"No. Tutto qui," rispose lei.

Una voce li interruppe. "Allora, siete pronti per la cerimonia?"

Cal guardò sua madre. "Puoi dirlo forte. Non lo siamo, Zell?"

"Sì. Certo che lo siamo."

Betty fece un enorme sorriso. "Grazie al cielo! Andiamo."

I tre entrarono nell'ufficio dell'officiante. Mentre Cal e Giselle compilavano il modulo, sentirono una vocina.

"Mamma! Papà!"

Giselle alzò lo sguardo. Bobby corse verso di loro. Al li raggiunse.

"Sì, quando ho visto che vi stavate baciando, ho chiamato tuo padre. Pensavo che Bobby avrebbe voluto essere qui per assistere al matrimonio dei suoi genitori."

Cal si mise a ridacchiare. "Chi avrebbe mai detto che tu fossi così romantica, mamma?"

"Io l'avrei fatto," ribatté Al, sorridendo.

L'officiante chiamò i loro nomi. Cal intrecciò le dita con quelle di Giselle mentre avanzavano verso di lui.

"Nel bene e nel male," sussurrò lei.

"Nel bene e nel male," rispose lui.

"Oggi siamo qui riuniti per unire quest'uomo e questa donna nel sacro vincolo del matrimonio," iniziò l'officiante.

Betty tirò fuori un fazzoletto. Cal strinse più forte la mano di Giselle.

Giselle sorrise. *Tu mi appartieni, Cal Morrison.*

Epilogo

Giselle aprì gli occhi. La prima cosa che sentì fu la nuova fede nuziale intorno all'anulare della mano sinistra. La tirò fuori dal soffice piumino bianco e la guardò. Poi, sollevò lo sguardo verso le finestre giganti che davano sulla Big Pines Mountain. Lei e Cal avevano trascorso un paio di giorni per la luna di miele in un resort della zona.

Sebbene non riuscisse a distinguere i dettagli in lontananza, poteva vedere la luce che entrava dalle finestre. Cal si mosse. Un braccio maschile si appoggiò intorno alla sua vita nuda e la tirò verso di sé.

"Buongiorno, signora Morrison," sussurrò lui, con la voce ancora assonnata.

"Betty?" Lei tirò le coperte sul suo seno nudo.

Lui scoppiò a ridere. "No. Tu!"

"Oh! Sì. Immagino di essere la signora Morrison adesso."

"Lo sei. Mi sembra una bella cosa." Lui le mordicchiò la spalla.

Avevano fatto l'amore quattro volte la sera prima. Lei sentiva un po' di dolore tra le gambe. Ma non le dava fastidio. A una donna innamorata non dispiace un po' di sensibilità.

"Maritino," sussurrò lei tra sé e sé.

Lui sollevò la testa. "Mi hai chiamato?"

"Oh, mio Dio. Devo fare solo questo per attirare la tua attenzione?"

"Puoi dirlo forte." Cal si sdraiò di nuovo.

Lei si voltò, avvicinandosi a lui. Lui le appoggiò le dita sul sedere.

"Questa è stata la notte più bella della mia vita," sussurrò lui.

"Anche per me."

Bobby era a casa di Betty e Al, coccolato e viziato, quindi gli sposini avevano un po' di tempo per stare da soli.

"Dobbiamo alzarci?" gemette lei.

"No." Lui prese l'orologio dal comodino. "Mmm. Sono le nove. La colazione arriva alle dieci. Abbiamo il tempo di fare una doccia."

"Insieme?"

"Tu che cosa vuoi fare, mogliettina?"

"Insieme," rispose lei, ridacchiando sui suoi pettorali.

Cal tirò via le coperte e saltò giù dal letto. "Chi arriva in bagno per ultimo è un pappamolle."

Giselle si girò e appoggiò i piedi sul pavimento. Cal era molto più avanti. L'unica cosa che lei avrebbe potuto fare era scoppiare a ridere tra le lenzuola. Lui tornò per salvarla, prendendola in braccio e portando la sotto la doccia.

L'acqua aveva la giusta temperatura. Cal entrò nella doccia, mettendo la testa sotto il getto d'acqua. I due innamorati si insaponarono e poi fecero l'amore. Cal le sollevò le gambe, appoggiandola al muro della doccia mentre la reggeva sul suo pene rigido.

Giselle non aveva mai fatto l'amore in quel modo prima. Lei gli diede il controllo mentre lui la sollevava su e giù. La tensione si accumula dentro di loro. Lui le strofinò il collo con il naso, mentre lei il graffiava la schiena con le unghie.

L'orgasmo cresceva dentro di loro, facendosi sempre più intenso. Quando lui aumentò il ritmo, lei esplose, sentendosi pervadere dal calore fino alla punta dei piedi. Lui la seguì poco dopo, restando fermo, appoggiandole il viso sul collo.

Dopo essersi vestiti e aver fatto colazione, Cal iniziò a parlare. "Andiamo a fare un giro."

"Un giro?"

"Certo. Perché no? Ci sono ancora le luci di Natale," disse lui.

"Anche a Capodanno?"

"Sì. Allungano la stagione."

"Ok. Perché no?"

"Pensavo che potremmo fermarci per un hamburger da Homer. Se riusciamo a prendere un tavolo accanto al caminetto."

"Sembra magnifico." Lei si alzò in punta di piedi per sfiorargli le labbra con le sue.

Mano nella mano, i due sposini uscirono dalla camera. Cal aprì lo sportello del suo furgoncino per sua moglie.

Quando entrarono nel parcheggio di Homer, il telefono di Cal iniziò a squillare.

"Entra. Arrivo tra un minuto. Questioni di lavoro," le disse, aprendole la porta del ristorante.

"Ok."

"Ah, Giselle! Cal mi aveva detto che sareste passati. Ho un tavolo vicino al caminetto per voi." Homer la accompagnò al suo posto, poi mise due menu sul tavolo. "Sidro caldo o vin brulè?"

"Oh, un po' di sidro caldo è perfetto."

"Fa freddo oggi," disse Homer.

"Prendiamo il solito," disse Giselle.

"Mmm. Ok. Due cheeseburger, uno a cottura media e uno ben cotto, giusto?"

"Giusto."

"Patatine fritte?"

"Sì."

"Arrivo subito."

Lei si voltò verso il fuoco e allungò le mani per riscaldarsi. Avvicinandosi il dito agli occhi, riuscì a scorgere la sua scintillante fede nuziale di diamanti, tutta in oro bianco. L'avevano comprata dopo la cerimonia al municipio. Per lo scambio degli anelli durante la cerimonia, i genitori di Cal avevano lasciato che usassero i loro anelli.

"Siamo sposati da trentacinque anni. Potrebbe portarvi fortuna," aveva detto Al, togliendosi l'anello e porgendolo a Giselle.

Le fiamme mantenevano un calore costante, che le scorreva in tutto il corpo. Non riusciva a smettere di sorridere. L'avevano fatto, l'avevano fatto davvero. Si erano sposati. Niente fanfare, niente abito bianco, niente smoking, solo l'officiante della contea, Betty e Al, Bobby, un pranzo elegante e puf: adesso era la signora Morrison.

Il trambusto di un matrimonio sarebbe stato solo una sfida per la sua vista limitata e le avrebbe ricordato i suoi genitori defunti. Non aveva bisogno di tutti i piccoli dettagli associati all'evento. Tutto ciò di cui aveva bisogno erano Cal e la cerimonia. E ora aveva quello che voleva. Si sentiva soddisfatta.

Ripensare alla prima notte di nozze le diede i brividi. Cal Morrison era l'amante migliore, entusiasta e pieno di inventiva. I ricordi di quando avevano fatto l'amore quella notte accese il suo desiderio. Quell'uomo sapeva come amare una donna.

Dovette tornare sulla Terra dopo il matrimonio e affrontare il suo futuro. Si chiedeva ancora cosa fare della sua carriera, ma non aveva ancora trovato una risposta. Mordicchiandosi il labbro, ammise a sé stessa che non poteva ignorare quella questione ancora per molto. Giselle Davenport Morrison doveva trovare qualcosa da fare nella sua vita oltre a essere una moglie e una madre.

Una folata di aria fredda interruppe i suoi pensieri. Cal la raggiunse a tavola.

"Mi dispiace."

"Tutto bene?"

"In perfetto orario."

"Ho già ordinato. Vuoi assaggiare il sidro caldo?" gli chiese.

"Preferirei una birra, se non ti dispiace."

Homer portò loro il cibo e le bevande. Giselle diede un grosso morso al suo hamburger.

"Cosa dobbiamo sistemare in casa per renderla più sicura per te?" Cal si mise in bocca una patatina.

Giselle menzionò il bagno e il garage. Parlarono di come assicurarsi che Bobby mettesse a posto i suoi giocattoli.

"Voglio vendere la mia casa. Non ne abbiamo bisogno," gli disse.

"Analizziamo un po' di numeri per cercare di capire se potremo guadagnare di più affittandola. Papà e io possiamo fare qualsiasi riparazione, ridipingere e roba del genere. Potrebbe essere un buon reddito costante. Soprattutto in inverno, quando il mio lavoro rallenta," disse Cal.

"Ottima idea."

Finirono il pranzo condividendo una fetta di torta al cioccolato. Giselle decise di aspettare prima di iniziare a parlare di lavoro. Ora che erano sposati, avrebbero avuto molto tempo per parlare del suo lavoro.

Quando risalirono sul furgoncino, Cal le propose di fermarsi da un'altra parte. "Facciamo un salto al negozio dell'usato."

"Ok. Spero che nessuno abbia danneggiato nulla. Non ci vado da giorni."

Cal non rispose. Giselle non riusciva a distinguere tutte le forme e le ombre, ma sembrava che ci fossero delle macchine nel parcheggio. Come era possibile? Il negozio era chiuso.

"Quelle sono macchine?" gli chiese, guardando fuori dal finestrino laterale.

"Forse." Cal entrò nel parcheggio e parcheggiò. "Forza. Entriamo." La aiutò a scendere, poi la accompagnò alla porta principale.

"Entriamo dalla porta laterale," disse lei.

"No, no. Dalla porta principale," disse lui.

"Dalla porta principale? Ma perché?"

"Lo vedrai."

Quando aprì la porta, le persone saltarono fuori e urlarono: "Sorpresa!"

Giselle fece un salto, barcollando all'indietro, ma Cal la afferrò prima che cadesse.

"Ma che cosa...?"

"Guarda, Giselle. Abbiamo cambiato il negozio," disse Jory. "Adesso è un negozio di artigianato."

Giselle esaminò ogni scaffale e ogni tavolo. Si mise a fissare le pareti. Erano di un bianco brillante e pulito. Sentì l'odore della vernice fresca. Su un tavolo, vi erano coperte e copriletti all'uncinetto. Su un altro, vi erano dei vestiti per bambini fatti a mano. Un portapiante di macramè pendeva dal soffitto. Su una mensola, vi erano delle bambole di una famosa marca e dei cestini di vestiti per le bambole fatti a mano.

Abiti cuciti a mano erano appesi a una rella. C'era di tutto, dalle sottovesti agli abiti da sera.

Sul muro era appesa una trapunta spettacolare. C'erano persino dei vasi di fiori artificiali creati dagli abitanti di Pine Grove. Le sedie erano dipinte con colori allegri, come l'arancione e il rosa. Il pavimento era stato rifinito. Il negozio brillava.

Lei tirò la manica di Cal. "Che cos'è?"

Lui la strinse a sé. "Le tue amiche e gli abitanti di Pine Grove volevano darti un motivo per tenere il negozio dell'usato. Così, l'hanno trasformato in un negozio di spedizioni. Un posto dove puoi vendere oggetti fatti a mano dagli abitanti della città."

"Davvero?"

"Sì. Così, non dovrai pagare la merce. Puoi dividere il prezzo di vendita al cinquanta percento."

"Sei stato tu a fare tutto questo, Cal?"

"Papà e io abbiamo contribuito. Abbiamo ristrutturato il negozio. Ma Laura Dailey, Jory e Mindy hanno trovato le persone. Chi sapeva che così tante persone a Pine Grove avessero tanta manualità?"

"Immagino che abbiano trascorso l'inverno a realizzare le loro creazioni," disse Giselle.

"Mio marito, Barney, durante l'inverno fa dei lavoretti di falegnameria. Qui ci sono un paio delle sue opere. Taglieri e sottopentole in legno," disse Laura.

"È meraviglioso. Il negozio è pieno di roba," disse Giselle.

"E non hai ancora visto il magazzino sul retro! Cal e Al hanno costruito un enorme magazzino, in modo che gli oggetti non vengano rovinati dalle tarme e dall'umidità," aggiunse Mindy.

"E l'insegna. Devi assolutamente vedere l'insegna," disse Jess Lennox.

Uscirono sulla parte anteriore e Giselle tirò fuori un binocolo dalla borsa.

Eccola lì, in tutto il suo splendore colorato: L'artigianato di Giselle. Turchese su uno sfondo bianco.

"Chi ha fatto l'insegna?"

"Sono stato io," disse Cal.

"È bellissima," disse Giselle, esaminando ogni lettera con il suo binocolo.

"Ti piace?" le chiese Jess.

"Per favore, dimmi che lo gestirai e che non lo venderai," la supplicò Jory.

"Se deciderai di occupartene, Stryker chiamerà il suo pubblicitario e ti farà pubblicità sulle pubblicazioni di New York. Questo dovrebbe aiutare le vendite."

"E io mi occuperò della contabilità," disse Mindy.

"Io lavorerò al computer," intervenne Chris, l'autista.

Giselle fu sopraffatta dall'emozione. "Avete fatto tutto questo per me?" Le lacrime le inondarono gli occhi.

"Per te e per Pine Grove," disse Laura Dailey. "Così potremo organizzare il negozio dell'usato di Natale tutti gli anni."

Giselle entrò e si lasciò cadere su una sedia. Tutto sapeva di fresco e di pulito. Avevano trasformato il vecchio negozio dell'usato in un luogo luminoso e invitante.

"Quindi, quando hai detto che avevi del lavoro da fare con gli alberi, era qui che venivi?"

"Lo confesso. Ma era solo una piccola bugia bianca," disse Cal alzando le mani. "Allora, che cosa ne dici?"

"Mmm. Cosa posso dire se non un enorme 'grazie' a tutti? Ovvio che mi occuperò del negozio. È già fantastico. Un posto meraviglioso dove trascorrere le mie giornate."

Esultarono tutti insieme. Chiacchierarono e mangiarono gli scone che Laura Dailey aveva preparato per l'apertura.

"C'è ancora altra merce nelle buste sul retro," disse Jory.

Giselle si alzò in piedi. "Questo è il regalo più meraviglioso del mondo."

Cal si mise a ridacchiare. "Merito dei tuoi amici."

"Non riesco a crederci. Siete meravigliosi."

"Immagino che adesso tu possa dire di appartenere a me e a Pine Grove, signora Morrison," disse Cal, dandole rapidamente un bacio sulle labbra.

Lei sorrise. "Puoi dirlo forte."

FINE

Se vi è piaciuto questo libro, per favore, siate gentili e lasciate una breve recensione. Grazie.

La prossima storia di Pine Grove? SOLO UN BACIO.

CONSIGLIATO DALLA SCUOLA di suo figlio di migliorare il suo ruolo di genitore single, Rusty Reisse, un arrogante ex star del baseball, si prende una pausa dalla sua carriera televisiva per trascorrere l'estate con suo figlio.

Rusty spera di rinsaldare il legame con Tommy nel piccolo villaggio di Pine Grove. Il suo piano va all'aria quando Meg Gunderson, un'insegnante un po' secchiona, si presenta con suo figlio, sostenendo che quella è casa sua. Quando la polizia confronta le ricevute, scopre che Rusty e Meg hanno affittato la stessa casa.

Essendo vedova, Meg progetta di mandar via Rusty. E lui è altrettanto determinato a fare lo stesso. Nonostante i litigi successivi, i due bambini diventano amici. Obbligati a condividere la casa, sono costretti a dichiarare una tregua.

Pur non essendo più apertamente ostili, si lanciano ancora delle frecciatine, troppo testardi per ammettere l'attrazione che provano sempre di più l'uno per l'altra. Quando la loro vacanza si interrompe bruscamente, come il sole estivo e le pannocchie arrostite, finirà anche la loro chimica?

Libri di Jean C. Joachim

<u>ECHOES OF THE HEART</u>
HEATHER & MIKE: THE ONE THAT GOT AWAY
SANDY & RAFE: SECOND PLACE HEART
LIZ & NICK: NO REGRETS
PAIGE & BILL: ONE FINE DAY
ANTHOLOGY
<u>HOCKEY</u>
L'ULTIMO SLAPSHOT
<u>BOTTOM OF THE NINTH</u>
DAN ALEXANDER, PITCHER
MATT JACKSON, CATCHER
JAKE LAWRENCE, THIRD BASEMAN
NAT OWEN, FIRST BASE
BOBBY HERNANDEZ, SECOND BASE
SKIP QUINCY, SHORT STOP
EXTRA INNINGS

<u>FIRST & TEN SERIES</u>
GRIFF MONTGOMERY, QUARTERBACK
BUDDY CARRUTHERS, WIDE RECEIVER
PETE SEBASTIAN, COACH
DEVON DRAKE, CORNERBACK
SLY "BULLHORN" BRODSKY, OFFENSIVE LINE
AL "TRUNK" MAHONEY, DEFENSIVE LINE
HARLEY BRENNAN, RUNNING BACK
OVERTIME, THE FINAL TOUCHDOWN
A KING'S CHRISTMAS

<u>THE MANHATTAN DINNER CLUB</u>
RESCUE MY HEART

SEDUCING HIS HEART
SHINE YOUR LOVE ON ME
TO LOVE OR NOT TO LOVE

<u>HOLLYWOOD HEARTS SERIES</u>
SE TI AMASSI
UN AMORE DA RED CARPET
RICORDI D'AMORE
UN AMORE DA FILM
L'ULTIMA CHANCE PER L'AMORE
AMORI E BUGIE
His Leading Lady (Series Starter)

<u>NOW AND FOREVER SERIES</u>
NOW AND FOREVER 1, A LOVE STORY
NOW AND FOREVER 2, THE BOOK OF DANNY
NOW AND FOREVER 3, BLIND LOVE
NOW AND FOREVER 4, THE RENOVATED HEART
NOW AND FOREVER 5, LOVE'S JOURNEY
NOW AND FOREVER, CALLIE'S STORY (prequel)

<u>MOONLIGHT SERIES</u>
SUNNY DAYS, MOONLIT NIGHTS
APRIL'S KISS IN THE MOONLIGHT
UNDER THE MIDNIGHT MOON
MOONLIGHT & ROSES (prequel)

<u>LOST & FOUND SERIES</u>
LOVE, LOST AND FOUND
DANGEROUS LOVE, LOST AND FOUND

<u>NEW YORK NIGHTS NOVELS</u>
THE MARRIAGE LIST

THE LOVE LIST
THE DATING LIST
<u>PINE GROVE SERIES</u>
UN AMORE IMPREVEDIBILE
CUORI INFRANTI
NEMICI O AMANTI?
<u>SHORT STORIES</u>
SWEET LOVE REMEMBERED
TUFFER'S CHRISTMAS WISH
UN'HOUSE-SITTER PER NATALE

Notizie sull'autrice

Jean Joachim è un'autrice di romance di successo e i suoi libri sono in cima alla classifica Amazon Top 100 fin dal 2012. Scrive romance contemporanei, tra cui gli sport romance e la romantic suspense. *Dangerous Love Lost & Found* ha vinto il primo premio International Digital Award dell'Oklahoma Romance Writers of America nel 2015. *The Renovated Heart* ha vinto il premio Miglior Romanzo dell'Anno del Love Romances Café, *Lovers & Liars* è arrivato tra i finalisti del Rom-Con del 2013 e *The Marriage List* ha conquistato il terzo posto nella classifica Miglior Romance Contemporaneo del Gulf Cost RWA. To Love or Not to Love si è classificato al secondo posto del Reader's Choice contest del 2014 della sezione del New England dell'associazione Romance Writers of America. È stata nominata Miglior Autore dell'Anno nel 2012 dalla sezione di New York dell'associazione Romance Writers of America. Moglie e madre di due figli, Jean vive a New York City. Solitamente, di mattina presto la si può trovare al computer a scrivere mentre beve una tazza di tè, con al suo fianco Homer, il carlino che ha salvato, e la sua scorta segreta di liquirizia nera.

Jean ha scritto 50 romanzi, novelle e racconti. Potete trovarli qui: http://www.jeanjoachimbooks.com. Chattate con Jean nel suo gruppo Facebook, JJ's Book Buddie, cliccando su questo link https://www.facebook.com/groups/489790604419710/